KB084316

THEIR EYES WERE WATCHING GOD

w·
불꽃 컬렉션

각 성

케이트 쇼팽

테레즈 라캥

에밀 졸라

그들의 눈은 신을 보고 있었다

조라 닐 허스턴

그들의 눈은 신을 보고 있었다

조라 닐 허스턴 지음

권진아 옮김

윌북

일러두기

1. 이 책은 *Their Eyes Were Watching God*(HarperCollins Reissue Edition, 2004)을 바탕으로 번역했습니다.
2. 본문 중 고딕체는 원서에서 이탤릭체로 강조한 부분입니다.
3. 이 책은 저작권법에 의하여 한국 내에서 보호를 받는 저작물이므로 무단전재 및 복제를 금합니다.

차례

여는 글

빼앗긴 목소리 되찾기

이라영(예술사회학자)

1920년대 할렘에는 누가 있었을까

1920년대 미국 뉴욕을 가장 잘 재현한 문학으로 꼽히는 작품은 F. 스콧 피츠제럴드의 『위대한 개츠비』다. 『위대한 개츠비』는 광란의 20년대, 재즈시대라 불리는 1920년대와 동일시될 정도로 대표성을 가진 작품이다. 게다가 피츠제럴드는 '재즈시대'라는 말을 처음 사용한 사람으로 알려졌다. 1920년대의 뉴욕을 생생하게 그렸다는 평가를 받는 『위대한 개츠비』는 정말 1920년대의 뉴욕을 잘 재현했을까. 『위대한 개츠비』에서 뉴욕이라는 장소와 1920년대라는 시간이 치밀하고 꼼꼼하게 묘사되고 있음에도 전혀 언급되지 않는 어떤 세계가 있다. 바로 할렘과 흑인 문화다. 영문학자 로이스 타이슨은 『위대한 개츠비』에서 할렘과 흑인 문화가 의도적으로 누락된 정황을 밝혀내며 이것이 사소한 문제가 아니라고 지적한다(로이스 타이슨, 윤동구 역, 『비평이론의 모든 것』, 앨피, 2012, 818~847쪽).

1920년대 뉴욕을 떠올리며 무의식 중에 백인 중심 문화를 상상하는 건 타이슨의 지적대로 결코 사소하지 않다. 1910년대부터 남부의 흑인들이 북부 공업지대로 이동하는 흑인 대이동Great Migration 현상이 일어났다. 이 시기의 젊은 흑인들은 노예제 폐지 이후에 태어나 본인에게는 노예제의 경험이 없지만 부모나 조부모를 통해 노예제의 경험을 직접 들을 수 있었던 세대다. 이들은 여전히 흑백 분리주의 속에서 차별을 겪으며 흑인 정체성으로 집단적인 문화를 형성했다. 1920년대 할렘은 흑인의 정치적, 문화적 공동체를 구체화시킨 장소다. 흑인 문화가 결집된 재즈시대를 이끈 장소이며 그 장소에서 걸출한 예술가들이 활동했다. 피츠제럴드는 '재즈시대'라는 말을 만들면서도 정작 재즈의 생산자를 지웠다. 할렘을 누락시킨 것은 흑인들이 생산한 당대 문화를 역사 속에서 누락시키는 행위다. 소수자들의 문화는 지배 계층의 문화를 더 풍성하고 다양하게 만드는 양분으로 흡수되지만 그 문화의 주체는 지워지기 일쑤다. 할렘에서 흘러나온 창조적인 문화의 주체들이 지워지며 할렘은 흑인 빈민가로만 인식되었다. 백인 중심의 서사로 알려진 광란의 20년대만이 아니라 할렘 르네상스Harlem Renaissance라 불리는 흑인 문화 부흥기로 시선을 돌리면 다른 이야기를 만난다.

할렘은 루이 암스트롱과 같은 재즈 음악인들의 공연이 펼쳐지는 곳이었고, 흑인만이 아니라 도로시 파커와 유진 오닐 같은 당대 백인 작가들이 모이는 장소였다. 새로운 문화가 태동하는 이 장소에 백인 예술가와 지식인들은 상당한 매력을 느꼈다. 할렘에 모인 흑인 예술가와 지식인들은 할렘 르네상스를 이끌었다. 대표적으로 랭스턴 휴스, 클로드 맥케이, 진 투머 그리고 조라 닐 허스턴(1891~1960)이 그때 그곳에 있었다.

작가이며 인류학자였던 허스턴

조라 닐 허스턴은1891년 미국 앨라배마주 노타설가에서 태어났다. 세 살에 미국 최초 흑인 자치 도시 플로리다주의 이턴빌로 이주하여 성장했다. 흑인 자치 도시에서 성장한 경험은 그의 소설에도 중요하게 반영된다. 1918년 하워드대학교에서 공부할 때 대학신문을 창간하기도 할 정도로 목소리 내기에 적극적이었던 허스턴은 1925년 뉴욕으로 이동해 본격적으로 작가 활동을 시작했다. 아프리카계 미국인의 입장에서 비판적 시각이 엿보이는 글 「용기」가 《뉴니그로New Negro》에 실렸다. 《뉴니그로》는 아프리카계 미국인들의 소설, 시, 수필, 비평 등을 엮은 문집으로 당시 지식인과 예술가들에게 할렘 르네상스를 상징하는 중요한 텍스트로 여겨졌다.

허스턴은 1926년 랭스턴 휴스, 윌리스 서먼과 함께 《파이어!!Fire!!》라는 아프리카계 미국인 문학 잡지도 발간했다. 낡은 생각을 태워버린다는 뜻에서 만들어진 제목으로 아론 더글러스, 리처드 브루스 뉴전트, 그웬돌린 베넷, 루이스 그랜디슨 알렉산더, 카운트 컬런 같은 젊은 흑인 작가들의 작품을 주로 다루었다. 이들의 급진성은 다른 흑인 작가들이나 운동가들 사이에서도 논쟁거리가 되곤 했다. 잡지는 오래 가지 못했다.

허스턴은 1925년 흑인 여성 최초로 바너드 칼리지에 장학금을 받고 입학해 인류학을 공부했다. 흑인 여성이 대학에 진학하는 경우는 드물었고, 대학 교육을 받았더라도 흑인·여성으로서 목소리 내기는 쉽지 않았다. 허스턴은 꾸준히 흑인 구술 문화에 관심을 가졌고 1935년 민담 형식의 『노새와 인간『Mules and Men』을 출간했다. 1936~1937년에는 구겐하임 재단의 지원으로 자메이카와 아이티로 여행을 떠나 그곳의 문화를 연구했으며 이를 바탕으로 이듬해 민속 연구서『내 말에게 전하라Tell My Horse』를 출간한다. 40년대 후반에는 마야 문명 등에 대한 관심으로 중앙아메리카로 여행을 떠나 소설『스와니강의 천사Seraph on the Suwanee』을 쓴다.

1934년에는 베튠-쿡먼 칼리지에 흑인들을 위한 연극 학교를 설립할 정도로 그의 활동은 문학에만 국한되지 않았다. 억압받고 배제된 흑인의 목소리를 구체적으로 살려내려 노력했다. 허스턴의 작품에 특히 흑인 방언과 민속적 요소가 많은 이유이기도 하다. 표준어로 정치적인 글을 쓰는 흑인 남성 작가들은 이를 오히려 '백인이 보고 싶어하는 흑인 문화'라고 생각해서 부정적으로 여겼다.

1960년 1월 28일 고향인 플로리다에서 심장질환으로 사망한 허스턴은 한동안 잊혔다. 그러나 1960년대에 민권 운동과 흑인 페미니즘의 부상은 잊힌 흑인 여성 작가들의 재발견을 견인했다. 70년대 이후 대학에는 흑인 역사와 문화 관련 강의가 개설되고 페미니즘 잡지들도 늘어났다. 1975년 앨리스 워커에 의해 본격적으로 허스턴은 재발견되었다. 워커는 1975년 3월《미즈Ms》에「조라 닐 허스턴을 찾아서」라는 글을 쓴다. 마이애미 어딘가에 허스턴이 묻혀 있다는 사실을 글에서 읽고 이 무덤을 찾아가는 과정을 쓴 것이다. 이어서 1977년 영문학자 로버트 헤먼웨이가 허스턴의 전기를 출간하면서 허스턴은 소설가이며 민속학자, 인류학자로 구체적으로 알려졌다. 이 책에 앨리스 워커가 서문을 썼다.

이 세상의 노새

랠프 엘리슨은 대표작『보이지 않는 인간』으로 흑인 최초로 미국에서 문학상을 수상했다. 이 소설에서 엘리슨은 흑인 남성이 백인 여성에게 성적 대상이 되는 문제나 흑인들의 목소리가 어떻게 백인들에게 빼앗기는지 등을 매우 치밀하게 보여준다. 흑인 내부의 계급투쟁과 백인에 대한 흑인의 동경 등 여러 노선을 보여주며 흑인 인권 운동을 다층적으로 사유하도록 이끈다. 그럼에도 이 뛰어난 작품에 흑인 여성과 흑인 남성 간의 지배 구조는 놀라울 정도로 드러나지 않는다. 인종차별을 집요하게 파헤치지만 가부장제 속에서 흑인 여성이 처한 위치에 대해서는 모호한 태도를 보인다. 누구의 문제가 정치화되는가.

1937년 출간된『그들의 눈은 신을 보고 있었다』는 한 여성이 자신을 겹겹이 둘러싼 억압의 구조를 하나씩 들춰내며 독립적인 인간으로 나아가는 성장기라고 볼 수 있다. 이 작품은 제이니가 친구인 피비에게 자신의 인생사를 들려주는 형식으로 이루어졌다. 제이니의 할머니는 노예제 속에서 주인의 성폭력으로 딸 리피를 출산했다. 리피는 노예제 이후 자유인으로 살아가지만 학교에서 교사의 성폭력으로 제이니를 임신한다. 성폭력을 통해 이어지는 삼대다. 할머니 내니는 제이니만은 자유롭고 존중받으면서 살길 원한다.

제이니는 동등한 결혼 생활을 원하지만 첫 번째 남편은 아내를 집안의 노동력으로만 여긴다. "당신한테 정해진 자리가 어디 있어? 내가 당신을 원하는 곳이면 어디든 당신 자리지." 제이니는 남편이 지정한 자리를 떠난다. 두 번째 남편은 흑인 자치 도시의 시장이다. 백인 지배에서는 벗어났지만 남편이 그를 가로막는다. "여자들과 아이들, 닭과 암소들에게는 대신 생각해줄 사람이 있어야 해. 그럼, 분명히 그것들은 스스로 생각할 줄을 몰라." 극중 제이니의 남편은 여자와 동물을 위해 인간 남성이 대신 생각해줘야 한다고 주장한다. 아내의 노동력을 필요로 하진 않지만 아내를 말 없는 꽃으로 두려 한다. 세 번째 남편은 아내의 노동력을 필요로 하지 않고 아내의 말을 억압하지도 않는다. 그렇지만 여전히 아내를 소유의 대상으로 억압하려고 한다. "제이니를 때릴 수 있기에 제이니가 자기의 소유물이라고 생각하며 안도감은 느꼈다." 여성에 대한 폭력이 문화이고 여성이 남성의 소유물인 사회에서 세 번째 남편도 관습에서 자유롭지 않았다. 세 번의 결혼을 통과하고 40대가 된 제이니는 홀로 살아간다. 제이니는 제 생각을 말하며 스스로 노동하는 삶을 찾아가는 과정에 있다. 제이니는 "작업복을 입었다."

이처럼 세 남자와의 결혼 생활이 그려진 이 소설은 거대한 정치적 주제를 다루는 문학에 비하면 비정치적인 사랑 이야기로 보인다. 사랑이 그들에게 억압의 기제가 되지 않는 대부분의 남성은 사랑이 정치적이라는 점을 간과하기 때문이다. 사랑이라는 이름의 권력관계는 가부장제에서 여성을 여러 각도에서 속인다. 제이니가 추구하는 사랑은 궁극에는 인간으로서의 존엄성 회복이다. 그의 세 남편 모두 제이니를 동등한 사람으로 존중하지 않았다. 소설은 백인 지배 구조만이 아니라 가부장제에 갇힌 여성의 위치 모두를 아우르며 억압과 차별의 양상을 보여준다. 허스턴의 다른 작품 『스와니 강의 천사』도 주인공 아비가 겪는 폭력적인 결혼 생활을 다룬다.

할머니 내니가 제이니에게 말하는 "흑인 여자들이 이 세상의 노새De nigger woman is de mule uh de world"라는 표현은 흑인 여성의 위치를 설명하기 위해 많이 인용되는 문장이다(흑인 방언으로 쓰인 원문을 표준어로 순화해서 "Black women are the mules of the earth(world)"로 더 널리 알려졌다). 흑인 여성이 성과 노동력을 착취당하는 '노새'로 은유되는 것이다. 백인 시각에서 만들어진 '강인한 흑인 여성'이라는 이미지는 흑인 여성들이 겪는 폭력을 더욱 비가시화한다. 성적으로, 신체적으로 착취당하거나 혹은 성적인 매력이나 신체적 강인함이 강조되는 것 모두 흑인 여성을 몸으로 대상화하기는 마찬가지다. 오드리 로드, 앨리스 워커 등의 작가들은 이러한 폭력에 소리 내어 맞서고 흑인 여성이 겪는 복합적인 고통을 언어화하여 구체적으로 드러내는 운동에 앞장섰다.

흑인 남성 작가들의 저항 의식이 백인 사회의 차별을 고발하는 인종차별에 집중했다면 흑인 여성 작가들은 사회구조는 물론이고 가족 내의 폭력 그리고 여성들 간의 관계를 다뤘다. 또한 토니 모리슨의 『빌러비드』에서 할머니 베이비 석스가 설교자가 되듯이, 흑인 여성 작가들은 '말을 전하는 인간'으로서 흑인 여성이 생산하는 지식과 지도력 등에 관심을 보였다. 허스턴의 『노새와 인간』도 대화로 지식을 드러내는 방식이다.

인권 의식과 미적 의식은 상호적이다. 사회와 동떨어져서는 미적 의식이 형성되지 않는다. 흑인 여성이 생산한 지식과 관점, 해석틀이 흑인 페미니즘 인식론을 만들어갔다. 백인·남성의 판단에 갇힌 흑인·여성의 경험이 권력에 균열을 내고 다른 목소리를 내며 미적 언어를 구성했다. 나아가 흑인 여성의 정치 참여, 예술 활동 등 그들의 투쟁의 역사도 풍성하게 드러났으며 블루스 가수, 작가, 구술가, 지식인 등도 재조명되었다. 재발견은 여전히 진행 중이다. 사후 58년이 지난 2018년에 허스턴의 논픽션『노예 수용소: 마지막 "흑인 화물" 이야기Barracoon: The Story of the Last "Black Cargo"』가 첫 출간되었다. 할렘 르네상스의 주역이며 흑인 페미니즘 문학의 선두주자인 조라 닐 허스턴은 시간이 갈수록 반짝반짝 빛난다. 1920년대 뉴욕 할렘에는 조라 닐 허스턴이 있었다.

1

저 먼 배들에는 만인의 염원이 실려 있다. 어떤 이들의 배는 조수를 타고 들어온다. 어떤 이들의 배는 사라지지도, 들어 오지도 않으면서 영원히 수평선 위를 맴돈다. 세월의 조롱을 견디다 못해 꿈을 잃어버린 이가 체념에 빠져 시선을 돌릴 때까지. 그게 남자들의 인생이다.

여자들은 기억하고 싶지 않은 그런 온갖 일들은 잊어버리고, 잊어버리고 싶지 않은 온갖 일들은 기억한다. 꿈이 진실이다. 여자들은 그에 따라 행동하고 할 일을 한다.

이 이야기는 한 여자에게서 시작된다. 여자는 죽은 이들을 묻고 돌아왔다. 둘러싼 친구들이 지켜보는 가운데 병으로 앓다 죽은 이들이 아니다. 퉁퉁 불어 죽은 이들, 잘잘못을 가리려고 눈을 부릅뜬 채 비명횡사한 이들을 묻었다.

해 질 녘이었기 때문에 다들 그 여자가 오는 것을 봤다.

해는 지고 없지만, 그 발자취는 하늘에 남아 있었다. 지금은 길가 포치(현관 앞에 지붕을 덮어 만든 베란다 같은 공간-옮긴이)에 앉아 이런저런 이야기들을 나누는 시간이었다. 여기 앉은 사람들은 온종일 말하지도 못하고, 듣지도 못하고, 보지도 못하는 도구로 지냈다. 그 살가죽 안에는 노새나 다른 짐승들이 들어가 있었다. 하지만 해가 지고 주인이 사라지면 살가죽에 힘이 솟고 인간다움이 되살아났다. 그들은 소리와 자잘한 일들의 지배자가 되었다. 온갖 세상사가 그들의 입을 거쳤다. 그 자리는 심판석이었다.

그 여자를 보자 예전에 쌓아두었던 시기심이 되살아났다. 그래서 그들은 마음 뒤쪽을 잘근잘근 씹어 음미하며 삼켰다. 의문점들을 심각한 진술서로, 웃음을 살상 도구로 만들었다. 집단 학대였다. 달아오르는 분위기. 주인 없이 돌아다니는 말語들, 노래의 화성처럼 발맞춰 걷는 말들.

"저런 작업복을 걸치고 여기 돌아와서 뭘 하는 거지? 그렇게 입을 거리가 없나?—여길 떠날 때 입었던 파란 공단 드레스는 어쩌고?—서방이 죽을 때 남겨준 돈은 다 어쩐 거야?—마흔 살이나 먹어서는 젊은 처자처럼 머리채를 등짝까지 치렁거리면서 뭔 짓이야?—같이 간 총각은 어디다 두고 왔대?—결혼이라도 할 줄 알았나 보지?—쟤 어디서 차인 걸까?—그놈이 쟤 돈을 어디다 써버렸을까?—내 장담하는

데, 그 총각은 머리에 피도 안 마른 젊은 것이랑 날라버렸을 걸─쟨 왜 지 분수를 모른다니?"

그 떠버리들이 앉은 곳에 다다르자 여자는 고개를 돌리고 입을 열었다. 그들은 앞다투어 요란하게 "안녕하세요." 인사하고는 입을 헤 벌린 채 한껏 기대하며 귀를 기울였다. 여자는 상냥하게 인사하고는 자기 집으로 곧장 걸어가버렸다. 포치 무리는 그 모습을 쳐다보며 아무 말도 하지 못했다.

남자들의 시선은 바지 뒷주머니에 자몽이라도 넣은 것처럼 탱탱한 여자의 엉덩이와, 허리까지 늘어뜨려 바람이 불면 깃털처럼 사르르 휘날리는 삼단 같은 검은 머리채, 셔츠에 구멍이라도 뚫을 기세로 솟은 도발적인 가슴을 포착했다. 남자들은 눈으로 놓친 것들을 마음속에 저장했다. 여자들은 빛바랜 셔츠와 흙투성이 작업복을 기억 속에 챙겼다. 그건 여자에 맞설 무기였다. 사실 아무런 의미가 없다 할지라도, 그러면서 그들은 그 여자가 언젠가는 자기들 수준으로 떨어질지 모른다는 희망을 가졌다.

여자가 문을 쾅 닫고 들어갈 때까지 무리 중 누구도 꼼짝하지 않았다. 입을 열지도, 심지어 침을 삼키지도 못했다.

펄 스톤이 입을 열더니 미친 듯이 웃어댔다. 달리 무엇을 해야 할지 몰랐기 때문이었다. 펄은 섬킨스 부인에게 고꾸라져가며 웃어댔다. 섬킨스 부인은 기세 좋게 콧방귀를 끼고 쯧쯧 혀를 찼다.

"흥! 다들 마음이 불편한가 보네. 난 자기들이랑 달라. 저 여자는 안중에도 없거든. 그동안 어떻게 살았는지 들려줄 정도의 예의도 없는 인간이라면, 그냥 계속 그렇게 살라지!"

"입에 담을 가치조차 없어." 룰루 모스가 느릿느릿 코맹맹이 소리로 말했다. "급이 다른 양 행세하지만 천해 보이잖아. 낫살이나 먹고 젊은 남자 꽁무니나 쫓아다니는 여자가 다 그렇지, 뭐."

피비 왓슨이 흔들의자를 앞으로 휙 끌어당기며 말했다. "아니, 이야기할 거리가 있는지 없는지는 아무도 모르지. 내가 쟤랑 제일 친한데도 난 모르거든."

"우리가 너만큼 내막을 알지는 못해. 그래도 우린 저 여자가 여길 어떻게 떠났는지 알고 돌아오는 것도 다 봤다고. 제이니 스탁스 같은 늙은 여자를 감싸주려 해봤자 소용없어, 피비. 친구고 자시고 간에."

"여기 몇몇은 제이니보다 나이도 많으면서."

"제이니는 마흔을 훌쩍 넘긴 걸로 아는데."

"아직 마흔은 안 넘었어."

"그래도 티 케이크 같은 애송이랑 어울리기엔 늙어도 한참 늙었지."

"티 케이크도 성인이 된 지 한참이야. 서른 정도는 됐다고."

"어쨌든 잠깐 서서 우리랑 몇 마디 이야기 정도는 할 수 있었잖아. 마치 우리가 자기한테 무슨 짓이라도 한 것처럼 군다니까." 펄 스톤이 투덜거렸다. "잘못은 자기가 저질러놓고는."

"듣자 하니, 걔가 여기 딱 서서 자기 일을 낱낱이 고해바치지 않았다고 화가 났단 소리네. 걔가 무슨 대단한 나쁜 짓을 저질렀길래? 내가 아는 한 제이니가 제일 잘못한 일은 자기보다 몇 살 어린 남자를 사귄 건데 그게 누구한테 피해라도 줬어? 자기들 정말 피곤하다. 자기들 말대로라면, 이 동네 사람들은 침대에서도 오로지 주님만 찬양하며 사나 봐? 난 이만 실례할게. 제이니한테 저녁이라도 좀 갖다줘야겠으니까." 피비가 벌떡 일어났다.

"우린 신경 쓰지 말고." 룰루가 미소 지었다. "어서 가봐. 자기네 집은 우리가 봐줄 테니까. 난 저녁 다 해놨거든. 가서 제이니가 어떤지 보는 게 좋겠다. 갔다 와서 우리한테도 알려주고."

"그래!" 펄이 맞장구를 쳤다. "난 오래오래 이야기하려고 고기랑 빵 쪼가리 대충 태워놓고 왔어. 얼마든지 늦게까지 있어도 돼. 우리 남편은 안 까다롭거든."

"아, 저기, 피비, 지금 갈 거면 내가 저기까지 같이 가줄 수 있는데." 섬킨스 부인이 나섰다. "날이 점점 어두워져. 귀신이 잡아갈지도 모르잖아."

"고맙지만 사양할게. 몇 걸음이나 된다고 잡아가. 난 갈게. 우리 남편이 일류 귀신도 난 안 잡아갈 거랬어. 무슨 이야깃거리가 있으면 말해줄게."

피비가 덮개 씌운 그릇을 들고 서둘러 갔다. 포치를 떠나는 그의 등 뒤로 청하지 않은 질문들이 쏟아졌다. 다들 잔인하고 기묘한 대답이라도 기대하는 모양이었다. 피비 왓슨은 목적지에 다다랐지만, 대문을 지나 종려나무 길을 따라 연결된 현관으로는 들어가지 않았다. 물라토라이스(양파, 베이컨, 토마토를 넣은 볶음밥—옮긴이)를 수북이 담은 접시를 들고 울타리 모퉁이를 돌아 샛문으로 들어갔다. 제이니는 분명 그쪽에 있을 것이다.

제이니는 등잔에 기름을 가득 채우고 굴뚝을 깨끗하게 치워놓고 뒤쪽 포치 계단에 앉아 있었다.

"안녕, 제이니, 어떠니?"

"아, 좋아. 피곤해서 발 씻는 중이야." 제이니가 살짝 웃었다.

"너 정말 근사해 보인다. 네 딸이라 해도 믿겠어." 두 사람 다 웃음을 터뜨렸다. "그따위 작업복을 걸치고도 천생 여자네."

"아이고! 계속해보시지! 내가 뭐라도 좀 가져왔을 줄 아나 봐. 몸뚱이만 돌아왔다고."

"그거면 넘치게 감사하지. 친구들은 그 이상 바라는 게 없어."

"칭찬으로 생각할게, 피비. 진심인 거 아니까." 제이니가 손을 내밀었다. "세상에, 피비! 들고 온 그 음식은 안 줄 작정이니? 나 오늘 온종일 손가락만 빨았어." 두 사람 다 편안하게 웃었다. "여기 내놓고 좀 앉아봐."

"배고플 줄 알았어. 해가 지고 나면 땔감도 찾을 수 없잖아. 이번 물라토라이스는 맛이 좀 별로야. 베이컨 기름이 모자라서. 그래도 허기는 달랠 수 있을 거야."

"내 금방 평을 해주지." 제이니가 덮개를 걷으며 말했다. "세상에, 기가 막힌다! 부엌에서 쌩쌩 날아다녔나 봐."

"별로 대단한 건 아니야, 제이니. 하지만 네가 돌아왔으니까 내일은 내 한 상 차려줄게."

제이니는 허겁지겁 먹으며 아무 말도 하지 않았다. 태양이 하늘에 휘저어 흩어놓은 색색 노을이 서서히 사라져갔다.

"자, 피비, 여기 그릇 받아. 빈 그릇은 전혀 쓸 일이 없어서 말이야. 밥 참 편하게 잘 먹었네."

피비가 친구의 거친 농담에 웃음을 터뜨렸다. "넌 예나 지금이나 정말 엉뚱해."

"그 의자 위에 수건 좀 줘봐. 발 좀 닦게." 제이니는 수건을 받아 발을 벅벅 문질렀다. 큰길 쪽에서 웃음소리가 들려왔다.

"음, 저 수다쟁이들이 아직도 죽치고 있나 보네. 아마 날 씹어대고 있겠지."

"그렇지, 뭐. 네가 살갑게 말이라도 붙이지 않으면 고릿적까지 거슬러가면서 네 행적을 샅샅이 헤집어 볼 사람들이잖아. 저들은 너보다 너를 더 잘 안다고 생각할걸. 시기심에 불타면 귀가 속임수를 쓰는 법이지. 저 사람들은 너한테 일어났으면 싶은 일들을 실제 귀로 '듣거든.'"

"신이 나만큼 저 사람들한테 무심하다면, 다들 풀숲에 들어가 보이지도 않는 공이나 다름없을 텐데."

"우리 집 포치가 큰길가에 있어서 다들 거기 모이니까 난 저 사람들 이야기를 다 들을 수밖에 없어. 우리 남편은 어찌나 진절머리를 내는지 다 내쫓아버릴 때도 있단다."

"샘이 잘하는 거야. 너희 집 의자만 닳지."

"그러게. 샘 말로는 저 사람들 대부분이 교회에 가는 이유가 최후의 심판 날에 꼭 하늘에 올라가기 위해서래. 그날 모든 비밀이 드러나잖아. 거기서 비밀이란 비밀은 다 듣고 싶어서 말이야."

"샘은 정말 엉뚱해! 옆에 있으면 온종일 웃음이 끊이지 않겠다."

"어, 샘도 거기 갈 작정이래. 자기 곰방대를 훔쳐간 인간이 누군지 알아내겠다나."

"피비, 네 신랑 정말 집요하다! 엉뚱하기는!"

"저 인간들은 네 일에 어찌나 열을 올리는지 네 사정을 빨리 듣지 못하면 그걸 알아내겠다고 죄다 심판대로 돌진할 걸. 그러니 티 케이크랑 결혼한 이야기는 어서 해주는 게 좋을 거야. 만약 티 케이크가 네 돈을 다 챙겨서 어떤 젊은 것이랑 날아버린 거라면 그 작자는 지금 어디 있는지, 그리고 네 옷은 다 어쩌고 작업복 차림으로 여기 돌아온 건지도 말이야."

"굳이 저 인간들한테 이야기하고 자시고 할 생각 없어, 피비. 그럴 가치도 없어. 원하면 네가 대신 말해줘. 친구 말은 곧 내 말이니까."

"그게 좋다면, 네가 전하고 싶은 이야기만 할게."

"저런 인간들은 쥐뿔도 모르는 일들을 가지고 이러쿵저러쿵하느라 수도 없이 시간을 낭비해. 내가 티 케이크를 좋아한 걸 파고들어서는 옳으니 그르니 해야 직성이 풀리잖아! 인생이 옥수숫가루 경단이고 사랑은 이불 같다는 것도 모르면서!"

"물어뜯을 이름만 있다면 저 사람들은 그게 누구건, 어떤 일이건 상관 안 해. 못돼먹은 사람 이야기로 만들 수 있다면 특히 더하고.”

“그렇게 알고 싶다면, 왜 직접 와서 인사를 나누지 않는 거야? 그럼 나도 앉아서 이야기해줄 텐데. 난 인생이라는 거대한 협회에 대표로 파견 갔다 왔어. 그래! 다들 날 보지 못했던 지난 1년 반 동안 난 그 대집회소, 삶의 총회에 가 있던 거야.”

두 사람은 초저녁 어스름 속에서 바싹 붙어 앉아 있었다. 피비는 제이니의 사연을 속속들이 알고 싶어 애가 탔지만, 그게 단순한 호기심으로 보일까 봐 조바심을 삼갔다. 제이니는 인간의 가장 오래된 열망, 즉 자기를 드러내려는 열망으로 가득 차 있었다. 피비는 오랫동안 입을 꾹 다물었지만, 못 참고 계속 발을 꼼지락거렸다. 그러자 제이니가 입을 열었다.

“내 돈 900달러가 은행에 그대로 있는 한, 다들 나나 내 작업복에 대해 걱정할 필요 없어. 이 옷은 티 케이크 때문에 입은 거야. 그 사람 뒤를 따르느라. 티 케이크는 내 돈을 탕진하지도 않았고, 날 버리고 젊은 여자랑 도망가지도 않았어. 그 사람은 내게 세상 모든 위안을 다 줬어. 티 케이크도 저 사람들한테 똑같이 말해줄 거야. 여기 있었다면. 죽지만 않았다면.”

피비의 눈이 휘둥그레졌다. “티 케이크가 죽었다고?”

"그래, 피비. 티 케이크는 죽었어. 그래서 내가 여기 돌아온 거야. 내가 있던 그곳에는 더 이상 행복할 일이라곤 없으니까. 저 아래 에버글레이즈, 저 아래 습지에는."

"이게 다 무슨 소린지 모르겠네. 도대체 종잡을 수가 없어. 아무리 내가 말을 잘 못 알아먹는대도."

"그래, 이건 네 짐작과는 완전히 다른 이야기야. 널 이해시키지 못한다면 이야기해봤자 무슨 소용이 있겠니. 가죽을 볼 줄 모르면, 밍크 가죽이나 너구리 가죽이나 그게 그거지. 그런데 말이야, 피비, 샘이 저녁 때문에 너 기다리는 거 아냐?"

"저녁 준비는 다 해놨어. 그것도 챙겨 먹을 줄 모르면, 다 제 탓이지."

"그럼 우리 이대로 여기 앉아서 이야기하자. 바람 좀 통하라고 집 안 문을 다 열어뒀거든. 피비, 우린 20년 지기잖아. 그러니 날 잘 이해해줄 거라 믿어. 그걸 믿고 이야기하는 거야."

시간은 만물을 노화시킨다. 살며시 드리웠던 초저녁 어스름도 제이니가 이야기하는 동안 무시무시하게 늙은 어둠으로 변해갔다.

2

제이니는 자기 인생이 괴로운 일과 즐거운 일, 성취한 일, 망친 일 들이 무성하게 우거진 아름드리나무 같다고 생각했다. 시작과 파멸이 가지들에 새겨져 있었다.

"무슨 말을 해야 할지는 너무 잘 알겠는데 어디서부터 시작해야 할지 모르겠네.

난 아빠를 본 적이 없어. 봤다 해도 몰랐겠지. 엄마도 마찬가지야. 엄마는 내가 엄마를 알아볼 나이가 되기 전에 집을 떠나버렸거든. 할머니가 날 키웠어. 할머니랑 할머니가 일하던 집의 주인이었던 백인들이. 할머니는 그 집 뒤뜰에 있는 뒤채에서 살았고, 나도 거기서 태어났어. 주인집은 웨스트 플로리다 지역에서 지체 높은 집안이었어. 워시번가라고. 그 집엔 손주가 넷 있었는데, 우린 다 같이 놀았어. 그래서 난 할머니를 늘 내니(유모-옮긴이)라고 불렀지. 거기선 다들 할머니를 그렇게 불렀거든. 말썽을 부리다 들키면 내니가 매를 들었어. 워시번 부인도 그랬고. 그래도 부당하게 매를 맞은 적은 한 번도 없었어. 우린 남자아이 셋에 여자아이 둘이었는데 다들 정말 말썽꾸러기였거든.

그 백인 애들이랑 늘 같이 놀았기 때문에 난 여섯 살이 될 때까지도 내가 백인이 아니라는 걸 몰랐어. 사실 그 사건이 없었다면 계속 몰랐을 거야. 웬 사진 찍는 아저씨가 우리 동네에 왔는데, 셸비, 우리 중 제일 나이 많은 애. 걔가 아무한테 묻지도 않고 우리 사진을 찍어달라고 하지 않았다면 말이지. 일주일쯤 뒤에 그 아저씨가 사진을 들고 와서 워시번 부인에게 돈을 달라고 했고, 부인은 돈을 주고는 우리를 혼쫄냈지.

그러고 나서 나중에 같이 사진을 보는데, 다들 자기를 손가락으로 가리켰어. 마지막으로 엘리너 옆에 서 있는, 긴 머리의 정말로 새까만 꼬맹이 하나만 남았지. 그게 내가 섰던 자리인데도 난 그 새까만 꼬맹이가 나라는 걸 알아보지 못했어. 그래서 물었지. '난 어딨어? 안 보이는데.'

모두들 웃음을 터뜨렸어. 워시번 씨까지 말이야. 넬리 아씨가, 아씨는 그 애들 엄마인데 남편이 죽고 나서 친정에 와 있었거든, 그 아씨가 새까만 애를 가리키며 말하는 거야. '이게 너잖아, 알파벳. 넌 네 얼굴도 모르니?'

그들은 날 알파벳이라고 불렀어. 사람들이 날 다 다른 이름으로 불렀거든. 사진을 한참 보니까 내 옷에다 내 머리가 맞더라고. 그래서 말했지.

'어! 나 흑인이잖아!'

그랬더니 다들 배꼽을 잡고 웃어대더라. 하지만 그 사진을 보기 전까지 난 정말 내가 다른 애들이랑 똑같은 줄 알았어.

우린 거기서 즐겁게 살았어. 학교에서 애들이 백인 집 뒤뜰에서 산다고 날 놀려대기 전까지는 말이야. 메이렐라라는 더벅머리 여자애가 있었는데 걔가 나만 보면 그렇게 시비를 걸었어. 워시번 부인이 손주들에게 필요 없어진 옷들을 다 내게 입혔는데, 그래도 그 옷들이 다른 흑인 애들 옷보다는 좋았거든. 그리고 머리에 리본도 묶어줬어. 그게 메이렐라의 심기를 많이 거스른 거지. 그래서 걘 늘 날 못살게 굴고 다른 애들도 똑같이 하도록 부추겼어. 애들이 다 같이 원을 만들어 빙빙 돌며 놀 때도 나는 안 끼워주고, 남의 집에서 사는 애랑은 못 논다고 흉을 봤어. 그러고는 겉모습 가지고 우쭐대지 말라고 했지. 왜냐하면 걔네 엄마들이 우리 아빠가 밤새 사냥개한테 쫓겨 다닌 이야기를 해줬거든. 우리 아빠가 엄마한테 한 짓 때문에 워시번 씨와 보안관이 블러드하운드를 풀어서 아빠를 잡으려 했다는 이야기를. 나중에 아빠가 엄마랑 결혼하려고 엄마를 찾아다닌 이야기는 쏙 빼고 말이지. 그래, 그 부분은 입도 뻥긋 안 하더라고. 내 기를 죽이려고 날 아주 형편없는 모양새로 만들어놓은 거야. 우리 아빠 이름조차 기억 못 하면서 다들 블러드하운드 부분은 어찌나 줄줄 꿰는지. 내가 기죽어 사는 게 못마땅했던 내니는 날 위해 따로 나가 살기로 결정했어. 그래서 내니는 땅이며 온갖 것들을 구했고, 워시번 부인도 이것저것 무진장 도와줬어."

게걸스럽게 경청하는 피비의 모습에 힘입어 제이니는 이야기를 계속했다. 어린 시절 일화들을 더 생각해내 쉽고 편한 말로 친구에게 설명해줬고, 그러는 사이 제이니의 집 주위로 밤이 무겁고 새카맣게 내려앉았다.

제이니는 잠시 생각에 잠기더니 자신의 의식적인 삶은 내니의 대문에서 시작되었다는 결론을 내렸다. 어느 늦은 오후 내니가 제이니를 집 안으로 불러들였다. 대문간에서 조니 테일러에게 입술을 내맡긴 제이니를 보았던 것이다.

웨스트 플로리다의 어느 봄날 오후였다. 제이니는 거의 온종일을 꽃이 흐드러지게 핀 뒤뜰 배나무 아래에서 보냈다. 지난 사흘 동안 집안일을 하다가도 틈만 나면 그 나무 아래로 달려갔다. 그러니까, 조그만 꽃망울이 처음 맺힌 이후 내내 그랬다. 그 꽃송이가 어서 와서 자연의 신비를 바라보라고 제이니를 불러댔다. 바싹 마른 갈색 꽃자루에서 돋은 파룻파릇한 잎눈이. 거기서 핀 눈처럼 순결한 꽃송이가. 그 변화가 제이니를 걷잡을 수 없이 뒤흔들어놓았다. 어떻게 된거지? 왜? 마치 다른 존재 속에 묻혀 있다가 다시 떠오른 플루트 선율 같았다. 뭐지? 어떻게 된 거야? 왜? 귀에 들리지않는 그 선율이 제이니에게는 들렸다. 세상의 장미가 향기를내뿜었다. 그 향기는 깨어 있는 매 순간 제이니를 따라다녔고 꿈속에도 따라와 제이니를 어루만졌다. 그 향기는 알아차리고도 몸속에 묻어뒀던 다른 모호한 느낌들과 연결되었다.이제 그 느낌들이 되살아나 제이니의 의식 주변을 탐색했다.

제이니가 배나무 아래 누워 벌들의 나지막한 노랫소리와 황금빛 햇살, 미풍의 가쁜 숨소리에 흠뻑 젖어 있을 때,그 소리 없는 음성이 다가왔다. 제이니는 보았다. 꽃가루 묻힌 벌이 꽃송이 속 밀실로 내려가는 모습을, 수천 개의 꽃받침이 활처럼 굽어지며 그 사랑의 포옹을 받아들이는 모습을,뿌리부터 가느다란 잔가지까지 나무 전체가 황홀경에 빠져부르르 떨며 환희의 거품을 내뿜고 꽃송이마다 진액이 차오르는 모습을. 그래, 이것이 결혼이다! 제이니는 계시를 위한부름을 받았던 것이다. 다음 순간 제이니에게 가차 없이 달콤한 고통이 밀려오더니 온몸이 나른하게 축 늘어졌다.

잠시 후 제이니는 자리에서 일어나 조그만 정원을 샅샅이 훑어봤다. 제이니는 그 음성과 환영의 증거를 찾아다녔고, 온 사방에서 그 답들을 발견하고 확인했다. 본인을 제외한 모든 피조물에게 해당되는 개인적 답이었다. 하나의 답이 자신을 찾는다는 게 느껴졌지만, 그건 어디서일까? 언제일까? 어떤 식일까? 어느덧 부엌문 앞에 다다른 제이니는 비틀비틀 안으로 들어갔다. 방 안에서도 파리들이 어지럽게 날면서 노래하고 결혼했다. 좁은 복도에 들어선 순간, 할머니가 두통 때문에 집에 있다는 게 생각났다. 할머니가 침대에 누워 주무셔서 제이니는 살금살금 현관 밖으로 나왔다. 아, 내가 배나무라면 좋을 텐데. 아니, 어떤 나무건 꽃을 피우면 좋을 텐데! 세상의 시작을 노래하는 벌들에게 키스를 받으면서! 제이니는 열여섯 살이었다. 이파리에 윤이 흐르고 꽃망울을 터뜨리고 있었다. 제이니는 삶과 부딪혀 싸우고 싶었지만, 삶은 자신을 피해 가는 것 같았다. 날 위해 노래해줄 벌들은 어디 있을까? 그곳에도, 할머니 집 안에도 답은 없었다. 제이니는 현관 계단 맨 위에 서서 최대한 멀리까지 바깥세상을 탐색해본 다음 대문으로 내려가 문 위로 몸을 내민 채 길이쪽저쪽을 내다봤다. 보고, 기다리고, 조바심에 헐떡였다. 새로운 세상이 생겨나기를 기다렸다.

흩날리는 꽃가루 저 너머로 한 눈부신 존재가 길을 따라 걸어오는 게 보였다. 아무것도 모르던 예전에는 그저 빼빼 마르고 껑충한, 덜떨어진 녀석이라고 생각했던 조니 테일러였다. 황금 꽃가루가 녀석의 누더기와 제이니의 눈에 마법을 걸기 전의 일이었다.

잠에서 깨기 전 비몽사몽 상태의 내니에게 어떤 목소리가 들려왔다. 저 멀리서부터 점점 가까워지는 목소리. 제이니의 목소리였다. 제이니가 누군지 알 수 없는 남자와 소곤대며 이야기를 나누는 소리가 들렸다. 순간 잠이 번쩍 깼다. 벌떡 일어나 창밖을 자세히 보았다. 그런데 조니 테일러가 제이니에게 물어뜯을 듯이 키스를 퍼붓는 게 아닌가.

"제이니!"

노인의 목소리는 호령이나 질책 같기는커녕 어찌나 바스러질 듯 다 죽어가는지, 제이니를 못 본 게 아닌가 하는 생각이 들 정도였다. 결국 제이니는 꿈에서 힘겹게 빠져나와 집 안으로 들어갔다. 그렇게 제이니의 유년기가 끝났다.

내니의 머리와 얼굴은 폭풍에 부러지고 남은 고목 뿌리 같았다. 이제는 아무 힘도 없는 옛 권위의 토대. 제이니가 열을 식히려고 흰 천 조각으로 할머니 머리에 동여매준 아주까리 이파리들이 시들시들해져서 할머니와 한 몸이 되었다. 내니의 눈에는 매서운 총기가 없었다. 그 눈은 제이니며 방이며 온 세상을 흩뜨리고 녹여 한 덩어리로 이해했다.

"제이니, 네가 여자가 됐구나. 이제, 그러니……."

"아니에요, 내니, 아니에요. 전 아직 진짜 여자가 아니에요."

　제이니에게는 너무 낯설고 버거운 생각이었다. 제이니는 그 생각을 머릿속에서 떨쳐내려고 애썼다.

　내니는 눈을 감은 채 여러 번 확인하듯 천천히 힘없이 고개를 끄덕이더니 입을 열었다.

　"아니, 제이니, 넌 이제 여자가 된 거다. 그러니 이제까지 마음에 담아뒀던 이야기를 하련다. 넌 당장 시집가는 게 좋겠다."

　"시집이라뇨? 아뇨, 내니. 절대 안 돼요! 전 남편이 뭔지도 모르는데요?"

　"내가 방금 본 것만으로도 충분하다, 애야. 난 조니 테일러 같은 인간이 덜 된 쓰레기 검둥이 따위가 네 몸을 자기 발걸레로 쓰는 꼴은 못 본다."

　내니의 말에 대문 너머 키스의 추억은 비 온 뒤 똥거름 꼴이 되었다.

　"날 봐라, 제이니. 그렇게 고개 숙이고 앉아 있지만 말고. 이 늙은 할미를 보란 말이다!" 내니의 목소리가 감정에 북받쳐 잠기기 시작했다. "나도 이런 식으로 말하고 싶진 않다. 사실 난 무릎 꿇고 창조주께 수없이 빌었어. 제발 내 짐을 너무 무겁게 만들지 말아달라고."

　"내니, 전 그냥…… 나쁜 짓을 하려던 건 아니었어요."

"바로 그게 무서운 거야. 넌 악의가 없지. 넌 심지어 뭐가 해로운지조차 몰라. 난 이제 늙었어. 언제까지고 해롭고 위험한 일들로부터 널 지켜줄 수가 없단 말이다. 난 네가 당장 결혼하는 걸 보고 싶다."

"당장 누구랑 결혼해요? 아는 사람도 없다고요."

"주님께서 다 마련해주실 거다. 그분께선 내가 대낮 불볕 속에서 짐을 져온 걸 아시거든. 오래전에 나한테 네 이야기를 한 사람이 있다. 그때는 내 아무 소리도 안 했어. 그게 네 길이 아니라고 생각했으니까. 네가 학교를 마치고 더 높은 덤불에 열린 더 단 딸기를 따길 바랐지. 하지만 보아하니 네 생각은 그게 아니구나."

"내니, 누가, 대체 누가 절 달라고 한 거예요?"

"로건 킬릭스 형제님이다. 좋은 사람이지."

"싫어요, 내니, 절대! 그래서 그 사람이 이 근처에서 얼쩡거린 거예요? 무덤 속 해골바가지처럼 생겨서는."

할머니가 벌떡 일어나 앉더니 아주까리 이파리를 얼굴에서 떼어냈다.

"그래서, 점잖게는 결혼 못 하겠다, 이거냐? 그저 이 남자 저 남자랑 부둥켜안고 입 맞추고 더듬는 짓거리나 하고 싶다고, 어? 네 어미랑 똑같이 이 할미 속을 문드러지게 할 작정이냐? 내 머리가 아직 덜 셌나 보다. 내 등이 얼마나 더 굽어야 네 성에 차겠냐!"

로건 킬릭스는 생각만 해도 배나무를 모독하는 것 같았다. 하지만 제이니는 그걸 내니에게 어떻게 설명해야 할지 알 수가 없었다. 그저 바닥에 쪼그리고 앉아 입술만 삐죽거렸다.

"제이니."

"네, 할머니."

"내 말에 대답을 해라. 내가 널 키우느라 얼마나 고생을 했는데 거기 앉아서 입술만 삐죽대는 거냐!"

할머니는 제이니의 뺨을 호되게 후려치고 머리를 뒤로 젖혀 억지로 시선을 맞췄다. 한 대 더 때리려고 손을 치켜올린 순간, 내니는 마음 깊은 곳에서 북받쳐 오른 커다란 눈물방울이 제이니의 두 눈에 고이는 것을 봤다. 쓰라린 고뇌와 울음을 참느라 꽉 다문 그 입술을 보고 내니는 손을 거뒀다. 대신 제이니의 얼굴을 가린 수북한 머리를 쓸어 넘겨주며 자신과 손녀에 대한 고뇌와 애정으로 소리 없이 울었다.

"이 할미한테 오렴, 아가야. 예전처럼 할미 무릎에 앉아 봐라. 내니는 네 머리칼 한 올도 안 건드릴 테니까. 할 수만 있다면 세상 누구도 너한테 해코지 못 하게 할 거야. 아가, 내가 아는 한 이 세상만사 주인은 백인 남자란다. 저 멀리 바다 어딘가에는 흑인 남자가 힘을 가진 곳이 있을지도 모르지만,

눈에 보이지도 않는 걸 우리야 알 수가 있나. 백인 남자는 짐을 내팽개쳐놓고 흑인 남자한테 그걸 줍게 하지. 흑인 남자는 해야 하니 그 짐을 줍기는 한다만 나르지는 않아. 여자들한테 넘겨버리지. 이 할미가 아는 한, 흑인 여자는 이 세상의 노새야. 너는 다르게 살게 해달라고 내 늘 빌어왔건만. 주여, 주여, 주여!"

내니는 쪼그라든 가슴에 제이니를 꼭 껴안고 오랫동안 흔들흔들 얼렀다. 제이니의 긴 다리는 의자 한쪽 팔걸이에 걸쳐졌고, 기다란 땋은 머리는 반대쪽 팔걸이 위로 늘어져서 흔들거렸다. 훌쩍이는 제이니의 머리 위에서 내니는 반은 홍얼거리고 반은 흐느끼며 기도문을 읊었다.

"주님, 자비를 베푸소서! 오랜 세월이 걸렸지만 결국은 올 것이 오고야 만 것 같습니다. 오, 예수님! 전 최선을 다했습니다."

마침내 두 사람 다 진정이 되었다.

"제이니, 조니 테일러랑 입 맞추고 지낸 지 얼마나 됐니?"

"이번 한 번뿐이에요, 내니. 전 걔 전혀 사랑하지 않아요. 제가 도대체 왜 그랬는지…… 아, 정말 모르겠어요."

"감사합니다, 예수님."

"다시는 안 그럴 거예요, 내니. 제발 절 킬릭스 씨한테 시집보내지 마세요."

"난 네게 로건 킬릭스를 주고 싶은 게 아니야, 아가. 네게 보호막을 주고 싶은 거야. 얘야, 난 늙어가는 게 아니야. 이미 폭삭 늙어버렸어. 이제 조만간 어느 날 아침에 칼을 든 천사가 여기 들이닥칠 거야. 날짜와 시간이야 모르지만, 그날이 멀지 않았어. 네가 아기였을 때 널 품에 안고 네가 다 클 때까지는 여기 있게 해달라고 주님께 빌었지. 주님께서 그날을 볼 수 있게 해주셨어. 이제 난 네가 안전하게 자리 잡는 걸 볼 때까지 이 금쪽같은 시간을 며칠만 더 늘려달라고 매일매일 기도할 거다."

"시간을 좀 주세요, 내니. 제발, 아주 조금만 더요."

"네 마음을 모를 거라고 생각하지 마라, 제이니. 난 잘 알아. 내 배 아파 낳은 아이라도 이보다 더 사랑하지는 못할 거야. 사실 내 속으로 낳은 네 어미보다 널 훨씬 더 사랑한단다. 하지만 넌 보통 애들이랑은 다르다는 걸 알아야 해. 넌 아비도 없고, 네 어미가 네게 한 짓을 생각하면 어미도 없는 거나 다름없다. 너한테는 나밖에 없어. 하지만 난 늙어서 이미 머리가 무덤 쪽을 향해 있어. 그런데 넌 혼자 힘으로 살 수도 없지. 네가 천덕꾸러기 신세로 이 집 저 집 전전한다는 생각만 해도 가슴이 찢어져. 네가 눈물 한 방울 흘릴 때마다 내 가슴에선 피가 한 사발씩 흐른다고. 내가 죽기 전에 내 할 일을 해야만 해."

제이니가 울음 섞인 한숨을 토해냈다. 노인은 제이니의 손을 토닥토닥 쓰다듬는 것으로 대답을 대신했다.

"있잖아, 아가, 우리 흑인들은 뿌리 없는 가지 신세야. 그래서 상황이 제멋대로 이상하게 돌아가버려. 특히 넌 더 그래. 나야 노예로 태어났으니까 여자란 어째야 하고 뭘 해야 한다는 식의 꿈을 이루는 건 내 몫이 아니었어. 노예제라는 장애물에 가로막혔으니까. 하지만 넌 뭐든 바랄 수 있어. 아무리 사람을 바닥까지 짓밟아도 의지를 빼앗을 수는 없는 법이야. 난 일소나 씨돼지 취급은 받고 싶지 않았고, 내 딸이 그런 취급을 받는 것도 싫었다. 그런 일들이 일어난 건 내 뜻이 아니었어. 네가 그런 식으로 태어난 것조차 싫었어. 하지만, 그래도 난 신께 감사드렸다. 또 한 번의 기회를 얻은 거니까. 난 높은 자리에 앉은 흑인 여자에 관해 멋진 설교를 하고 싶었지만, 내게 허락된 설교단은 없었어. 자유를 얻었을 때, 내 품엔 갓난쟁이 딸애가 있었어. 난 생각했어. 이 아이를 위해서라면 빗자루와 냄비를 가지고서라도 이 황야에 탄탄대로를 놓아주겠노라고. 나는 내 딸이 내가 느낀 것들을 잘 설명해줄 줄 알았어. 하지만 어찌 된 일인지 걔는 그 길에서 벗어나버렸고, 다시 정신을 차려보니 네가 이 세상에 와 있더라. 그래서 밤마다 널 돌보며 그랬다. 설교는 널 위해 아껴놓겠다고. 난 오랫동안 기다렸다, 제이니. 하지만 내가 꿈꾸던 높은 자리에 네가 서기만 한다면야 지금까지 한 고생쯤은 별일도 아니야."

늙은 내니는 제이니를 마치 아기처럼 흔들흔들 어르며 과거로, 과거로 거슬러 올라갔다. 마음속 풍경들에 감정이 되살아나고, 그 감정들이 텅 빈 가슴속에서 드라마를 끌고 나왔다.

"그날 아침 사바나 근처 큰 농장에 어떤 남자가 말을 타고 달려와 셔먼 장군이 애틀랜타를 함락했다는 소식을 알렸지. 로버트 주인님 아들은 치카모가에서 죽었대고. 주인님은 총을 움켜쥐고 제일 좋은 말에 올라타더니 남아 있던 머리 허연 남자들과 어린 남자애들을 데리고 떠났어. 양키들을 테네시로 쫓아내겠다고 말이야.

다들 떠나는 남자들에게 환호성을 보내며 응원했지. 그런데 그 광경을 난 못 봤어. 네 어미가 태어난 지 일주일밖에 안 돼서 누워 있었으니까. 그런데 잠시 후에 주인님이 사람들한테 잊은 게 있다고 하고는 내 오두막에 달려 들어오더니 나보고 마지막으로 머리를 풀어보라는 거야. 주인님은 늘 그랬던 것처럼 내 머리카락에 손을 넣어 쓸어보고 큼직한 내 발가락도 당겨보고 하더니 번개처럼 다른 사람들을 쫓아갔지. 사람들이 주인님에게 보내는 마지막 환호성이 들리더구나. 곧 대저택과 하인 숙소 모두 엄숙하고 조용해졌어.

주인마님이 우리 집 문간에 들어선 건 날이 서늘해진 저녁때였다. 문을 확 열어젖히고는 그 자리에 서서 날 매섭게 노려보더구나. 봄날은 단 하루도 구경 못 해보고 수백 년 동안 1월 엄동설한만 겪어온 사람 같은 모양새를 하고 말이야. 마님은 내 침대로 걸어오더니 나를 내려다보며 그러는 거야.

'네 아이를 보러 왔다.'

그 얼굴에 쌩쌩 부는 찬바람을 모른 척하려 애썼지만, 그게 어찌나 서릿발 같은지 이불을 덮었는데도 얼어 죽을 것 같더라. 그래서 몸이 마음처럼 재깍재깍 움직여지지 않는 거야. 그래도 빨리 하라는 대로 해야 한다는 건 알았지.

'저것 이불 좀 젖혀봐라, 어서!' 마님이 고함을 질렀어. '이 농장 안주인이 누군지 모르시는 모양이네, 부인 내 알려주지.'

결국 겨우겨우 이불을 젖혀서 아기 얼굴을 드러냈어.

'검둥아, 어째서 네 새끼가 회색 눈에 노랑머리지?' 마님이 내 턱을 마구잡이로 후려치기 시작했어. 처음에는 애한테 이불을 다시 덮어주느라 정신이 없어서 아프고 자시고 모르겠더라고. 하지만 마님이 마지막 일격을 가했을 땐 정말 불에 덴 것처럼 화끈거렸어. 속에서 어찌나 오만 감정이 요동을 쳐대는지 어찌할 바를 몰라서 울지도 못하고 아무것도 못 했어. 그런데 마님은 어떻게 내 애가 하얗냐고 연신 물어대더라고. 스물다섯, 아니 서른 번은 더 물었을 거야. 묻지 않고는 배길 도리가 없다는 듯이 말이지. 그래서 내가 그랬어. '쇤네는 시키신 일 말고는 아무것도 모릅니다. 쇤네는 검둥이 노예일 뿐인걸요.'

그렇게 말하면 화가 가라앉을 줄 알았는데 마님은 더 노발대발하더라고. 그래도 더 때리지는 않는 걸 보니 지쳐서 기운이 없구나 싶었지. 침대 발치로 가서 손수건으로 손을 닦더니 그러는 거야. '너 따위한테 손을 더럽히고 싶지 않다. 내일 날이 밝자마자 감독을 시켜서 널 형틀로 끌고 갈 거야. 무릎을 꿇려 묶어놓고 그 누런 등가죽을 벗겨주겠어. 맨 등짝을 생가죽 채찍으로 백 대 후려쳐서 피가 발꿈치까지 철철 흐르게 해줄 거야. 내가 직접 숫자를 셀 거야. 그러다 네가 죽어버리면 그 손해야 감수해야지. 어쨌거나 네 새끼는 한 달만 지나면 당장 팔아치울 거야.'

마님은 서릿발 같은 한기를 남겨놓고 쌩하니 나가버렸어. 아직 몸이 성치 않았지만 그런 걸 따질 때가 아니었다. 칠흑 같은 밤에 애를 최대한 꼭꼭 싸서 강가 습지로 도망갔어. 거기엔 사람을 무는 독사 같은 뱀들이 우글거린다는 걸 알았지만, 그보단 내 뒤에 있는 것들이 더 무서웠거든. 누가 아기 울음소리를 듣고 우리를 잡으러 올까 봐 애가 조금이라도 울라치면 젖을 물리면서 낮이고 밤이고 계속 거기 숨어 있었어. 내 걱정을 해준 친구가 아무도 없었다는 소리는 아니야. 게다가 자비로운 주님께서 보살펴주신 덕분에 잡히지 않았지. 그렇게 내내 겁에 질려 애간장을 태웠는데, 애가 어떻게 내 젖을 먹고도 안 죽고 멀쩡했나 몰라. 올빼미 소리만 들어도 소스라쳤고, 밤만 되면 삼나무 가지들이 흐느적흐느적 돌아다니는 것처럼 보였어. 근처를 어슬렁대는 표범을 본 적도 두세 번 있었지. 하지만 주님께서 다 지켜보고 계셨기 때문에 아무런 해도 입지 않고 무사할 수 있었다.

그러던 어느 날 밤 대포 소리가 천둥처럼 쾅쾅대는 거야. 밤새도록 계속. 다음 날 아침에 보니까 저 멀리 커다란 배 한 척이 있는데 주변이 온통 부산스럽더라고. 그래서 리피를 이끼로 감싸서 나무 둥치에다 잘 눕혀놓고 선착장에 내려가 봤어. 남자들이 다 파란 옷을 입고 있었는데, 사람들 말이 셔먼 장군이 사바나의 배들이 있는 쪽으로 오는 중이고 우리 노예들은 이제 다 해방됐다는 거야. 그래서 달려가 애를 데리고 와서 사람들 말을 주워들어보고는 있을 곳을 구했어.

하지만 리치먼드에서 남군이 완전히 항복한 건 그러고도 한참 후의 일이었다. 그때 애틀랜타에서는 큰 종이 울렸고, 회색 제복을 입은 남자들은 다 몰트리로 가서 다시는 노예제 문제로 싸우지 않겠다는 결심을 보여주려고 칼을 땅에 묻어야 했지. 그때야 우린 이제 해방되었다는 걸 알았어.

마음만 있었으면 얼마든지 했겠지만 난 아무하고도 결혼하고 싶지 않았다. 누구라도 내 아이를 구박하는 꼴은 보기 싫었거든. 그래서 마음씨 좋은 백인들을 만나서 여기 웨스트 플로리다로 왔지. 일도 하고 리피에게 따뜻하고 좋은 환경을 만들어주려고.

주인마님은 너를 키우는 걸 도와주셨듯이 리피를 키울 때도 도와주셨어. 리피를 보낼 학교가 생기자 학교에 보냈다. 리피를 학교 선생으로 만들고 싶었거든.

하지만 어느 날 올 시간이 됐는데도 리피가 집에 안 오는 거야. 목이 빠져라 기다렸는데 밤새도록 오지 않았어. 등불을 들고 온 동네에 다 물어보고 다녔지만 애를 본 사람이 아무도 없었어. 리피는 다음 날 아침에 네발로 기어서 돌아왔다. 차마 눈 뜨고 볼 수 없는 몰골로 말이야. 그 학교 선생이란 작자가 밤새 숲에서 애를 겁탈하고는 새벽에 도망가버린 거야.

그 앤 겨우 열일곱이었는데, 그런 일이 벌어지다니! 주님, 자비를 베푸소서! 지금도 그 광경이 눈에 선하구나. 애는 한참이 지나서야 겨우 몸을 회복했고, 그때쯤엔 우린 네가 들어섰다는 걸 알았다. 네가 태어난 후 리피는 술에 빠져 외박을 일삼았어. 여기도, 그 어디에도 잡아놓을 수가 없었어. 그 애가 지금 어디 있는지는 주님만 아시겠지. 죽진 않았어.

그랬으면 느낌으로 알았을 테니까. 하지만 때로는 개가 편히 잠들었으면 하는 마음이 들 때도 있어.

제이니, 내가 대단한 건 못 해줬을지 몰라도 할 수 있는 한 네게 최선을 다했어. 아등바등 돈을 긁어모아 이 조그만 땅뙈기도 샀다. 백인 집 뒷마당에서 산다고 네가 학교 친구들 앞에서 고개 숙이고 다니지 않게 하려고. 네가 어렸을 때야 괜찮았지. 하지만 세상사를 알 만큼 컸을 때는 네가 스스로를 당당하게 볼 수 있기를 바랐단다. 네 면전에 대고 이러쿵저러쿵하는 인간들 때문에 늘 기죽어 살게 하고 싶지 않았어. 게다가 백인이건 흑인이건 남자 놈들이 널 침 뱉는 그릇 취급할지도 모른다는 생각을 하면 이 할미는 편히 눈을 감을 수가 없어. 날 가엾게 여겨다오. 이 할미는 금 간 접시나 마찬가지야. 살살 내려놓아 주려무나, 제이니."

3

질문을 던지는 시기가 있고 답을 하는 시기가 있다. 제이니는 세상사를 알 기회가 없었기 때문에 질문을 할 수밖에 없었다. 결혼을 하면 짝이 없을 때의 무한한 외로움이 없어지는 걸까? 해가 뜨면 낮이 되듯이 결혼을 하면 사랑이 생기는 걸까?

로건 킬릭스, 그리고 걸핏하면 거론되던 그의 60에이커 땅을 보러 가기 전 며칠 동안, 제이니는 자신에게, 다른 사람들에게 질문을 던졌다. 고민과 생각에 잠겨 계속해서 배나무를 오갔다. 그리고 마침내 내니의 이야기와 스스로의 추측을 조합해 나름대로 마음 놓이는 결론을 내렸다. 그렇다. 결혼하고 나면 로건을 사랑하게 될 것이다. 어떻게 그렇게 되는지는 도무지 모르겠지만, 내니와 동네 어르신들이 그렇게 말했으니 분명 그럴 것이다. 남편과 아내는 늘 서로를 사랑하고, 그게 바로 결혼인 것이다. 그냥 그런 거다. 그렇게 생각하자 기분이 나아졌다. 결혼이 그렇게 끔찍하고 곰팡내 나는 일처럼 여겨지지 않았다. 이제 더 이상 외로움은 없을 것이다.

제이니와 로건은 어느 토요일 저녁 내니의 집 거실에서 결혼식을 올렸다. 케이크 세 개가 놓였고 튀긴 토끼 고기와 닭고기 요리가 큼직한 접시들에 차려졌다. 온갖 먹을거리가 풍족했다. 내니와 워시번 부인이 잘 챙겨서 준비해둔 것이었다. 하지만 로건의 집까지 갈 마차에는 아무런 장식도 없었다. 그 집은 아무도 찾은 적 없는 숲속 한가운데 덩그러니 자리한 나무 그루터기처럼 쓸쓸했다. 어떤 정취도 느껴지지 않는 집이었다. 그래도 어쨌거나 제이니는 안으로 들어가 사랑이 시작되기를 기다렸다. 시간이 흐르고 초승달이 세 번 뜨고 졌다. 제이니는 걱정이 되기 시작했다. 그래서 워시번 부인 집에서 비튼 비스킷(19세기 미국 남부 지역에서 먹던 전통 음식으로 부드럽지 않고 딱딱하며 바삭하다는 특징이 있다-옮긴이)을 굽는 날, 내니를 만나러 부엌으로 갔다.

내니는 반가워서 환한 웃음을 지으며 제이니를 빵 반죽대 앞으로 불러 입을 맞췄다.

"이게 웬일이야, 아가야. 이렇게 반가운 일이 있나! 들어가서 워시번 부인께도 왔다고 인사드려라. 흠! 흠! 흠! 네 신랑은 잘 지내고?"

제이니는 워시번 부인을 만나러 가지 않았다. 반가워 어쩔 줄 모르는 내니에게 화답하는 반응도 보이지 않았다. 그저 의자에 털썩 앉더니 계속 그러고 있었다. 내니는 비스킷을 굽느라 바쁘고 제이니가 자랑스러워 뿌듯한 마음에 처음에는 제이니의 기분을 눈치채지 못했다. 하지만 조금 후 자기 혼자만 떠들고 있다는 걸 알아채고는 고개를 들고 제이니를 쳐다봤다.

"무슨 일이니, 아가? 별로 기운이 없어 보이는데."

"아, 별것 아니에요. 그냥 좀 물어볼 게 있어서요."

할머니는 잠시 어안이 벙벙한 표정을 지었다가 이내 함박웃음을 터뜨렸다. "설마 벌써 애가 들어선 거냐? 어디 보자…… 이번 토요일로 두 달하고도 두 주가 됐구나."

"아니에요. 그런 건 아니에요." 제이니가 살짝 얼굴을 붉혔다.

"부끄러워할 거 하나도 없다, 얘야. 넌 유부녀잖니. 워시번 부인이나 다른 사람들처럼 정식 남편이 있는데 뭘 그래!"

"그쪽은 아니에요. 확실히 아니라고요."

"그럼 로건이랑 싸운 거냐? 세상에, 그 입술만 두꺼운 겁보 잡놈이 우리 아가한테 벌써 손찌검을 한 거야? 내 당장 몽둥이를 들고 가서 이놈을 흠씬 두들겨 패줄 테다!"

"아니에요. 절 때린다는 소리는 입 밖에 낸 적도 없어요. 악의를 가지고 제게 손찌검하는 일은 절대 없을 거라 했어요. 장작이 필요하면 다 패서 부엌 안까지 날라주고요, 물 양동이도 두 개 가득 채워놓아요."

"흠! 그게 계속될 거라고는 기대하지 마라. 그런 식으로 맞춰주는 건 입에다 키스하는 게 아니야. 로건은 지금 네 발에 키스하고 있는 건데, 남자들은 발에다 오래 키스하는 법이 없다. 입에다 키스하는 게 동등하고 자연스러운 거야. 하지만 남자들은 사랑한답시고 허리를 굽혔다가 곧 꼿꼿하게 일어나버리거든."

"네."

"그런데 로건이 그렇게 다 해준다면 넌 왜 그런 실쭉한 얼굴을 하고 여기 온 거냐?"

"내니가 그랬잖아요. 제가 분명 그 사람을 사랑하게 될 거라고. 그런데 아니에요. 누가 방법을 가르쳐준다면 그렇게 될 수도 있지 않을까 해서요."

"이 바쁜 날 그런 같잖은 소릴 하려고 여기 왔단 말이냐? 평생 의지할 기둥이자 커다란 보호막이 있고 모두가 너를 킬릭스 부인이라 부르면서 모자를 까딱하며 인사하는데, 나한테 사랑 타령을 늘어놓으려고 왔다고?"

"하지만 내니, 저도 가끔은 그 사람을 원할 수 있으면 좋겠어요. 원하는 건 다 그 사람 몫인 게 싫어요."

"로건이 안 좋으면, 좋아하도록 노력을 해야지. 이 동네 흑인들 중 거실에 오르간이 있는 건 너희뿐이야. 돈 다 치르고 산 집도 있고, 큰길 바로 옆에 땅도 60에이커나 있고, 그리고 또…… 아이고, 주여! 그게 바로 우리 흑인 여자들이 붙들고 늘어질 물건이라고. 네가 말하는 사랑! 그놈의 사랑 때문에 우리 여자들이 어둑한 새벽부터 깜깜한 밤까지 끌고 당기고 비지땀을 흘리는 처지가 되는 거다. 그래서 이런 옛말이 있는 거 아니겠니. 멍청한 게 죄는 아니라고. 다만 죽어라 고생하게 될 뿐이지. 내 보기에 넌 겉보기에 멀끔하게 차려입었지만 길을 건널 때마다 신발 밑창이 버틸 수 있을지 확인해봐야 하는 그런 놈팡이를 원하는 것 같구나. 그런 놈은 네가 가진 걸로 얼마든지 사고팔 수 있다고. 진짜로 사고팔아버릴 수 있단 말이다."

"그런 게 아니에요. 또 그 땅에는 아무런 애착도 없고요. 매일 울타리 너머로 10에이커씩 던져버린다 해도 그게 어디에 떨어졌는지 돌아보지도 않을 거예요. 킬릭스 씨에 대한 감정도 같아요. 세상엔 사랑할 수 없는 사람들이 있는데, 그 사람이 그런 사람이라고요."

"어째서?"

"아래위로는 너무 길쭉하고 옆쪽은 너무 넙데데한 머리

51

통도 싫고요, 축 늘어진 뒷덜미 살도 싫어요."

"머리통을 자기가 만든 것도 아닌데 어쩌라고. 정말 바보 같은 소릴 하는구나."

"누가 만들었건 상관없어요. 결과물이 싫다고요. 배도 너무 툭 튀어나왔고, 발톱은 꼭 노새 발굽 같아요. 매일 밤 잠자리에 들기 전 발 못 씻을 사정이라곤 하나도 없는데 씻지도 않아요. 정말 하나도 없다고요. 제가 물도 떠다 바치는걸요. 그 사람이 침대에서 몸을 뒤척거리며 피우는 냄새를 맡느니 차라리 고문을 당하는 게 낫겠어요. 게다가 예쁜 말이라고는 단 한 번도 하는 법이 없다고요."

제이니가 울음을 터뜨렸다.

"결혼 생활이 배나무 아래 앉아 상상하던 것처럼 달콤하길 바랐어요. 전……."

"울어봤자 소용없다, 제이니. 이 할미도 이런저런 힘든 길을 헤쳐왔단다. 사람들은 어차피 이래저래 울면서 살 수밖에 없어. 그냥 물 흐르는 대로 놔둬. 넌 아직 젊잖아. 죽기 전에 어떤 일이 생길지 모른다. 기다려봐라, 아가야. 마음이 바뀔 거다."

내니는 엄한 태도로 제이니를 돌려보냈지만, 그날 일하는 내내 시들시들 기운이 없었다. 마침내 초라한 오두막에 돌아와 혼자가 되자 내니는 무릎을 꿇고 앉았다. 얼마나 오랫동안 그렇게 앉아 있었는지 자기가 어디 있는지도 잊어버릴 정도였다. 마음속에는, 말들이 생각 주위를 표류하고 생각이 보고 들은 것 주위를 표류하는 웅덩이가 있다. 더 들어가면 말들이 닿지 못하는 깊은 생각이, 그보다 더 깊은 곳에는 생각이 닿지 못하는 형체 없는 감정의 심연이 자리한다. 내니는 늙은 무릎을 꿇은 채 또다시 이 끝없는 의식적 고통 속으로 들어갔다. 아침이 다가올 무렵 내니는 중얼거렸다. "주여, 제 마음 아시지요. 제가 할 수 있는 건 다 했습니다. 나머지는 주님께 맡깁니다." 그러고는 억지로 몸을 일으켜 침대 위에 털썩 쓰러졌다. 한 달 후 내니는 세상을 떠났다.

제이니는 꽃의 계절, 녹음의 계절, 단풍의 계절을 보냈다. 하지만 꽃가루가 또다시 태양 금박을 입고 세상에 곱게 내려앉자 제이니는 대문가에 서서 기다리기 시작했다. 무엇을? 자신도 정확히 몰랐다. 호흡이 거칠고 가빴다. 제이니는 아무도 이야기해준 적 없는 것들을 알았다. 나무와 바람의 말 같은 것들을. 제이니는 떨어지는 씨앗에게 종종 말을 걸었다. "부드러운 흙 위에 떨어지면 좋겠구나." 씨앗들이 스쳐 지나가며 나누는 이야기들이 들렸기 때문이다. 제이니는 세상이 창공이라는 푸른 초원을 누비는 종마라는 걸 알았다. 신이 밤마다 낡은 세상을 찢어발기고 해가 뜰 때까지 새로운 세상을 만든다는 것을 알았다. 세상이 형태를 취하며 창조의 잿빛 먼지 속에서 태양과 함께 모습을 드러내는 광경은 근사했다. 익숙한 사람과 일들에 실망한 제이니는 대문에 기대어 저 멀리까지 이어진 길을 바라보았다. 이제 제이니는 결혼한다고 사랑이 생기지 않는다는 것을 알았다. 제이니의 첫 번째 꿈은 죽어버렸고, 그렇게 제이니는 여자가 되었다.

4

그해가 다 가기도 훨씬 전, 제이니는 남편이 더 이상 부드럽게 말하지 않는다는 것을 알아차렸다. 치렁치렁한 검은 머리에 감탄하는 일도, 머리를 만지작거리는 일도 없었다. 6개월 전에는 이렇게 말하기도 했다. "내가 장작을 여기까지 끌고 와서 패주면 말이지, 안으로 옮기는 것 정도는 당신이 해야 하는 거 아니야? 지난번 마누라는 장작 패는 일로 날 성가시게 하지 않았다고. 저 도끼를 쥐고 장작을 패서 사내처럼 휙휙 던졌지. 당신은 아주 버릇이 잘못 들었어."

그래서 제이니는 대꾸했다. "당신이 억센 만큼 나도 완강해요. 장작 나르는 걸 못 하겠다면 저녁도 안 먹고 참을 수 있겠네요. 냉정하게 굴어서 미안하지만요, 킬릭스 씨, 난 장작 팰 생각이라곤 조금도 없어요."

"어, 장작은 계속 패줄 거야. 당신이 그렇게 계속 인색하게 군다 해도. 당신 할머니랑 내가 당신 버릇을 이렇게 망쳐 놨으니 계속하는 수밖에."

얼마 후, 어느 날 아침 로건이 부엌에 있는 제이니를 헛간으로 불렀다. 로건은 노새에 안장을 올려놓고 기다리고 있었다.

"이봐, 릴빗(로건이 제이니를 부르는 별칭 릴빗Little Bit은 제이니를 어린애 취급하는 로건의 시선이 드러나는 말이다—옮긴이), 나 좀 도와줘. 이씨감자 좀 잘라봐. 난 어디 좀 다녀와야겠으니까."

"어디 가는데요?"

"레이크시티에 노새 건으로 만날 사람이 있어서."

"왜 노새가 두 마리나 필요해요? 이 노새를 다른 노새로 바꾸려는 거라면 몰라도."

"아니. 올해는 두 마리가 필요해. 가을에는 감자 농사를 지을 거거든. 한몫 벌 수 있을 거야. 쟁기도 두 개 쓸 생각이야. 그 사람이 그러는데 노새가 어찌나 순한지 여자도 부릴 수 있을 정도라더군."

로건은 씹는담배가 감정의 온도를 재는 체온계라도 되는 것처럼 가만히 문 채 제이니의 표정을 살피며 대답을 기다렸다.

"그래서 한번 가서 봐야겠다 싶었지." 로건은 시간을 끌려고 이렇게 덧붙이고 침을 꿀꺽 삼켰다. 제이니는 그저 이렇게만 말했다. "감자 잘라놓을게요. 언제 돌아와요?"

"글쎄. 해 질 녘쯤 되려나. 꽤 먼 거리라서 말이야. 게다가 올 때 노새까지 끌면 더 늦을 수도 있고."

집안일을 마친 제이니는 헛간에 가서 감자 무더기를 앞에 놓고 앉았다. 하지만 봄기운이 헛간 안까지 스며들자 일거리를 다 챙겨서 큰길이 내다보이는 마당으로 나가 떡갈나무 아래에 앉았다. 나무 잎사귀들 사이를 비집고 들어온 한낮의 햇살이 마당에 레이스 무늬를 그리고 있었다. 한참을 그렇게 앉아 있는데 문득 길 저쪽에서 휘파람 소리가 들려왔다.

휘파람 소리의 주인공은 이 동네 사람들과는 달리 비스듬하게 모자를 눌러 쓴 도회적이고 세련된 옷차림의 남자였다. 코트는 벗어서 한쪽 팔에 걸쳤지만, 코트 없이도 충분히 멋진 차림새였다. 실크 천으로 소매를 고정한 셔츠만으로도 눈이 부셨다. 남자는 휘파람을 불고 얼굴의 땀을 닦으며 목표 지점이 확실한 사람처럼 자신 있게 걸어왔다. 피부색은 암갈색이었지만 행동거지는 워시번 씨와 같은 부류의 사람처럼 보였다. 저런 남자가 어디서 온 걸까? 어디로 가는 걸까? 남자가 제이니 쪽이건 다른 쪽이건 눈길도 주지 않고 정면만 보고 걸었기 때문에 제이니는 우물가로 달려가 세차게 펌프질을 하기 시작했다. 요란한 펌프질 소리와 함께 제이니의 풍성한 머리카락이 쏟아져 내렸다. 그러자 남자는 발걸음을 멈추고 빤히 바라보더니 제이니에게 차가운 물 한잔을 청했다.

제이니는 펌프질을 계속하며 남자를 자세히 관찰했다. 남자는 물을 마시며 친근하게 말을 걸었다.

조 스탁스라고 합니다. 그래요, 조지아에서 온 조 스탁스요. 평생 백인들 밑에서 일했죠. 돈 좀 모았습니다. 300달러 정도요. 예, 맞아요, 바로 이 주머니에 있죠. 여기 플로리다에 새로운 주를 만든다는 소리가 들려서 와보고 싶었지만 살던 곳에서 돈을 버느라 그동안 올 기회가 없었죠. 그런데 흑인들만 사는 도시를 만든다는 소리를 들으니 바로 거기가 내가 갈 곳이라는 생각이 딱 들더군요. 내 목소리 내면서 살고 싶었지만, 내가 살던 곳도 그렇고 다른 곳들도 그렇고, 할 말 하고 사는 건 백인들뿐이죠. 흑인들이 직접 세운다는 그곳만 제외하고요. 그게 맞긴 해요. 만든 사람이 응당 우두머리가 돼야죠. 그러니 흑인들도 뻐기고 살려면 스스로 뭔가를 만들어야 하지 않겠습니까? 돈을 모아둬서 정말 다행이에요. 그곳이 제대로 자리 잡기 전에 갈 작정입니다. 왕창 사들일 거예요. 늘 큰소리치며 살고 싶었는데 서른 살이 다 되어서야 드디어 기회가 왔네요. 그런데 어머니랑 아버지는 어디 계십니까?

"돌아가셨어요, 아마도. 할머니가 키워주셔서 부모님에 관해선 잘 몰라요. 할머니도 돌아가셨고요."

"할머니도요! 아니 그럼 당신같이 어린 아가씨를 누가 돌봐주죠?"

"전 결혼했어요."

"결혼했다고요? 아직 젖도 채 안 뗀 아기처럼 보이는데요. 아직 설탕 젖꼭지(아기들이 빨아 먹을 수 있도록 면포에 설탕을 싸서 젖꼭지 모양으로 만든 물건−옮긴이) 생각이 간절하고 그럴 것 같은데, 안 그래요?"

"그럼요. 갑자기 먹고 싶은 생각이 들 때면 직접 만들어서 빨아 먹어요. 시럽 탄 물도 마시고요."

"나도 그거 좋아해요. 아무리 나이가 들어도 시원하고 맛있는 시럽 음료를 싫어할 사람이 누가 있겠습니까."

"헛간에 시럽이 많아요. 사탕수수 시럽이요. 원하시면······."

"남편분은 어디 계시죠? 저기, 부인 성함이······?"

"제이니 매이 킬릭스예요, 결혼을 했으니까. 그전에는 제이니 매이 크로퍼드였고요. 남편은 제가 밭을 갈 때 쓸 노새를 사러 갔어요. 씨감자 잘라놓으라고 시켜놓고요."

"밭을 간다니요! 당신 같은 사람이 밭을 갈다니, 돼지가 휴일을 즐긴다는 소리처럼 안 어울리는 소리군요! 씨감자 자르는 일도 어울리지 않아요. 당신처럼 인형같이 예쁜 아가씨는 포치 흔들의자에 앉아 부채질이나 하면서 다른 사람들이 당신을 위해 특별 재배한 감자를 먹어야죠."

제이니는 웃음을 터뜨리며 통에서 시럽을 따라 왔고, 조 스탁스는 펌프질해서 양동이 가득 시원한 물을 채웠다. 두 사람은 나무 아래 앉아 이야기를 나눴다. 조는 플로리다의 새로운 도시로 가는 길이었지만 잠깐 가던 길을 멈추고 이야기를 하는 것도 나쁠 것 같지 않았다. 그는 어차피 휴식이 필요하다고 생각했다. 한두 주 정도 쉬는 게 좋을 것 같았다.

그날 이후 두 사람은 날마다 길 건너 참나무숲에서 몰래 만났다. 둘은 조가 위대한 지배자가 되고 제이니가 그 혜택을 누리게 될 날들에 관해 이야기했다. 제이니는 오랫동안 주저했다. 조는 해돋이와 꽃가루와 꽃나무를 의미하지 않았기 때문이다. 하지만 조는 저 멀리 수평선을 대변했다. 변화와 기회를 나타냈다. 그래도 제이니는 망설였다. 내니의 기억이 아직도 강력하고 생생했다.

"제이니, 내가 당신을 꼬드겨 훔쳐 가서는 개처럼 부릴 거라고 생각한다면 그건 오해요. 난 당신을 아내로 삼고 싶소."

"진심이에요, 조?"

"당신이 내 손을 잡기만 하면, 난 그날이 저물기 전에 당신과 결혼할 거요. 난 원칙을 지키는 사람이오. 당신은 숙녀 대접을 받는다는 게 어떤 건지 모르고 살았겠지만, 내가 그렇게 해주고 싶소. 가끔 그러듯이 날 조디라 불러요."

"조디." 제이니가 그를 향해 빙긋 미소 지었다. "하지만 만약……."

"만약이고 뭐고 다 나한테 맡겨요. 내일 아침 해 뜰 무렵 저 길 아래쪽에서 당신을 기다리고 있겠소. 나랑 같이 떠나요. 그럼 남은 평생 당신에게 걸맞은 삶을 살 수 있어요. 내게 키스해줘요. 그리고 머리를 흔들어봐요. 당신이 머리를 흔들면 그 풍성한 머리칼이 동이 틀 때처럼 반짝이거든."

그날 밤 제이니는 침대에 누워 고민했다.

"로건, 자요?"

"그랬더라도 당신이 부르는 바람에 깬 거겠지."

"우리 사이에 관해 정말 깊이 생각해봤어요. 당신과 나에 관해서."

"그럴 때가 됐지. 당신은 이 집에서 너무 제멋대로 구니까. 당신 주제를 생각해보면 말이야."

"무슨 말이에요?"

"당신은 지붕도 없는 마차에서 태어났잖아. 당신 엄마랑 같이 백인들 집 뒤뜰에서 자랐고."

"날 달라고 내니한테 사정할 때는 그런 말 안 했잖아요."

"잘해주면 고마워할 줄 알았지. 데려와서 인간 좀 만들어보려 했거든. 행동하는 걸 보면 당신은 자기가 백인이라도 되는 줄 아는 것 같아."

"내가 언젠가 당신을 두고 도망가버릴 거라는 말이에요?"

마침내 제이니는 로건이 속에 담아두기만 했던 두려움을 말로 내뱉었다. 제이니는 도망가고도 남을 사람이다. 그 생각을 하자 온몸에 고통스러운 전율이 흘렀지만, 로건은 무시하는 게 최고라고 생각했다.

"난 졸려, 제이니. 이제 그만 이야기하자. 당신을 믿을 남자는 많지 않을걸? 당신 집안 내력을 다들 알고 있으니."

"당신을 떠나 날 믿는 남자를 찾을 수도 있죠."

"젠장! 나 같은 바보가 또 있을까? 숱한 사내들이 당신 얼굴만 보고 헤벌쭉 좋아하겠지. 그런데 그들이 당신을 먹여 살릴 것 같아? 얼마 못 가서 큰창자고 작은창자고 다 하나로 쪼그라들어서 여기 돌아오려고 안달복달하게 될걸."

"당신은 베이컨이랑 옥수수빵 말고는 안중에도 없군요."

"난 졸려. 있지도 않은 일 가지고 애태우며 걱정할 생각 없다고." 속이 상해 화가 난 로건은 획 돌아누워 자는 척했다. 자기가 상처 입은 만큼 제이니도 상처 입었으면 싶었다.

다음 날 아침 제이니가 아침 식사를 반쯤 준비했을 때

로건은 헛간에서 소리를 질렀다.

"제이니!" 로건은 사납게 외쳤다. "날 뜨거워지기 전에 이 거름 더미 옮기는 것 좀 거들어. 당신은 이쪽에 아무 관심이 없군. 온종일 부엌에서 얼쩡거려봤자 무슨 소용이야."

제이니는 손에 냄비를 들고 계속 옥수수 반죽을 휘저으며 문간으로 걸어가 헛간 쪽을 쳐다봤다. 숨어 있다 나온 태양이 붉은 단검으로 세상을 위협했지만, 헛간 주위에는 회색 그림자가 짙게 드리워져 있었다. 삽을 든 로건이 뒷발로 서서 어정쩡하게 춤추는 검은 곰처럼 보였다.

"그쪽엔 내 도움이 필요 없잖아요, 로건. 당신은 당신 자리에 있는 거고, 난 내 자리에 있는 거죠."

"당신 자리가 따로 어디 있다고 그래. 내가 오라는 데가 당신 자리야. 움직이라고, 후딱후딱."

"우리 엄마도 나더러 배 속에서 빨리 나오라고 하지 않았어요. 그런데 이제 와서 뭣 때문에 서둘러야 해요? 어쨌거나 당신은 그것 때문에 화난 게 아니에요. 당신이 화난 건 내가 당신 땅 60에이커에 납작 엎드려 쓸고 닦지 않기 때문이죠. 나랑 결혼해서 나한테 은혜를 베풀어줬다고 생각하나 본데, 그럴 거 하나도 없어요. 혹시 당신이 그렇게 생각한다고 해도 난 전혀 고맙지 않아요. 당신이 화가 난 건, 당신도 이미 아는 사실을 내가 입 밖으로 꺼내기 때문이에요."

로건은 삽을 내팽개치고 두세 걸음 꼴사납게 걸어오다 갑자기 멈춰 섰다.

"오늘 아침에는 나한테 말 걸지 마, 제이니. 당신이랑 끝장을 보고 말 테니까! 백인들 집 부엌에서 지내던 걸 데려와 왕족처럼 살게 해줬더니 나를 우스운 사람 취급해? 저 도끼로 확 죽여버릴 거야! 거기서 그냥 말라 죽어버려! 당신 집안 사람들에 비하면 난 너무 정직하고 성실해. 바로 그래서 당신이 날 싫어하는 거지!" 로건은 마지막 말을 하며 반쯤 흐느끼다시피 울부짖었다. "어떤 검둥이 잡놈이 당신한테 헤벌쭉대면서 사탕발림을 늘어놓고 있나 보네. 빌어먹을 놈의 저 살가죽!"

제이니는 아무 대답 없이 돌아서서 마루 한가운데 멍하니 서 있었다. 가만히 선 채 문드러진 속을 가라앉혔다. 벌렁대던 가슴이 어느 정도 진정되자 로건이 한 말을 깊이 생각해봤다. 그리고 이제껏 보고 들었던 다른 것들 옆에다 담아뒀다. 그런 다음 반죽을 프라이팬 위에 놓고 손으로 꾹꾹 폈다. 화조차 나지 않았다. 로건은 엄마와 할머니, 그리고 제이니의 감정에 관해 제이니를 비난했고, 그중 어느 것에 관해서도 제이니가 할 수 있는 일은 없었다. 프라이팬의 베이컨을 뒤집을 때가 됐다. 제이니는 베이컨을 획 뒤집고 밀쳐놨다. 끓어오르는 커피 냄비에는 찬물을 약간 부어두었다.

접시를 대고 옥수수빵을 뒤집고 나자 피식 웃음이 나왔다. 뭐 때문에 이렇게 시간 낭비를 하고 있지? 갑작스럽게 새로운 변화의 느낌이 몰려왔다. 제이니는 서둘러 앞문으로 나와 남쪽으로 걸어갔다. 설사 조가 거기서 기다리고 있지 않더라도 이 변화는 분명 좋은 결과를 가져올 것이다.

아침 길의 공기가 마치 새 옷 같았다. 문득 아직 허리에 앞치마를 두르고 있다는 것을 깨달았다. 제이니는 앞치마를 벗어서 길가 나지막한 수풀 위에 휙 던지고는 꽃을 따 꽃다발을 만들며 계속 걸어갔다. 그러다가 조 스탁스가 빌린 마차를 세워놓고 제이니를 기다리는 곳에 도착했다. 그는 매우 엄숙한 태도로 제이니를 마차 옆자리에 앉혔다. 조와 함께 앉으니 그 자리가 높은 지배자의 자리처럼 느껴졌다. 지금부터 죽는 날까지 제이니의 세상에는 사방에 봄날의 꽃가루가 휘날릴 것이다. 제이니를 피어나게 할 벌 한 마리도. 오랫동안 품어온 생각들에 이제 쓸모가 생기겠지만, 거기 맞는 새로운 말들도 만들어지고 쓰여야 할 것이다.

"그린 코브 스프링스로 갑시다." 조가 마부에게 말했다. 그렇게 그들은 조가 말한 그대로 그날 해가 지기 전에 거기서 결혼식을 올렸다. 새 비단옷과 모직옷을 입고서.

두 사람은 숙소 포치에 앉아 태양이 대지의 틈으로 떨어지고 바로 그곳에서 밤이 등장하는 광경을 함께 지켜봤다.

5

다음 날 기차 안에서 조는 제이니에게 달콤한 말은 별로 하지 않았지만 판매원에게서 사탕이 가득 든 유리 전등이나 사과처럼 제일 좋은 물건들을 사줬다. 그가 하는 이야기는 대부분 새로운 도시에 도착한 후의 계획에 관한 것이었다. 그는 그곳에 자기 같은 사람이 분명 필요하다고 했다. 제이니는 조를 자꾸만 쳐다보며 뿌듯함을 느꼈다. 조는 부유한 백인들처럼 풍채가 제법 좋았다. 낯선 기차와 사람들 속에서도, 새로운 장소에서도 주눅 들지 않았다. 메이틀랜드에 도착해 기차에서 내리자, 그들은 마차를 잡아타고 곧장 흑인들의 도시로 향했다.

두 사람이 그곳에 도착한 시간이 이른 오후였기 때문에 조는 걸어 다니면서 좀 둘러보자고 했다. 그들은 팔짱을 끼고 시내 한쪽 끝에서 다른 쪽 끝까지 천천히 걸었다. 야자나무 뿌리가 드러난 모래땅에 드문드문 서 있는 초라한 집 열두어 채를 보고 조가 말했다. "세상에, 이게 도시라고? 숲속 미개척지 정도밖에 안 되잖아."

"생각보다 훨씬 작네요." 제이니도 실망감을 토로했다.

"생각했던 그대로군." 조가 말했다. "떠들어대기만 하고 아무도 일은 안 하는 거야. 거참, 시장은 어디 있는 거요?" 그가 누군가에게 물었다. "시장과 이야기하고 싶소."

커다란 떡갈나무 아래 눕다시피 비스듬히 앉아 있던 남자 둘이 조의 어조에 벌떡 일어나 앉았다. 그들은 조의 얼굴과 옷, 그리고 아내를 빤히 바라봤다.

"어디서 그리 급히 오시나?" 리 코커가 물었다.

"조지아 중부." 스탁스가 기운차게 대답했다. "조 스탁스라고 하오. 조지아에서 온."

"따님이랑 이 동네에 와서 지내시려고요?" 비스듬히 앉아 있던 다른 남자가 물었다. "이런 반가울 때가 있나. 전 힉스라고 합니다. 사우스캐롤라이나 뷰퍼드에서 온 에이머스 힉스 대장이죠. 자유의 몸인데다 독신이고 약혼도 안 했습니다."

"거참, 내가 어딜 봐서 이렇게 장성한 딸이 있을 나이 같소? 이쪽은 내 집사람이오."

힉스는 다시 자리에 앉더니 금세 흥미를 잃었다.

"시장은 어디 있소?" 스탁스가 재차 물었다. "난 **시장**이랑 이야기하고 싶소."

"그건 너무 앞서 나가는 소리 같은데." 코커가 말했다. "여긴 아직 시장이 없소."

"시장이 없다고! 그럼 누가 할 일을 지시한단 말이오?"

"아무도. 다 성인들이잖소. 하긴 그러고 보니 우리가 그런 생각을 안 해본 것 같군. 적어도 난 안 했어."

"난 예전에 한번 생각해본 적은 있어." 힉스가 아련하게 말했다. "하지만 곧 잊어버리고는 다시 생각 안 했지."

"그러니 동네에 발전이 없지." 조가 말했다. "난 여기 땅을 살 거요. 그것도 아주 많이. 오늘 밤 내가 머물 곳을 구하는 대로 우리 남자들끼리 사람들을 모아 위원회를 꾸립시다. 그러면 이곳을 굴러가게 만들 수 있을 거요."

"묵을 만한 곳은 내 알려드릴 수 있는데." 힉스가 나섰다. "집은 다 지어놨는데 부인이 아직 안 온 집이 하나 있거든요."

스탁스와 제이니는 등 뒤로 뚫어질 듯 쳐다보는 힉스와 코커의 시선을 받으며 힉스가 가리킨 방향으로 걸어갔다.

"저 남자, 무슨 감독관처럼 말하네." 코커가 말했다. "아주 강압적이야."

"빌어먹을!" 힉스가 말했다. "나도 저 정도 주제는 된다고. 그런데 저 작자 마누라는! 조지아에 가서 저런 여자 하나 못 얻어 오면 내가 개새끼다.”

“무슨 수로?”

“말로 꼬시는 거지, 이 사람아.”

“예쁜 여자를 먹여 살리려면 돈이 든다고. 그런 여자들은 말이야 질리도록 듣거든.”

“난 달라. 여자들은 내 말에 사족을 못 써. 자기들이 이해 못 하는 소리를 하니까. 내 이야기는 아주 심오하거든. 아주 많은 의미가 들어 있다 이거야.”

“허!”

“못 믿겠다는 거야? 내가 말만 하면 어떤 여자들이 따라오는지 모르시는구먼.”

“어쭈!”

“내가 여자들이랑 노는 걸 자네가 못 봐서 그래.”

“하이고!”

“저 여자가 날 보기 전에 결혼했으니 저 작자는 운이 좋아. 난 마음만 먹으면 말썽 좀 피울 수 있는 놈이거든.”

“흥!”

“난 여자들 옆에서는 완전 강아지가 된다고.”

“말로만 들을 게 아니라 눈으로 좀 봤으면 좋겠네. 자, 자, 가서 저자가 이 동네에서 뭘 어떻게 하려는지 한번 보자고."

　두 사람은 자리에서 일어나 스탁스가 당분간 거주할 집
으로 어슬렁어슬렁 걸어갔다. 이 새로운 인물들은 벌써 동네
사람들과 만나고 있었다. 조는 포치에서 몇몇 남자들과 이야
기를 나누었고, 침실 창문 너머로 짐을 푸는 제이니의 모습
이 보였다. 조는 그 집을 한 달 동안 빌렸다. 빙 둘러싼 남자
들에게 조가 질문을 던졌다.

　"이곳의 진짜 이름이 뭡니까?"

　"웨스트 메이틀랜드라 부르기도 하고 이턴빌이라 부르
기도 해요. 이턴 대위와 로런스 씨가 우리한테 땅을 줬거든
요. 이턴 대위가 먼저였지만."

　"얼마나 줬는데요?"

　"어, 50에이커 정도요."

　"지금은 다 합쳐서 어느 정도요?"

　"뭐, 비슷해요."

　"그걸로는 어림없소. 이 동네 근방 땅은 누구 소유입
니까?"

　"이턴 대위요."

　"그 이턴 대위라는 사람은 어디 있는 거죠?"

　"저기 저쪽 메이틀랜드요. 바깥 볼일이 있어서 나가지
않았다면요."

"집사람이랑 잠깐 이야기하고 그 사람을 만나러 가야겠소. 도시를 건설하려면 땅이 있어야지. 이렇게 손바닥만 한 땅에서 어디 운신이나 하겠소."

"대위한텐 이젠 내놓을 땅이 없어요. 땅을 사려면 돈이 많아야 해요."

"돈은 지불할 거요."

그 턱없는 생각에 다들 웃음이 터지기 일보 직전이었다. 사람들은 기를 쓰며 참으려 했지만 불신이 눈 안에 터질 듯 가득하고 비웃음이 입꼬리에서 새어 나왔다. 사람들이 무슨 생각을 하는지가 얼굴에 뻔히 드러났다. 조는 그냥 다짜고짜 출발했다. 대부분이 그 뒤를 따랐다. 길을 알려준다는 핑계로 조의 허풍이 들통나는 꼴을 보고 싶었기 때문이다.

힉스는 멀리 가지 않았다. 자기가 없어도 사람들이 모를 거라는 판단이 서자 그는 곧장 조의 집으로 돌아갔다. 힉스는 포치에 올라서서 말했다.

"안녕하세요, 스탁스 부인."

"안녕하세요."

"여기가 마음에 들 것 같습니까?"

"그럴 것 같아요."

"제가 도와드릴 일이 있으면 뭐든 말씀만 하세요."

"정말 감사합니다."

오랫동안 쥐 죽은 듯 침묵이 흘렀다. 기회를 줬는데도 제이니는 예상과 달리 덥석 달려들지 않았다. 힉스가 거기 있다는 사실조차 거의 모르는 것 같았다. 그렇다면 일깨워줘야 할 것이다.

"예전 동네 분들이 굉장히 입이 무거웠나 봅니다."

"맞아요. 하지만 선생님 고향은 분명 다른가 보네요."

힉스는 한참 동안 생각하다 겨우 그 뜻을 알아차리고는 "그럼 이만." 하고 퉁명스러운 인사를 남기고 비틀거리며 계단을 내려갔다.

"안녕히 가세요."

그날 밤 코커가 그 일에 관해 물었다.

"자네가 몰래 빠져나가서 다시 스탁스 씨 집으로 가는 걸 봤지. 그래서, 어떻게 됐어?"

"누가? 내가? 난 그 집 근처에도 간 적 없어, 이 사람아. 낚시하려고 호수에 간 거야."

"허!"

"그 여잔 다시 보니까 뭐 그리 어마어마하게 예쁘지도 않더라고. 돌아오는 길에 그 집 앞을 지나야 해서 제대로 좀 봤거든. 긴 머리를 빼면 볼 것도 없어."

"흥!"

"그리고 하여튼 간에 이젠 그 작자가 싫지 않거든. 그 작자한테 해되는 일은 안 할 거야. 그 여잔 내가 사우스캐롤라이나에서 데리고 도망쳤다가 버린 여자에 반도 못 따라가."

"힉스, 내가 자네를 속속들이 알기 망정이지, 그렇지 않으면 화가 나서 뺑 좀 작작 치라고 했을 거야. 지금 자네는 속상한 마음을 말로 달래려는 거잖아. 자넨 의욕은 넘치는데 뒤가 너무 약해. 수두룩한 남자들이 자네랑 같은 걸 봤지만, 다들 자네보다 분별력이 있었어. 그런 남자한테서 그런 여자를 빼앗을 수 없다는 걸 알아야지. 그 남자는 땅 200에이커를 한 방에, 그것도 현금으로 사는 사람이라고."

"설마! 정말 그걸 샀다고?"

"정말이야. 땅문서까지 받아왔어. 내일 자기 집 포치에서 회의를 소집하겠대. 내 평생 그런 흑인은 처음 봐. 상점을 내고 정부에 우체국 허가도 받을 거래."

그 말을 듣자 힉스는 짜증이 났다. 이유도 몰랐다. 그는 평범한 인간이었다. 한 가지 방식으로 세상을 사는 데 익숙해졌는데 갑자기 달라지니 마음이 불편했다. 우체국에 흑인이 있는 모습은 아직 상상할 수도 없었다. 그는 요란하게 웃음을 터뜨렸다.

"저 뜨내기 검둥이가 뺑치는 걸 다들 넙죽넙죽 듣고 있었단 말이야? 흑인이 우체국에서 일한다는 소리를!" 그가 추잡한 소리를 냈다.

"그 사람은 그것도 해낼 것 같아, 힉스. 어쨌거나 그렇게 되면 좋겠어. 우리 흑인들은 서로를 너무 시샘해. 그래서 발전이 없는 거라고. 다들 백인들이 우릴 짓누르네 뭐네 하잖아! 젠장! 백인들은 그럴 필요도 없어. 우리끼리 서로 짓누르려고 안달인데 뭘."

"내가 언제 그 작자가 우체국 세우는 게 싫대? 그 사람이 예루살렘의 왕이 된대도 난 상관없어. 그래도 말이야, 사람들이 뭘 잘 모른다고 뻥을 쳐대나 본데, 그래봤자 소용없어. 상식적으로 생각을 해봐. 백인들이 우체국 운영을 허락할 리가 없잖아."

"그거야 모르지, 힉스. 그 사람은 할 수 있다고 했고, 난 그게 다 뭘 알고 하는 말인 것 같아. 흑인들만의 도시를 만들면 흑인들도 우체국이니 뭐니 원하는 건 뭐든 가질 수 있는 거잖아. 게다가 저 멀리 사는 백인들이 신경 쓸 것 같지도 않고. 한번 기다려보자고."

"아, 물론 기다리고 있지. 지옥이 꽁꽁 얼어붙을 때까지 계속 기다릴 작정이야."

"어휴, 그만 좀 단념해! 저 여자는 자네에게 관심이 없다고. 세상 여자들이 다 숲속 테레빈유 채집소나 제재소에서 자란 게 아니란 걸 알아야지. 자네가 접근할 수 없는 여자도 있는 거야. 생선 샌드위치 따위로 낚을 수 있는 여자가 아니라고."

두 사람은 좀 더 말다툼하다가 조의 집으로 갔다. 조는 셔츠 바람으로 다리를 쩍 벌리고 선 채 시가를 피우며 질문을 던지고 있었다.

"여기서 가장 가까운 제재소가 어디요?" 조가 토니 테일러에게 물었다.

"아폽카 쪽으로 11킬로 정도 가면 있소." 토니가 말했다. "당장 건물을 지으려고요?"

"거참, 그렇소. 하지만 내가 살 집을 말하는 게 아니오. 그건 마음에 드는 부지를 결정하고 나서 지어도 되니까. 우리 모두에게 당장 급한 건 상점 같소."

"상점이라고요?" 토니가 놀라서 소리쳤다.

"그렇소. 바로 이 마을에 있고 필요한 모든 걸 다 갖춘 상점 말이오. 여기서 물건을 살 수 있으면 곡식이나 밀가루 조금 사자고 다들 저 멀리 메이틀랜드까지 갈 필요가 없잖소."

"듣고 보니 그거 정말 좋겠군요, 스탁스 형제."

"거참, 물론이오! 게다가 상점이 있으면 다른 좋은 점도 있소. 일단 사람들이 땅을 사러 올 때 내가 그들을 맞이할 곳이 필요하고, 더구나 만사에는 중심이 있어야 하는데, 그건 도시도 예외가 아니거든. 상점이 자연스럽게 만남의 장소가 될 거요."

"정말 그렇군요."

"우리 당장 이 마을을 제대로 세웁시다. 내일 모임 잊지 말고 꼭 참석해요."

다음 날 조의 집 포치에서 위원회 모임이 열리기로 한 바로 그 시각쯤 목재를 가득 실은 첫 번째 마차가 들어왔다. 조는 목재를 둘 장소를 안내해주러 가며 자기가 돌아올 때까지 사람들을 붙잡아놓으라고 제이니에게 말해두었다. 사람들을 놓치고 싶진 않지만, 목재를 땅에 내려놓기 전에 치수를 한 자 한 자 꼼꼼히 확인할 작정이었다. 하지만 조는 그런 말을 할 필요가 없었고, 제이니도 하던 일을 계속 해도 됐을 것이다. 일단 제시간에 온 사람이 아무도 없었고, 찾아온 사람들은 조가 어디 있는지 알자마자 새 목재가 덜컹거리며 쌓여가는 아름드리 떡갈나무 아래로 곧장 몰려갔다. 그렇게 해서 바로 그 자리에서 모임이 열렸다. 토니 테일러가 의장 역할을 했고, 발언은 조디가 도맡았다. 도로를 놓을 날이 정해지고, 모두 도끼며 그 비슷한 연장들을 가져와 다른 방향으로 난 길 두 개를 닦기로 의견을 모았다. 토니와 코커를 제외한 모든 사람이 이 일에 동원됐다. 두 사람은 목공 기술이 있어서 조디에게 고용되었다. 다음 날 아침 해가 뜨는 대로 상점을 짓기로 했다. 조디 자신은 분주히 이 마을 저 마을로 돌아다니며 이턴빌을 알려서 새로 이주해올 시민들을 모을 작정이었다.

조디가 땅을 사는 데 쓴 돈이 순식간에 다시 돌아오는 것을 보고 제이니는 깜짝 놀랐다. 6주 만에 열 가구가 부지를 사서 이주해왔다. 제이니가 따라가기에는 너무 규모가 크고 속도가 빨랐다. 상점에 지붕이 다 올라가기도 전에 통조림을 바닥에 쌓아두고 정신없이 팔아대느라 조디는 홍보 여행을 다닐 짬조차 내지 못했다. 상점이 완공되던 날 제이니는 처음으로 상점 주인이 된 기분을 맛봤다. 조디는 제이니에게 옷을 잘 차려입고 저녁 내내 가게에 서 있으라고 했다. 모두 나름 멋을 부리고 올 테지만, 그 누구의 아내도 제이니와는 상대도 되지 않는다는 것을 보여줄 작정이었다. 제이니는 스스로를 우두머리로 생각해야 했다. 다른 여자들은 그저 무리에 불과했다. 그래서 제이니는 새로 산 옷 중 붉은 와인색 드레스를 입고 새로 닦은 길을 걸어왔다. 드레스의 실크 러플이 스치며 사각사각 소리를 냈다. 다른 여자들은 옥양목으로 지은 옷이나 무명옷 차림이었고, 나이 지긋한 여자들 중에는 두건을 두른 사람도 여기저기 보였다.

그날 밤에는 아무도 물건을 사지 않았다. 사람들은 물건을 사러 상점에 온 게 아니라 환영해주기 위해 온 것이었다. 그래서 조는 소다크래커 통을 따고 치즈도 좀 잘라 내왔다.

"모두 이리로 오셔서 즐기십시오. 거참, 이건 제가 내는 겁니다." 조디는 특유의 너털웃음을 터뜨리며 뒤로 물러섰다. 제이니는 조가 시킨 대로 레모네이드를 폈다. 커다란 주석잔에 가득 퍼서 모두에게 돌렸다. 레모네이드를 다 비우고 기분이 한껏 좋아진 토니 테일러는 연설을 하고 싶어졌다.

"신사 숙녀 여러분, 우리는 우리와 운명을 같이하기로 결정한 분을 환영하고자 이 자리에 모였습니다. 이분은 혼자서만 오신 게 아닙니다. 자신의, 어, 어, 자신의 가정의 등불, 그러니까 부인도 이곳에 데려오기로 결정하셨습니다. 영국 여왕이라 한들 어디 이보다 더 근사하고 고상할 수 있겠습니까. 부인께서 이 마을에 오셔서 정말 기쁩니다. 스탁스 형제, 우린 당신과 당신이 이곳에 데려오기로 한 모든 것들을 환영합니다. 당신의 사랑하는 부인, 당신의 상점, 당신의 땅……."

커다란 웃음소리가 터져 나와 그의 연설은 중단됐다.

"그 정도 해, 토니." 리지 모스가 고함쳤다. "스탁스 씨는 똑똑한 사람이야. 그건 우리 모두 기꺼이 인정한다고. 하지만 땅 200에이커를 어깨에 짊어지고 휘청거리며 걸어온 건 아니잖아? 그랬다면 내 눈으로 보고 싶은 광경이구면."

또다시 요란한 웃음이 터져 나왔다. 토니는 일생일대의 연설이 엉망이 되어버리자 슬그머니 화가 났다.

"내 말뜻이 뭔지 다들 알면서 그래. 난 당최 이해……."

"연설을 하겠다고 나서놓고는 뭣도 모르니 그러지." 리지가 말했다.

"잘하고 있었는데 자네가 끼어들었잖아."

"아니, 그건 아니지, 토니. 자넨 권역에서 완전히 이탈했다고. 부부를 환영하는 연설을 하면서 어떻게 우물가의 이삭과 레베카에 비유하지 않을 수가 있나. 그게 아니고서 부부간의 애정을 무슨 수로 보여줘."

다들 옳은 소리라며 맞장구쳤다. 그 비유 없이는 연설이 안 된다는 것도 모르다니 딱한 일이었다. 몇몇 사람은 토니의 무지함을 비웃으며 킥킥 웃어댔다. 토니는 퉁명스레 말했다. "실없는 소리 다 끝났으면 스탁스 형제에게 답사를 청합시다."

조 스탁스가 시가를 문 채 회의장 한가운데 나와 섰다.

"우정을 담아 손을 내밀어주시고 따뜻이 환영해주셔서 감사합니다. 정말이지 서로 화합하며 사랑이 넘치는 마을이군요. 전 우리 마을을 이 주의 중심 도시로 만드는 과업을 전력을 다해 수행할 작정입니다. 그래서 혹시나 모르실까 봐 드리는 말씀인데, 앞으로 나아가려면 우리도 다른 마을처럼 힘을 합쳐야 합니다. 일을 제대로 해내려면 그래야 해요. 시장이 있어야 합니다. 저와 집사람을 대표해 제가 여러분을 환영합니다. 이 가게에, 그리고 앞으로 올 다른 것들에도.

아멘."

토니를 선두로 요란한 박수갈채가 쏟아져 나왔다. 박수 소리가 멈추기 전 토니가 회의장 한가운데로 나가 섰다.

"형제자매 여러분, 이보다 더 나은 선택은 생각할 수 없을 테니, 우리가 더 멀리 볼 수 있을 때까지 스탁스 형제를 시장으로 삼자고 제안하는 바입니다."

"그 제안에 동의합니다!" 모든 사람이 입을 모아 말했기 때문에 투표를 할 필요조차 없었다.

"그럼 이제 스탁스 시장 사모님으로부터 간단한 격려의 말씀을 들어봅시다."

박수가 터져 나왔다가 조가 발언을 시작하자 뚝 그쳤다.

"찬사는 감사드립니다만, 제 집사람은 연설 같은 건 전혀 모릅니다. 그런 것 때문에 결혼한 게 아니거든요. 집사람은 아녀자고 아녀자가 있을 자리는 가정이죠."

제이니는 잠시 멈칫했다가 애써 미소를 지어 보였지만 그러기는 쉽지 않았다. 연설을 한다는 생각은 해본 적도 없었고, 연설을 하고 싶은지조차 몰랐다. 제이니의 기분에 찬물을 끼얹은 건 분명 자신에게는 뭐라고 말할 기회조차 주지 않고 마음대로 대답하는 조의 태도였다. 하지만 어쨌거나 그날 밤 제이니는 침울한 기분으로 조의 뒤를 따라 길을 걸어갔다. 조는 제이니가 무슨 생각을 하는지 알지도 못한 채 새로운 명예를 온몸에 휘감고 성큼성큼 걸으며 자신의 생각과 계획을 떠들어댔다.

"이런 마을의 시장이 집에서 죽치고 있을 수는 없어. 이 마을에는 손볼 데가 많거든. 제이니, 가게에 자리를 하나 마련해줄게. 그럼 내가 다른 일을 하는 동안 당신이 가게 일을 볼 수 있겠지."

"어, 조디, 당신 없이는 가게 일 못해요. 일이 바쁠 때 와서 거드는 정도는 할 수 있겠지만……."

"거참, 왜 못하겠다는 거야. 골무만큼의 분별력만 있어도 할 수 있는 일이라고. 당신이 해야 해. 난 시장으로서 해야 할 일이 너무 많거든. 당장 등부터 마련해야겠어."

"어, 여기가 좀 어둡긴 하네요."

"어둡고말고. 왜 어두컴컴한 데서 이런 그루터기랑 뿌리를 헤치며 쓸데없이 힘들게 다녀야 하냐고. 당장 회의를 소집해 어둠과 뿌리 문제를 의논해야겠어. 우선 이 문제부터 해결하는 거야."

조는 바로 다음 날 당장 자기 돈으로 시어즈로벅에 가로등을 주문했고, 다음 주 목요일 밤 이 문제를 표결에 부치겠다고 마을에 알렸다. 마을의 그 누구도 가로등이 필요하다는 생각을 해본 적 없었고, 일부는 쓸데없는 생각이라고 했다. 그들은 반대표까지 던졌지만, 결국 다수가 이겼다.

하지만 막상 가로등이 도착하자 마을 전체가 우쭐했다. 그 이유는 시장이 가로등을 상자에서 꺼내 당장 기둥에 달지 않았기 때문이다. 그는 포장을 풀고 등을 정성껏 닦게 시킨 다음 모두가 볼 수 있도록 일주일 동안 진열장에 전시했다. 그리고 점등일을 정하고는 오렌지 카운티 전역에 점등식을 보러 오라고 전갈을 보냈다. 남자들을 늪지로 보내 가로등 기둥으로 쓸 제일 곧고 멋진 삼나무를 잘라 오라고 시켰고 마음에 드는 재목을 찾아 가져올 때까지 몇 번이고 다시 되돌려보냈다. 행사 때 손님 접대 문제에 관해서는 미리 사람들에게 말해뒀다.

"다 잘 알겠지만, 우리 마을로 사람들을 초대해놓고 따분하게 내버려둘 순 없습니다. 거참, 그건 안 될 일이죠. 손님들에겐 음식 대접을 해야 하는 법인데, 사람들이 제일 좋아할 음식이라면 단연 바비큐 아니겠습니까. 제가 돼지 한 마리를 내놓겠습니다. 여러분 모두가 힘을 합하면 두 마리 정도는 준비할 수 있겠죠? 각자 집사람들에게는 파이와 케이크, 고구마옥수수빵을 좀 준비하라고 해주세요."

그렇게 준비가 이루어졌다. 여자들은 간식을 모았고 남자들은 고기를 담당했다. 점등식 전날, 사람들은 상점 뒤편에 커다란 구덩이를 파서 떡갈나무를 가득 채운 뒤 불을 지펴 벌건 빛을 발하는 숯이 될 때까지 태웠다. 돼지 세 마리를 굽는 데 하룻밤이 꼬박 걸렸다. 햄보와 피어슨이 총지휘를 맡았다. 간간이 다른 사람들이 고기 돌리는 걸 도와주면 햄보가 고기 전체에 소스를 발랐다. 그러는 사이사이 이야기를 하고, 웃고, 더 많은 이야기를 하고, 노래를 불렀다. 온갖 장난을 쳐댔고, 고기 양념이 뼈까지 스며들며 서서히 익어가자 쿵쿵 냄새를 맡았다. 남자아이들에게는 여자들이 식탁으로 쓸 수 있도록 목공 작업대 위에 판자를 올리는 임무가 주어졌다. 그러다 보니 해가 떴고, 할 일이 없는 사람들은 연회 전까지 휴식을 취하러 집으로 돌아갔다.

5시 경이 되자 마을에는 온갖 탈것들과 사람들이 우글거렸다. 해 질 녘 가로등에 불이 켜지는 광경이 보고 싶어 온 사람들이었다. 점등 시간이 다가오자 조는 사람들을 모두 가게 앞에 모으고 연설을 시작했다.

"여러분, 해가 지고 있습니다. 태양을 창조하신 하나님은 아침이면 태양을 불러올리시고 밤이면 잠자리로 보내시지요. 약하고 불쌍한 우리 인간들은 태양을 재촉할 수도 늦출 수도 없습니다. 해가 진 후나 뜨기 전에 빛이 필요할 때 우리가 할 수 있는 일이라고는 스스로 조금의 빛을 만드는 것뿐입니다. 그렇게 해서 등불이 만들어진 것입니다. 오늘 우리는 등불을 켜려고 이 자리에 모였습니다. 이건 우리가 죽는 날까지 기억할 특별한 일입니다. 흑인 마을에 세워진 최초의 가로등. 눈을 들어 저 등을 보십시오. 제가 저 심지에 성냥불을 갖다 대면 그 빛이 여러분 마음을 뚫고 들어가서 환하게, 환하게, 환하게 빛나도록 하십시오. 데이비스 형제, 기도로 우리를 이끌어주시죠. 가장 특별한 방식으로 이 마을에 축복을 빌어주시기 바랍니다."

데이비스가 전통 기도시를 자기식으로 변형해 읊는 동안, 조는 준비해둔 상자 위에 올라가 가로등의 놋쇠 뚜껑을 열었다. 아멘 소리와 함께 그가 성냥불을 심지에 갖다 댔고, 보글 부인이 낮게 노래를 시작했다.

우린 빛 속을 걸으리, 아름다운 빛 속을
자비의 이슬방울이 환히 빛나는 곳으로 오소서
밤낮없이 우리 주위를 비추소서
예수, 세상의 빛이여.

사람들 모두 그 노래를 이어받아 마르고 닳도록, 새로운 음조와 박자가 더 이상 생각나지 않을 때까지 부르고 또 불렀다. 그런 뒤 그들은 노래를 멈추고 바비큐를 먹었다.

그날 밤 행사를 다 끝내고 잠자리에 들었을 때 조디가 제이니에게 물었다. "어때, 여보, 시장 사모님이 된 기분이?"

"괜찮은 것 같아요. 그런데 그것 때문에 우리 좀 무리하는 것 같지 않아요?"

"무리라니? 요리하고 사람들 대접하는 게?"

"그게 아니라, 조디, 그것 때문에 뭐랄까, 우리 사이가 부자연스러워지는 것 같아요. 당신은 늘 이야기하고 일을 처리하느라 밖에 나가 있고, 난 그저 시간만 재고 있는 느낌이거든요. 빨리 이 일이 끝나면 좋겠어요."

"끝나다니, 제이니? 거참, 난 아직 제대로 시작도 안 했다고. 처음 만났을 때부터 내가 그랬잖아, 난 큰소리치며 사는 사람이 되고 싶다고. 당신도 기뻐해야 해. 그러면 당신도 대단한 여자가 되는 거니까."

한기와 두려움이 제이니를 휘감았다. 모든 게 아득하게 멀어지며 혼자가 된 기분이었다.

제이니는 곧 자신의 정서에 맞지 않는 경외와 질시를 감지하기 시작했다. 시장의 부인도 다른 여자들과 다를 바 없는 사람이라는 건 제이니만의 생각이었다. 제이니는 권력자와 자는 사람이니 마을 사람들의 마음속에서는 제이니 또한 권력의 일부였다. 제이니는 사람들 대부분과 가까워질 수 없는 존재였다. 그건 조가 상점 앞길에 배수 설비를 하려고 마을 배수구 공사를 강행한 뒤로 특히 심해졌다. 사람들은 노예제는 끝나지 않았냐고 열을 내며 구시렁대면서도 할당받은 일은 다들 수행했다.

조 스탁스에게는 사람들을 제압하는 뭔가가 있었다. 물리적 두려움을 주지는 않았다. 조는 싸움꾼이 아니었다. 남자들 기준으로 볼 때 건장한 체격조차 아니었다. 그렇다고 다른 사람들보다 유식한 것도 아니었다. 사람들이 조 앞에서 굴복하는 건 다른 무엇 때문이었다. 조의 얼굴에는 머리를 조아리라는 명령이 적혀 있었고, 그의 행보 하나하나가 그걸 더 명백하게 만들었다.

조의 새 집으로 예를 들어보자. 그 집은 난간 등등을 다 갖춘 포치가 딸린 이층집이었다. 마을의 다른 집들은 그 '대저택'을 둘러싼 하인 숙소처럼 보였다. 그리고 다른 사람들과 달리 조는 집 안팎의 페인트칠이 다 끝나기 전까지 입주를 미뤘다. 게다가 페인트칠한 모습은 또 어땠는가. 그 집은 의기양양한, 눈부신 백색, 위플 주교나 W. B. 잭슨, 밴더풀가 저택들에 칠해진 것 같은 위풍당당한 백색이었다. 그래서 마을 사람들은 조를 마치 여느 평범한 사람인 것처럼 대하며 그와 이야기하는 걸 어색하게 느꼈다. 조는 시장―우체국장―지주―상점 주인으로서 자리를 잡기 무섭게 메이틀랜드의 힐 씨나 갤러웨이 씨가 쓰는 것 같은 책상과 그에 맞는 회전의자를 샀다. 시가를 문 채 의자를 빙빙 돌리며 말을 아끼는 조의 모습에 사람들은 기가 죽었다. 게다가 조는 다른 사람들 같으면 거실 탁자 위에 올려놓고 싶어 할, 금제 같이 보이는 단지에다 침을 뱉었다. 예전에 일했던 애틀랜타 은행의 상사가 썼던 것과 똑같은 타구라고 했다. 침을 뱉을 때마다 일어나서 문간까지 갈 필요가 없었다. 바닥에다 뱉지도 않았다. 금박 타구가 바로 옆에 있으니까. 하지만 그게 다가 아니었다. 조는 제이니가 쓸 조그만 여성용 타구도 샀고, 옆면에 빙 둘러가며 꽃가지들이 그려진 그 타구를 거실 한가운데 떡하니 놓아두었다. 그걸 본 사람들은 깜짝 놀랐다. 물론 여자들도 대부분 입담배를 씹기 때문에 당연히 집 안에 침 뱉는 컵을 두었다. 하지만 신식 인간들은 그런 앙증맞은 꽃무늬 타구에 침을 뱉는다는 걸 무슨 도리로 알았겠는가? 사람들은 이제껏 속아 살았다는 기분을 느꼈다. 많은 것들이 자기들 모르게 감춰져 있었던 것 같은 느낌이었다. 침은 토마토 깡통에 뱉는 거라는 소리나 들으면서 살아오는 동안 어쩌면 타구 말고도 많은 것들이 숨겨져 있었을 것이란 생각이 들었다. 백인들이 그래도 심히 속상한 일인데, 똑같은 흑인이 그렇게 다를 수 있다니 놀라웠다. 마치 누이가 악어로 변하는 걸 보는 기분이었다. 익숙하면서도 낯선 느낌. 악어에게서 계속 누이의 모습이 보이고 누이에게서 계속 악어의 모습이 보이는, 달갑지 않은 상황 말이다. 물론 마을 사람들은 조를 존경했고 어떤 면에서는 심지어 숭배했다. 그러나 권력과 부의 길을 걷는 사람은 누구라도 미움을 받게 되는 법이다. 연사들은 필요한 경우 자리에서 일어나 '친애하는 시장님'이라고 말했지만, 그건 '하나님은 어디에나 계시다.'라는 소리처럼 말로는 해도 실제로는 아무도 믿지는 않는 그런 소리에 불과했다. 그건 그저 혀에 시동을 거는 손잡이 같은 말이었다. 시간이 흘러 조가 마을에 베푼 혜택의 기억이 희미해지면서, 사람들은 조가 상점 안에서 바쁘게 일하는 동안 그 앞 포치에 앉아 조에 관해 이러쿵저러쿵 토론을 벌였다. 헨리 피츠가 사탕수수를 가득 실은 조의 마차에서 도둑질하다 조에게 발각되어 사탕수수도 뺏기고 마을에서 쫓겨난 후에도 그랬다. 몇몇 사람들은 스탁스가 너무 심했다고 했다. 사탕수수도, 다른 것들도 그렇게 많이 가졌으면서 말이다. 하지만 조 스탁스가 포치에 나와 있을 때 그런 말을 하는 사람은 아무도 없었다. 메이틀랜드에서 온 우편물을 분류하러 조가 안으로 들어간 다음에야 다들 제 할 말을 했다.

스탁스에게 들리지 않을 거라는 확신이 서자마자 심 존스가 먼저 시작했다.

"그 불쌍한 사람을 그런 식으로 쫓아내다니, 부끄럽고 벌 받을 짓이야. 흑인들끼리 그렇게 모질게 굴면 안 되지."

"내 생각은 전혀 달라." 샘 왓슨이 퉁명스레 말했다. "흑인들도 다른 사람들이랑 마찬가지로 일해서 얻는 법을 배워야지. 피즈가 사탕수수를 재배하려 했어 봐. 누가 말렸겠냐고. 조는 피즈에게 일자리를 줬어. 그 이상 뭘 바라는데?"

"그거야 나도 알지." 존스가 말했다. "그렇다 해도, 샘, 조 스탁스는 사람들한테 너무 엄격하게 굴어. 그 사람이 가진 건 다 우리 덕분에 일궈낸 거잖아. 조가 여기 처음 왔을 때 어디 그 많은 재산이 있었냐고."

"맞아, 하지만 자네가 지금 보고 있고 앉아 있는 것 모두 조가 오기 전엔 있지도 않았어. 싫어도 인정할 건 인정해줘야지."

"그래도 샘, 자네도 알지만 조가 하는 일이라곤 배나 쑥 내밀고 돌아다니면서 이래라저래라 하는 것밖에 없어. 자기가 입만 열면 다들 고분고분 따르는 걸 즐기는 거지."

"말하는 게 꼭 회초리를 휘두르는 것 같아." 오스카 스콧이 불평했다. "꼭 매질이라도 당할 것처럼 속이 울렁거리고 불안해진다니까."

"산들바람 사이에 부는 회오리바람이지." 제프 브루스가 끼어들었다.

"바람에 비유하니 말인데, 조 스탁스가 바람이라면 우린 풀이야. 조가 부는 대로 구부러지니까." 샘 왓슨이 동의했다. "하지만 바로 그런 이유로 우리한텐 조가 필요해. 조가 없다면 이 마을은 아무것도 아니라고. 그러니 어떻게 우두머리

행세를 안 할 수가 있겠어. 자기 힘을 보여주려면 왕좌랑 왕관 같은 게 있어야 하는 사람도 있지만, 조는 아니야. 조가 어디 앉든 그 자리가 바로 왕좌거든."

"저치는 못 배운 사람 앞에서 문자를 쓰잖아. 난 그게 마음에 안 들어." 힉스가 투덜거렸다. "아는 걸 뻐겨대지. 날 보면 상상이 안 가겠지만, 내 동생은 많이 배워서 오칼라에서 목사 일을 하거든. 내 동생이 여기 있다면 조 스탁스도 절대 바보 취급 못 할걸. 우리한테 그러듯이 말이야."

"가끔 저 자그만 부인이 어떻게 조랑 살까 궁금해져. 조는 오만 걸 다 바꾸지만, 부인만은 절대 안 바뀌잖아."

"나도 그런 생각 많이 했어. 부인이 가게에서 간혹 조금만 실수해도 아주 닦달을 하던데."

"머리는 왜 할머니들처럼 꽁꽁 묶어 올리고 있는 거야? 내가 그 여자 같은 머리를 가졌다면 누가 뭐래도 넝마 같은 걸로 머리를 싸매지 않을 텐데."

"아마 조가 시킨 거겠지. 다른 남자들이 가게에서 그 머리에 슬쩍 손이라도 대볼까 봐 겁이 나나 보지. 정말 알 수 없는 일이야."

"그 여잔 정말 말이 없어. 어쩌다 가게에서 실수라도 하면 조가 꼴사납게 난리를 치는데도 전혀 개의치 않는 것 같더라고. 아마 둘이서는 잘 통하나 봐."

온 마을이 조의 지위와 재산에 대해 좋고 나쁜 감정들을
한가득 품었지만, 조에게 도전할 정도로 무모한 사람은 아무
도 없었다. 마을 사람들은 조가 이 모든 것이었기 때문에 그
에게 굽신거렸지만, 다시 생각해보면 조가 이 모든 것이 된
이유는 마을 사람들이 굽신거렸기 때문이었다.

6

아침마다 세상은 몸을 휙 돌려 마을을 태양 아래 드러냈다. 그러면 제이니에게 또 새로운 하루가 시작됐다. 제이니는 일요일을 제외한 매일매일을 상점과 함께했다. 상점은 물건만 안 팔아도 된다면 좋은 곳이었다. 사람들이 포치에 앉아 마음속 그림을 다른 사람들에게 돌려가며 보여줄 때면 가게에 있는 게 좋았다. 사람들이 그린 마음속 그림은 삶을 확대해 그린 크레용화 같아서 듣는 재미가 컸다.

예컨대 맷 보너의 누렁 노새 이야기는 이런 식이다. 주님이 주신 매일매일, 그 노새는 사람들의 이야깃거리가 됐다. 맷이 그 자리에서 이야기를 듣는 날은 특히 더했다. 노새 이야기의 주동자는 샘과 리지와 월터였다. 다른 사람들도 기회가 될 때마다 끼어들었지만, 그 노새에 관해서라면 샘과 리지와 월터가 온 마을을 합친 것보다 듣고 본 게 많아 보였다. 껑충하고 삐쩍 마른 맷이 멀리서 걸어오는 걸 보는 순간 이야깃거리는 결정됐고, 그가 포치 앞에 다다를 때쯤엔 이미 모든 준비가 끝났다.

"여어, 맷."

"어이, 샘."

"마침 잘 왔어, 맷. 친구들이랑 같이 막 자넬 찾으러 가려던 참이었는데."

"무슨 일로?"

"아주 심각한 일이라고, 이 사람아. 심각해!"

"그래, 이 사람아." 리지가 구슬픈 목소리로 끼어들곤 했다. "자네가 꼭 봐야 할 일이야. 꾸물거릴 때가 아니야."

"무슨 일이길래 그래? 빨리빨리 좀 말해봐."

"가게 앞에서 할 이야기는 아닌 것 같은데. 너무 멀어서 아무 소용이 없다고. 사벨리아 호수까지 같이 걸어가는 게 좋겠네."

"도대체 무슨 일이냐고? 이제 자네들 헛소리에는 안 넘어갈 거야."

"자네 노새 말이야, 맷. 가서 좀 보는 게 좋겠어. 상황이 안 좋아."

"뭐 때문에? 호수에 들어갔다가 악어한테 물리기라도 했나?"

"그보다 더 안 좋지. 여자들한테 잡혔거든. 정오쯤에 호 숫가를 지나오다 봤는데, 글쎄 우리 마누라랑 다른 아낙네 들이 녀석을 벌렁 눕혀놓고 옆구리를 빨래판으로 쓰고 있지 뭐야."

사람들이 간신히 참았던 웃음을 요란하게 터뜨렸다. 그 래도 샘의 얼굴엔 웃음기라곤 없었다. "정말이야, 맷. 그 노 새 녀석 피골이 어찌나 상접한지 이 아낙네들이 갈비뼈에다 빨래를 문지르고 있더라니까. 도가니에다가는 빨래를 널어 놓고."

맷은 또 속았다는 것을 깨달았다. 사람들이 웃어대자 화 가 났고, 화가 나면 그는 말을 더듬었다.

"이런 새빨간 거짓말을, 샘. 짝짝이 발 주제에. 이, 이, 이, 자식!"

"허, 이 사람아, 화내봤자 소용없어. 자네가 노새한테 먹 이를 안 줬잖아. 그런데 무슨 수로 살이 붙겠냐고?"

"나, 나, 난 머, 머, 먹이 줬어! 끼니때마다 한 컵 가득 옥 수수를 주, 주, 줬다고."

"그 옥수수 컵이라면 리지가 잘 알지. 자네 헛간 주변에 숨어서 자넬 지켜봤거든. 자네가 옥수수를 재는 그 컵이라는 건 끼니용이 아니야. 찻종지지."

"진짜 먹이를 준다고. 살이 안 붙는 건 놈의 성질머리가 못돼빠져서 그런 거야. 순 악으로 깡으로 그렇게 삐쩍 말라 버틴다니까. 일하기 싫어서 그래."

"그래, 주긴 하지. '이랴'를 먹이로 하고 채찍질을 양념으로 쳐서 말이지."

"그 못돼먹은 깡패 녀석한테 밥을 챙겨준다니까! 난 놈이랑 도저히 잘 지낼 수가 없으니까 내 일에 상관 마. 놈은 쟁기를 들이대면 죽어라 반항해. 심지어 먹이를 주러 마구간에 들어가도 귀를 뒤로 젖히고는 날 발로 차고 물어뜯으려 난리라고."

"진정해, 맷." 리지가 달랬다. "그놈 성질머리야 우리 모두 잘 알지. 놈이 길거리에서 로버트네 꼬맹이를 쫓아가는 걸 본 적 있어. 바람 방향이 갑자기 바뀌어 망정이지, 안 그랬으면 애가 발굽에 짓밟힐 뻔했다고. 애는 스탁스 씨 양파밭 쪽으로 도망쳤고, 놈이 그 뒤를 바싹 따라붙었거든. 뛸 때마다 거리가 점점 좁혀지는데, 느닷없이 바람이 바뀌면서 그 노새 녀석을 획 날려버렸지 뭐야. 놈이 좀 말라빠졌어야 말이지. 덕분에 그 깡패 녀석이 다시 방향을 바꾸기 전에 꼬맹이가 무사히 양파밭 울타리를 넘을 수 있었어." 포치 무리가 웃음을 터뜨리자 맷은 또 화가 치솟았다.

"그놈은 아무한테나 달려들어." 샘이 말했다. "자기한테 오는 사람은 다 맷 보너로 보이나 보지. 먹이도 안 주고 부려

먹으려 하는."

"어, 아니, 아니, 그건 아니지. 그렇게 말하지 말게." 월터가 그 말에 반대했다. "그 노새는 날 맷 보너로 착각하는 게 아니야. 놈은 그렇게 멍청하지 않다고. 그놈 머리가 그 정도밖에 안 된다면, 내 사진을 가져가서 제대로 교육해야겠군. 날 그렇게 업신여기게 내버려 둘 순 없지."

맷은 뭐라고 말하려 애썼지만 입이 얼어붙은 것처럼 아무 말도 나오지 않자 포치에서 뛰어내려 씩씩대며 가버렸다. 하지만 그렇다고 해서 노새 이야기가 끝난 건 아니었다. 녀석이 얼마나 삐쩍 말랐는지, 늙었는지, 성질이 못됐는지, 최근 어떤 난동을 부렸는지, 이야기는 끝도 없이 이어졌다. 모두 노새 이야기를 좋아했다. 노새는 시장 다음가는 유명 인사였고, 더 즐거운 이야깃거리였다.

제이니는 그 대화를 듣는 게 좋았고 때로는 자기도 노새에 관한 재미있는 이야기들을 생각해보곤 했다. 하지만 조는 제이니가 그런 즐거움에 빠지는 걸 용납하지 않았다. 그는 제이니가 그런 밑바닥 인생들과 이야기하는 것을 싫어했다. "당신은 스탁스 시장 부인이라고, 제이니. 거참, 난 이해가 안돼. 당신같이 안정된 지위의 여자가 왜 잠잘 집 한 채 없는 인간들이 하는 시답잖은 소리를 마음에 담아두는지. 천하에 쓸모없는 짓이야. 저치들은 시간의 발가락 사이에서 어정대는 시시껄렁한 인간들이라고."

　제이니는 보았다. 노새 이야기에 끼어들지는 않아도 조가 거기 앉아서 이야기를 듣고 웃는 것을. 하하하, 하고 특유의 너털웃음을 터뜨리는 것을. 하지만 리지나 샘이나 월터나 다른 이야기꾼들이 세상의 일면을 화폭 삼아 커다란 그림을 그릴 때면, 조는 물건이나 팔라며 제이니를 가게 안으로 떠밀어 넣곤 했다. 그러는 걸 즐기는 것 같았다. 왜 본인은 결코 들어가지 않는 걸까? 제이니는 이미 상점 안이 지긋지긋해졌다. 우체국도 마찬가지였다. 사람들은 꼭 제이니가 계산을 하거나 장부 정리를 하려는 바쁜 순간에 와서 우편물을 달라고 했다. 그러면 머릿속이 엉클어져 우표 거스름돈을 잘못 주고 마는 것이다. 게다가 사람들 글씨도 알아보기 힘들었다. 어떤 사람들은 글씨체가 너무 이상하고 제이니가 아는 철자와는 달리 제멋대로 글자를 썼다. 보통은 조가 우편을 담당했지만, 조가 없을 때는 가끔 제이니가 맡아야 했는데 그럴 때면 늘 일이 엉망이 됐다.

　상점 자체도 제이니에겐 늘 골칫거리였다. 물건을 선반에서 내리거나 통에서 꺼내는 노동이야 아무것도 아니었다. 사람들이 토마토 깡통 한 개나 쌀 1파운드를 사러 온 정도라면 괜찮았다. 하지만 거기서 그치지 않고 베이컨 1파운드 반이나 라드 기름 반 파운드를 달라고 한다면? 그 모든 게 몇 걸음 걷고 팔을 뻗고 하는 일에서 수학적 딜레마의 차원으로 변해버린다. 또는 1파운드에 37센트짜리 치즈를 1다임어치만 달라고 하는 사람도 있었다. 그런 일들이 있을 때마다 제이니는 말없이 저항감을 느꼈다. 인생과 시간을 그렇게 낭비하다니. 하지만 조는 마음만 먹으면 다 할 수 있다는 소리만 하면서 제이니가 특권을 누리기를 바랐다. 그런 상황이 바위처럼 제이니를 난타했다.

두건을 써야 한다는 사실 때문에도 늘 짜증이 났다. 하지만 조디는 완고했다. 상점 안에서 머리카락을 드러내면 절대 안 된다는 것이다. 도무지 말이 안 되는 소리 같았다. 왜냐하면 조는 제이니에게 자기의 질투심을 한 번도 말한 적 없기 때문이다. 조는 제이니가 상점 안에서 업무를 보는 동안 다른 남자들이 그 머리카락에 넋이 나가 있는 꼴을 얼마나 많이 봤는지 절대 말하지 않았다. 어느 날 밤 조는 월터가 제이니 뒤에 서서 땋은 머리 끝부분을 제이니 모르게 손등으로 살그머니 쓸어보는 모습을 포착했다. 조가 가게 뒤쪽에 있어서 월터는 그를 보지 못했다. 당장 고기칼을 들고 뛰쳐나가 그 역겨운 손모가지를 댕강 잘라버리고 싶었다. 그날 밤 조는 제이니에게 상점에서는 머리를 올려 싸매라고 명령했다. 그게 다였다. 제이니가 상점에 나와 있는 것은 **자기가** 보기 위해서지, 다른 남자들을 위한 게 아니었다. 하지만 그는 절대 그런 말은 하지 않았다. 그런 건 체질에 맞지 않았다. 누렁 노새 일을 예로 들어보자.

어느 늦은 오후 맷이 손에 고삐를 들고 서쪽에서 걸어왔다. "내 노새를 찾아다니는 중이야. 누구 본 사람 없나?" 그가 물었다.

"아까 아침 일찍 학교 뒤에서 봤는데." 럼이 말했다. "10시쯤이었나. 아침 댓바람부터 거기 있는 걸 보니 어젯밤 내내 밖에 있었던 모양이야."

"맞아." 맷이 대답했다. "어젯밤에 놈을 보긴 했는데 잡을 수가 있어야지. 오늘 밤에는 꼭 잡아넣어야 해. 내일 쟁기질을 해야 하거든. 톰슨네 과수원을 갈아주기로 약속했단 말이야."

"그런 몰골의 노새를 끌고 그 일을 해낼 수 있을 것 같아?" 리지가 물었다.

"그놈은 아주 튼튼하다고. 다만 성질머리가 고약해서 말을 안 들을 뿐이지."

"맞아. 사람들 말이 그놈이 자네를 이 마을로 끌고 온 거라며? 자네는 미캐노피로 가려 했는데 노새가 자네보다 똑똑해서 이 마을로 끌고 온 거라고."

"그건 거, 거, 거짓말이야! 웨스트 플로리다를 떠날 때부터 이 마을에 올 작정이었어."

"아니, 웨스트 플로리다에서 여기까지 저 노새를 타고 왔단 말이야?"

"그랬다니까, 리지. 하지만 맷의 뜻은 아니었어. 맷은 저 위쪽 동네에서 잘 살고 있었는데, 노새는 아니었거든. 그래서 어느 날 아침 맷이 저놈 등에 탔더니 놈이 주인을 태우고는 이리 와버린 거지. 똑똑한 놈이야. 저 윗동네 사람들은 비스킷 빵을 일주일에 한 번밖에 안 먹거든."

맷을 놀리는 사람들 말속에는 늘 약간의 뼈가 있었다. 그래서 그가 화가 나서 자리를 박차고 가버려도 아무도 상관하지 않았다. 맷은 베이컨도 낱장으로 사기로 유명했다. 곡류와 밀가루도 작은 봉지로 사서 들고 갔다. 돈만 아낄 수 있다면 뭐든 별로 신경도 안 쓰는 것 같았다.

맷이 떠나고 30분 정도 지났을 때, 숲 가장자리에서 노새 울음소리가 들렸다. 이내 상점 앞으로 걸어오는 노새의 모습이 보였다.

"맷에게 노새도 잡아줄 겸 좀 놀아볼까."

"흠, 럼, 잡힐 생각이 없는 놈인 거 알지? 난 자네 하는 거 구경이나 하겠네."

노새가 상점 앞까지 오자 럼이 뛰쳐나가 붙들려 했다. 그러자 짐승은 고개를 홱 치켜들고 귀를 뒤로 젖히며 공격에 돌입했다. 럼은 줄행랑쳐서 몸을 피했다. 남자 대여섯 명이 포치에서 내려가 성난 짐승을 에워싸고 옆구리를 찔러대며 화를 돋웠다. 하지만 노새의 체력이 성질머리를 받쳐주지 못했다. 늙고 앙상한 몸으로 이리저리 뛰어다니던 노새는 이내 숨을 헐떡거리며 신음하기 시작했다. 다들 노새 몰이를 즐기고 있었다. 제이니만 빼고.

제이니는 그 광경을 보지 않으려고 고개를 휙 돌리고는 혼자 중얼거렸다. "다들 부끄러운 줄 알아야지! 불쌍한 짐승을 저렇게 괴롭히다니! 죽을 지경으로 부려먹고 구박해서 성질도 버려놓더니, 이제 괴롭혀서 끝장을 볼 작정이네. 저 사람들을 다 내 마음대로 혼낼 수 있다면 좋을 텐데."

제이니는 포치에서 일어나 가게 뒤편으로 가서 뭔가 일거리를 찾아 몰두했다. 그래서 조디가 웃음을 딱 그치는 것을 보지 못했다. 조디가 자기 말을 들은 건 몰랐지만, 조디의 고함소리는 들었다. "럼, 거참, 이제 그만 좀 해! 그만하면 놀 만큼 놀았잖아. 실없는 짓 그만하고 맷 보너한테 가서 내가 당장 좀 보잔다고 전해줘."

제이니가 다시 포치로 돌아와 자리에 앉았다. 제이니는 아무 말도 하지 않았고, 조 역시 마찬가지였다. 하지만 잠시 후 조가 자기 발을 내려다보더니 말했다. "제이니, 가서 전에 신던 검정 장화 좀 갖다줘. 이 갈색 신발을 신으니 발에 불이 나는 것 같아. 크기가 넉넉한데도 발이 아프네."

제이니는 아무 말 없이 일어나 신발을 가지러 갔다. 마음속에서는 힘없는 존재들을 지켜주려는 작은 전쟁이 벌어지는 중이었다. 사람이라면 힘없는 존재에 대한 배려심이 있어야 한다. 그걸 위해 싸우고 싶었다. "하지만 논쟁하거나 소란을 벌이는 건 싫으니 입 다물고 있는 게 나아. 안 그러면 사람들이랑 잘 지내기 힘드니까." 제이니는 굳이 서두르지 않았다. 괜히 오랫동안 이것저것 만지작거리며 표정을 가다듬었다. 포치에 돌아가 보니 조와 맷이 이야기하고 있었다.

"15달러라고? 거참, 완전히 돌았군! 5달러."

"그, 그, 그럼 타협합시다, 시장 형제. 시, 십 달러."

"5달러." 조는 입안에서 시가를 돌려 물며 무심히 시선을 돌렸다.

"그 노새가 시장 형제 당신한테 필요하다면 나한테는 훨씬 더 필요하지. 내일 당장 해야 할 일이 있으니 특히 더 하고."

"5달러."

"그럽시다, 시장 형제. 나처럼 없는 놈이 가진 유일한 생계 수단을 그렇게 다 뺏고 싶다면, 내 5달러 받겠소이다. 저 노새랑 23년을 함께했는데. 정말 힘든 일이군."

스탁스 시장은 일부러 신발부터 갈아 신고 나서야 주머니에 손을 넣어 돈을 꺼냈다. 그때쯤 맷은 뜨거운 벽돌 위의 암탉처럼 온몸을 비틀어대고 있었다. 하지만 돈을 손에 받아 쥐자마자 얼굴에 싱글벙글 미소가 퍼져 나갔다.

"저렇게 나이 든 노새를 팔다니, 내가 이겼어, 스탁스! 저 노새는 일주일도 안 돼서 죽고 말걸. 일 한번 못 시켜보고."

"일 시키려고 산 게 아니야. 거참, 난 저 짐승을 쉬게 해주려고 산 걸세. 자넨 그런 일을 할 분별력이 없겠지만."

존경심을 담은 침묵이 내려앉았다. 샘이 조를 바라보며 말했다. "짐승을 그런 식으로 생각해주는 건 처음 봤네, 스탁스. 하지만 마음에 들어. 아주 귀한 일을 했소." 모두가 그 말에 동의했다.

제이니는 사람들이 모두 한마디씩 하는 동안 말없이 서 있었다. 모두 할 말을 마치고 나자, 제이니가 조 앞으로 가서 말했다. "조디, 굉장한 일을 했어요. 정말 누구도 생각 못 할 일이에요. 평범한 생각이 아니니까요. 노새에게 자유를 주다니 당신은 위대한 사람이에요. 조지 워싱턴이나 링컨 같은. 에이브러햄 링컨은 전 미국을 다스리면서 흑인들을 해방시켰지요. 당신은 한 도시를 다스리면서 노새에게 자유를 줬어요. 힘이 있어야 자유를 줄 수 있고, 그래야 왕과 같은 사람이 되는 거지요."

햄보가 말했다. "사모님이 타고난 웅변가시구면, 스탁

스. 전혀 몰랐네. 우리 생각을 정확하게 말로 해주셨어."

조는 시가를 꽉 물고 환한 미소를 지었지만, 단 한마디 말도 하지 않았다. 마을 사람들은 사흘 내내 이 이야기를 떠들어대면서 조 스탁스처럼 부자였다면 자기들도 딱 그렇게 했을 거라고 말했다. 어쨌거나 해방 노새는 마을의 새로운 이야깃거리가 됐다. 스탁스는 포치 근처 커다란 나무 아래에 건초를 수북이 놓아두었고, 노새는 다른 마을 사람들처럼 주로 상점 주변에서 어슬렁거렸다. 주민들은 대부분 습관적으로 건초를 한 움큼씩 들고 와서 그 건초 더미에 던졌다. 노새는 거의 통통해지다시피 했고, 사람들은 흐뭇한 자부심을 느꼈다. 해방 노새의 행적에 관해 새로운 거짓말들이 생겨났다. 녀석이 린지네 부엌문을 밀고 들어가 하룻밤을 자고는 아침으로 커피를 내놓을 때까지 버텼다는 이야기, 피어슨네 가족들이 식사를 하는데 녀석이 창문으로 고개를 쑥 들이밀자 부인이 피어슨 목사로 착각해 접시를 건네줬다는 이야기, 녀석이 너무 못생겼다며 털리 부인을 크로케 구장에서 몰아냈다는 이야기, 메이틀랜드로 향하던 베키 앤더슨을 녀석이 쫓아가서 땡볕을 피하려고 양산을 같이 썼다는 이야기, 레드먼드의 장광설 기도에 신물이 난 나머지 녀석이 침례교 교회 안으로 들어가 예배를 망쳐놓았다는 이야기. 노새는 굴레를 쓰고 맷 보너에게 가는 것만 빼고 오만 짓을 다 저질렀다.

하지만 얼마 후 노새는 죽었다. 커다란 나무 아래에서 앙상한 등을 땅에 대고 네 다리를 하늘로 치켜든 채 누워 있는 노새를 럼이 발견했다. 그 모습은 자연스럽지 않고 뭔가 잘못된 것 같았지만, 샘은 그 녀석이 다른 짐승들처럼 옆으로 누워 죽었다면 그게 더 자연스럽지 않았을 거라고 했다. 녀석은 죽음이 다가오는 것을 보고 그에 맞서 마치 사람처럼 결사 항전했던 것이다. 숨이 끊어지는 순간까지 싸웠다. 그러니 당연히 자세를 가다듬을 새도 없었고, 죽음은 왔을 때 모습 그대로 노새를 데려갈 수밖에 없었던 것이다.

그 소식이 퍼지자, 마을은 마치 전쟁이 끝나기라도 한 것 같은 분위기가 됐다. 여력이 되는 사람들은 모두 일을 팽개치고 삼삼오오 모여 이야기를 나눴다. 하지만 결국 다른 죽은 짐승들과 마찬가지로 그 노새도 마을 밖으로 끌어내는 수밖에 없었다. 마을의 위생을 지키자면 저 멀리 떨어진 곳으로 보내야 했다. 나머지는 독수리들의 몫이었다. 다들 노새를 끌어내는 일에 참여할 예정이었다. 그 소식에 스탁스 시장은 평소보다 일찍 일어났다. 시장의 회색 말 두 마리가 나무 밑에 준비되고 남자들이 마구를 만지며 어슬렁거릴 때, 제이니가 조의 아침 식사를 준비해 상점에 왔다.

"거참, 럼, 떠나기 전에 상점 문 단단히 잠가놔야 해, 알았지?" 그는 바깥 상황을 곁눈질로 확인해가며 급히 식사를 하면서 말했다.

"문을 잠그다니 무슨 말이에요, 조디?" 제이니가 놀라서 물었다.

"상점을 돌볼 사람이 없으니까. 난 노새 끌어내는 데 가야 해."

"나도 오늘은 특별한 일이 없어요, 조디. 나도 같이 가면 안 돼요?"

조는 잠시 말문이 막혔다. "맙소사, 제이니! 당신이 노새 끄는 자리에 가겠다고, 어? 오만 인간들이 예의도 뭣도 없이 밀치고 떠밀어대는 자리에? 안 돼, 안 돼!"

"당신이 같이 있을 거잖아요, 안 그래요?"

"그래. 하지만 난 시장이라 해도 남자야. 시장 부인은 좀 다르다고. 어쨌거나 사람들이 내가 죽은 노새를 놓고 몇 마디 하길 바랄 테니, 특별히 가줘야지. 하지만 당신은 그런 품위 없는 난장판에 가는 거 아냐. 그런 자리에 가겠다고 하다니 놀랍군."

그는 입가에 묻은 그레이비소스를 닦아내고 모자를 썼다. "나올 때 문 잠가, 제이니. 럼은 말 때문에 정신이 없으니까."

조언과 명령, 쓸데없는 의견들이 고성으로 오간 후에야 마을 사람들은 사체를 호송해나갔다. 아니, 죽은 노새가 마을 사람들을 끌고 움직였고, 제이니는 가게 앞에 홀로 남았다.

　마을 밖 늪지에서 사람들은 노새에게 성대한 의식을 치러주며 죽음의 모든 인간적 측면을 조롱했다. 스탁스가, 떠나간 시민이자 가장 뛰어난 시민이었던 노새를 기리고 남겨진 슬픔을 토로하는 거창한 추도문을 읊으며 식을 시작했고, 사람들은 그 연설을 좋아했다. 이 연설로, 그의 기반은 학교 건물을 올릴 때보다 더 견고해졌다. 그는 부풀어 오른 노새의 배를 단상 삼아 올라가 손짓을 해가며 연설을 했다. 조가 내려오자 사람들은 샘을 떠밀어 올렸고, 샘은 학교 선생으로서 노새에 관한 이야기로 먼저 말문을 열었다. 그러고는 존 피어슨처럼 모자를 쓰더니 그의 설교를 흉내 냈다. 사랑하는 형제가 이 슬픔의 계곡을 떠나 노새 천국에서 누릴 기쁨에 관해 이야기했다. 노새 천사들이 날아다니고, 초록빛 옥수수밭이 끝없이 펼쳐져 있고 시원한 물이 있으며, 순전히 밀기울만 자라는 목초지와 그곳을 가로질러 흐르는 당밀 강이 있는 곳. 그리고 무엇보다 영광스럽게도, 쟁기줄과 고삐를 들고 와 괴롭힐 맷 보너가 **없는** 곳. 저 위 천국에서 노새 천사들은 사람들을 타고 다니고, 세상을 떠난 사랑하는 형제는 번쩍이는 왕좌 옆 자기 자리에서 지옥을 내려다보며 악마가 지옥의 뜨거운 태양 아래서 온종일 맷 보너에게 쟁기질을 시키고 그 등짝에 채찍질하는 광경을 지켜볼 것이다.

그 말에 자매님들은 환희에 북받치는 시늉을 하며 열광했고 남자들은 말려댔다. 다들 한껏 즐긴 후에야 마침내 노새는 벌써부터 안달복달하던 독수리들에게 넘겨졌다. 독수리들은 조문객들의 머리 저 위에서 커다랗게 떼 지어 비행했다. 근처 몇몇 나무에는 빼곡하게 앉은 구부정한 형체들이 보였다.

사람들이 시야에서 사라지자마자 독수리들은 선회하며 반경을 좁혀왔다. 근처의 독수리들도, 멀리 있던 독수리들도 점점 가까이 다가왔다. 선회하다 급강하하더니, 날개를 퍼드득대며 껑충 뛰었다. 다가온 독수리들 중 가장 굶주렸거나 배짱 좋은 놈들 몇몇이 시체 위에 올라앉았다. 당장 시작하고 싶었지만, 대장인 목사가 자리에 없었다. 그래서 대장이 앉아 있는 나무로 전령이 파견되었다.

독수리 무리는 흰머리 대장을 기다려야 했지만 그러기가 힘들었다. 배가 고파 짜증이 난 독수리들은 서로를 밀치고 머리를 쪼아댔다. 짐승의 머리부터 꼬리까지, 꼬리부터 머리까지 왔다 갔다 하는 녀석들도 있었다. 목사는 3킬로쯤 떨어진 죽은 소나무 위에 미동도 없이 앉아 있었다. 목사 또한 누구 못지않게 빨리 그 냄새를 맡았지만, 예법상 통지를 받기 전까지는 모른 척 앉아 있어야 했다. 그러고 나서야 목사는 육중한 날개를 펴고 날아올라 한 바퀴씩 선회하며 조금씩 조금씩 땅으로 내려왔고, 결국 그가 다가오자 무리는 기쁨과 배고픔으로 날뛰었다.

마침내 땅에 내려온 목사가 시체의 주위를 돌며 죽은 게 확실한지 확인했다. 콧구멍과 입속을 들여다봤다. 머리끝에서 발끝까지 꼼꼼히 살펴본 목사가 노새 위로 풀쩍 뛰어올라 고개 숙여 인사하자 무리는 춤으로 화답했다. 인사를 끝낸 후 목사가 몸의 균형을 잡고 질문했다.

"무엇이 이자를 죽였는가?"

무리가 합창으로 대답했다. "순전히, 순전히 살입니다."

"무엇이 이자를 죽였는가?"

"순전히, 순전히 살입니다."

"무엇이 이자를 죽였는가?"

"순전히, 순전히 살입니다."

"누가 이 장례를 치를 건가?"

"우리요!"

"자, 그럼 이제 시작합시다."

목사는 격식을 갖춰 노새의 눈을 파냈고 잔치가 이어졌다. 누렁 노새는 마을에서 완전히 사라졌다. 사람들이 포치에서 이야기할 때나 아이들이 모험 삼아 이따금 노새의 백골을 보러 갈 때만 제외하고.

조는 한껏 즐겁고 유쾌한 기분으로 가게로 돌아왔지만 제이니를 마주하고 싶지는 않았다. 제이니의 부루퉁한 표정을 보고 화가 났기 때문이다. 조의 사고방식으로는 제이니는 그럴 권리가 없었다. 제이니는 심지어 그의 노고에 감사할 줄도 몰랐다. 감사해야 할 이유는 수도 없었다. 명예를 퍼부어주고 높은 자리에 앉혀 세상을 내려다보게 해줬는데, 제이니는 여기서 입이나 삐죽거리고 있는 것이다! 다른 여자를 원하는 건 아니지만, 그 자리에 기꺼이 앉을 여자들은 넘쳐났다. 저 주둥이를 한 방 갈겨줘야 하는 건데! 하지만 오늘은 싸울 기분이 아니었기 때문에 에둘러 공격을 날렸다.

"아침에 숲에서 사람들 정말 웃겼어, 제이니. 그 야단법석을 보면 누구라도 안 웃고는 못 배길걸. 하지만 그래도 말이지, 난 사람들이 그런 헛짓거리에 시간 낭비하지 말고 좀 더 건실한 생각을 하면 좋겠어."

"세상 사람들이 다 당신 같을 수는 없잖아요, 조디. 웃고 놀고 싶은 사람도 있게 마련이죠."

"웃고 노는 걸 싫어할 사람이 어딨어?"

"당신은 아닌 것처럼 굴잖아요, 어쨌거나."

"거참, 난 그런 거짓말 안 해! 하지만 지금은 가능성이 넘치는 시기라고. 그런데 저 많은 사람이 그저 배불리 먹고 드러누워 잘 생각만 하는 꼴이 얼마나 한심해. 가끔은 안타

깝다가도 다시 생각하면 복장이 터진다고. 때로는 웃겨 죽을 것 같은 말들도 하지만, 저 사람들 기를 죽이기 위해서라도 난 앞으로 웃지 않을 거야." 제이니는 소란을 피하는 손쉬운 방법을 택했다. 동의하지는 않았지만 입으로는 맞장구를 쳤다. 마음속으로는 이렇게 말했다. '그렇다고 해도 그렇게 떠들어댈 건 없잖아요.'

하지만 샘 왓슨과 리지 모스의 끝도 없는 말다툼에 때로는 조도 포복절도하지 않을 수 없었다. 그 말다툼은 목적이 없었기 때문에 절대 끝나지 않았다. 그건 허풍 대회였고, 오로지 그 이유로 계속됐다.

샘이 포치에 앉아 있는데 리지가 걸어왔다고 해보자. 그 자리에 다른 이야기할 상대가 없다면 아무 일도 일어나지 않는다. 하지만 가령 토요일 밤처럼 마을 사람들이 있다면, 리지는 아주 심각한 척 분위기를 잡는다. 너무 골똘히 생각에 잠겨 있어서 인사를 나눌 정신조차 없다는 듯이 말이다. 시동을 걸어주려고 누군가 무슨 일이냐고 물으면, 리지는 말한다. "이 문제 때문에 돌아버리겠어. 샘, 자넨 아는 게 많으니 좀 알려주게나."

이제 월터 토머스가 나서서 부추길 차례다. "그렇지, 샘은 늘 주체 못 할 정도로 아는 게 많지. 궁금한 건 뭐든 샘이 알려줄 걸세."

샘은 싸움을 피하고 싶다는 듯이 공들인 연기를 시작한다. 그러면 포치에 있던 모든 사람이 말려든다.

"왜 나한테 물어보는 거지? 하나님도 늘 자넬 만나서 속을 털어놓는다면서. 나한테 물어봤자 소용없어. 내가 자네한테 묻고 싶네."

"어떻게 그럴 수가 있나, 샘. 이 대화는 내가 먼저 시작했잖나? 내가 자네한테 물어보는 거라고."

"뭘 묻는데? 아직 문제가 뭔지 말도 안 했으면서."

"말 안 해줄 거야! 절대 안 가르쳐줄 테다. 스스로 떠벌려대듯이 자네가 그렇게 똑똑하다면 직접 알아내보시지."

"내가 단번에 해결해버릴까 봐 알려주기 두려운 거로군. 주제가 있어야 말을 하지, 아니면 말을 못 한다고. 경계가 없으면 멈출 곳을 모르는 법이야."

그쯤 되면 온 세상이 그들을 주시한다.

"흠, 그렇담 좋아. 내가 무슨 소리 하는지 알아맞힐 머리가 없다는 걸 스스로 인정하니 내 말해주지. 사람이 시뻘건 화로에 데지 않는 이유가 뭘까? 조심성일까, 자연적으로 타고난 걸까?"

"젠장! 뭐 대단히 어려운 문제라도 되는 줄 알았더니. 그런 건 월터도 답해줄 수 있겠네."

"너무 심오한 문제라 모르겠으면 그냥 그렇다고 하고

입 닥치는 게 어때? 월터는 그런 건 몰라. 난 배운 사람이고, 내 일은 내가 알아서 한다고. 내가 밤새 생각해도 모르는 문제라면 월터가 도움이 될 리 없어. 넌 자네 같은 사람이 필요해."

"그렇다면야 내 말해주지, 리지. 이 문제를 샅샅이 파헤쳐주겠어. 사람들이 시뻘건 난로를 피하는 건 자연적으로 그렇게 하도록 타고난 거야."

"어허! 자네가 그쪽 구멍으로 기어 들어 올 줄 알았어! 내 연기를 피워 당장 몰아내주지. 그건 타고난 게 아니라 조심성 때문이야, 샘."

"그런 게 어딨어! 시뻘건 화롯가에서 장난치면 안 된다는 건 자연이 알려주는 거라고. 그러니까 안 하는 거지."

"들어봐, 샘. 타고난 거라면 아기들이 화로를 건드릴까봐 지켜봐야 할 필요도 없겠지, 안 그래? 다 본능적으로 피할 테니까. 하지만 아기들은 꼭 화로를 만지잖아. 그러니 조심성이지."

"아니, 자연적으로 타고난 거야. 자연이 조심성을 만드는 거거든. 하나님이 만드신 것 중 제일 강력한 게 자연이야. 사실 하나님이 만드신 건 자연밖에 없어. 하나님이 자연을 만드셨고, 자연이 다른 모든 걸 만든 거지."

"아니, 자연이 모든 걸 만든 건 아니야. 아직도 안 만들어진 게 수두룩하거든."

"자연이 안 만든 게 뭔지 어디 말해봐."

"자연은 고집 센 황소에 올라타서 뿔을 잡을 수 있도록 만들지 않았지."

"그래, 하지만 그건 논점에서 벗어났어."

"아니, 안 벗어났어."

"아니, 벗어났다니까."

"내 논점이 **도대체** 뭔데?"

"없었어, 지금까지."

"아니, 있어." 월터가 끼어들었다. "시뻘건 화로가 논점 이잖아."

"리지는 아는 건 엄청나게 많아도 아직 그걸 증명하진 못했어."

"샘, 내 주장은 사람들이 시뻘건 화로를 피하는 건 자연 적으로 타고난 게 아니라 조심성 때문이라는 거야."

"아들이 어떻게 아버지를 앞설 수 있나? 자연이 만물의 최초야. 사람이 생겨난 이래로 시뻘건 화로를 피하게 해준 건 자연이야. 자네가 말하는 그 조심성이라는 건 기만에 불과해. 그건 자기 건 하나도 가지지 못한 벌레 같은 거야. 눈이 있지만 남의 눈과 비슷하고, 날개도 남의 것과 비슷하고, 모든 게 다 그래! 윙윙거리는 소리마저 남의 소리라고."

"무슨 소리 하는 거야? 조심성이 세상 최고야. 조심성이 없다면…….'

"조심성이 만들어낸 게 있으면 이야기해보시지! 자연이 해낸 일들을 보라고. 자연의 고매한 뜻으로 검은 암탉이 하얀 달걀을 낳는 거야. 자, 말해봐, 남자들 입가에 수염이 나는 게 뭐 때문이지? 자연이라고!"

"그런 게 아니…….'

포치는 이제 들끓어 올랐다. 스탁스는 배달 사환인 헤저키아 포츠에게 가게를 맡기고 나와 늘 앉는 높은 의자에 앉았다.

"홀네 주유소 위에 있는 그 커다란 늙은 괴물(미국 석유 회사 싱클레어의 공룡 로고를 말함-옮긴이)을 봐. 어마어마하게 큰 그 늙은 괴물 말이야. 놈은 집 안에 있는 사람들을 다 잡아먹고는 집도 집어삼킨다고."

"집을 먹어 치우는 짐승 같은 건 없어! 거짓말이야. 나도 어제 거기 갔는데 그런 건 못 봤어. 어디에 있다는 거야?"

"나도 못 봤지만, 뒷마당 어딘가에 있는 거 같아. 하지만 그 괴물 그림을 정면에 걸어뒀어. 아까 저녁에 그 앞을 지나가는데 못질해서 걸더라고."

"흠, 그렇다 치고, 그 괴물이 집들을 집어삼킨다면 왜 주유소는 안 먹어 치우는 거지?"

"먹어 치우지 못하도록 묶어놨거든. 그 커다란 그림에 설명이 다 있어. 그놈이 싱클레어 고압축 휘발유를 한번에 몇 리터 들이켜는지, 그리고 백만 살이 넘었다는 것도."

"백만 살 넘는 건 아무것도 없어!"

"그림이 거기 딱 걸려 있잖아. 보지도 않고 그 그림을 어떻게 그렸겠어, 안 그래?"

"백만 살인지는 어떻게 알아? 그렇게 옛날에 태어난 사람이 누가 있다고."

"꼬리에 있는 나이테 같은 걸로 아는 거겠지. 이봐, 백인들은 자기들이 알고 싶은 건 뭐든 알아내는 수가 있거든."

"어, 그럼 그동안 내내 어디 있었던 거야?"

"이집트에서 잡은 거야. 거기서 돌아다니면서 파라오의 묘석들을 먹어 치웠나 봐. 그걸 그린 그림도 있어. 그런 괴물도 다 자연의 고매한 뜻이지. 자연과 소금, 정복자 빅 존(흑인민담 속의 영웅—옮긴이) 같은 강인한 인물도 그렇게 만들어진 거야. 빅 존은 소금 같은 사람이었어. 어떤 것에도 풍미를 더해줄 수 있었지."

"맞아, 하지만 빅 존은 보통 인간이 아니었어. 그런 사람은 더 이상 없다고. 빅 존은 감자 캐기도, 건초 모으기도 거부했어. 매질도 거부했고, 도망치려 하지도 않았지."

"아냐, 열심히 노력만 한다면 누구나 그런 사람이 될 수 있어. 나로 말하자면, 내 안에도 소금이 있지. 내가 만약 사람 고기를 좋아한다면 난 매일 누군가를 잡아먹을 수 있어. 세상에는 완전히 쓰레기 같은 인간들이 있어서 나한테 기꺼이 잡아먹힐걸."

"와, 빅 존 이야기 재밌구먼. 올드 존에 관한 허풍을 더 나눠보자고."

이때 부치와 티디, 빅 우먼이 한껏 예쁜 척하며 걸어왔다. 봄철의 어린 겨자채처럼 신선하고 산뜻한 분위기를 풍기는 아가씨들이 등장하자 포치의 젊은이들은 그 미모를 찬양하며 뭔가 사 바치지 않을 수 없었다.

"이제 내 순서가 왔군." 찰리 존스가 이렇게 선언하며 황급히 포치에서 일어나 여자들을 마중하러 나갔다. 하지만 경쟁자가 많았다. 젊은이들은 서로 밀리고 밀쳐대며 정중함을 과시했다. 아가씨들에게 생각나는 건 뭐든 사라고, 그저 돈만 내게 해달라고 애원했다. 조에게는 가게에 있는 사탕이란 사탕은 다 포장하고 주문도 더 넣으라고 간청했다. 땅콩과 탄산수도 다. 뭐든지 몽땅!

"아가씨, 난 그대에게 홀딱 빠졌소." 찰리가 계속해서 모두에게 오락거리를 제공했다. "그대를 위해서라면 일해서 돈 바치는 것만 빼면 내 뭐든 하리다."

아가씨들과 나머지 모두가 웃음을 참지 못했다. 구애가

아니라는 건 다들 알고 있었다. 구애하는 척하는 연극이었고, 다들 그 연극에 참여한 것이다. 세 아가씨는 그 무대의 중심을 차지했다. 데이지 블런트가 달빛을 받으며 걸어오기 전까지는.

데이지는 행진하듯 걸었다. 걸음걸이에서 북소리가 들리는 것만 같았다. 데이지는 흑인이고 자기에게 흰옷이 잘 어울린다는 것을 잘 알았기 때문에 차려입을 때는 꼭 흰옷을 입었다. 커다랗고 새카만 눈동자는 넓고 반짝이는 흰자 때문에 새로 찍어낸 돈처럼 반짝였다. 데이지는 하나님이 속눈썹을 주신 이유도 잘 알았다. 머리카락은 직모라고는 할 수 없었다. 흑인 머릿결이지만, 그래도 약간 백인 같은 느낌이 있는 햄을 묶는 끈처럼 말이다. 햄이 아니어도 햄을 묶고 있다 보면 끈에도 그 향이 밴다. 데이지의 머리카락은 어깨 위로 풍성하게 퍼져 내려왔고 커다란 흰 모자 밑에서 딱 근사해 보였다.

"세상에, 세상에, 세상에." 찰리 존스가 이번에는 데이지에게 달려가며 외쳤다. "성 베드로님이 천사들을 이렇게 내보내셨으니 천국은 분명 휴회 중이겠군요. 그대로 인해 죽음의 문턱에 누운 남자가 벌써 셋이고, 그대의 숭배자들과 함께하고자 하는 바보가 여기 또 하나 있소이다."

곧 나머지 청년들 모두가 데이지 주위로 몰려들었다. 데이지는 우쭐대면서도 한편으로는 수줍어했다.

"저 때문에 죽을 지경에 처한 사람이 있다고요? 여러분은 저보다 아는 게 많네요." 데이지가 새초롬하게 고개를 들었다. "누군지 저도 알고 싶군요."

"자, 데이지, 당신도 짐이랑 데이브랑 럼이 당신 문제로 서로 철천지원수가 됐다는 거 알지 않소. 여기서 오해니 뭐니 그런 소리 말아요."

"그게 사실이라면 정말 입이 무거운 분들이네요. 저한테는 아무 소리도 한 적 없답니다."

"어허, 대답이 너무 빠르셨습니다. 자, 짐과 데이브는 바로 여기 포치에 있고 럼은 가게 안에 있거든요."

불편해하는 데이지의 모습에 폭소가 터져 나왔다. 청년들도 경쟁자 연기를 해야 했다. 다만 이번에는 어느 정도 진심이 담겼다는 걸 다들 알고 있었다. 하지만 그러거나 말거나 포치 무리는 연극을 즐겼고 조연이 필요하면 언제든 거들었다.

데이비드가 말했다. "짐은 데이지를 사랑하지 않아요. 나만큼 사랑하지 않는다고요."

짐이 분노의 포효를 내질렀다. "누가 데이지를 사랑하지 않는데? 당연히 내 이야기는 아니겠지."

데이브가 말했다. "좋아, 지금 당장 증명해보자고. 누가

이 여자를 가장 사랑하는지 지금 당장 증명하는 거야. 자넨 데이지를 얼마나 오래 기다릴 수 있나?"

짐이 말했다. "20년!"

데이브가 말했다. "봤죠? 저 검둥이 녀석은 당신을 사랑하지 않는다니까요. 난 말입니다, 하나님 앞에 목을 걸고 말하는데, 죽을 때까지 기다릴 겁니다."

포치에서 커다란 웃음소리가 한참 동안 이어졌다. 다음은 짐이 증명을 요구할 차례였다.

"데이브, 혹시나 말이야, 데이지가 자네랑 결혼하는 바보 같은 짓을 저지른다면 데이지에게 어떤 것까지 해줄 수 있나?"

"그건 이미 데이지랑 다 이야기 끝냈다고. 하지만 자네가 굳이 알고 싶다면 말해주지. 난 여객 열차를 사줄 거야."

"허! 겨우 그걸? 난 증기선을 사고 그 배를 몰 선원들도 고용해줄 거야."

"데이지, 짐이 하는 말에 속아서는 안 돼요. 저놈은 당신한테 아무것도 해줄 생각이 없어요. 겨우 조막만 한 구닥다리 증기선 하나? 데이지, 당신이 말만 하면 난 언제든 대서양을 깨끗이 치워주겠소." 사람들은 폭소를 터뜨렸다가 이내 숨죽이고 다음 말을 기다렸다.

"데이지." 짐이 말문을 열었다. "내 마음은 당신이 속속들이 잘 알지 않소. 난 말이지, 저 하늘 위에서 비행기를 타고 가는 중이라고 해도 당신이 걸어가는 모습을 본다면, 게다가 집까지 아직 15킬로는 더 가야 한다는 걸 안다면, 오로지 당신을 집까지 바래다주기 위해 그 비행기에서 뛰어내릴 거요."

사람들이 박장대소했고, 제이니도 정신없이 함께 웃었다. 하지만 다음 순간 조디가 제이니의 즐거움을 완전히 망쳐놓았다.

보글 부인이 포치를 향해 걸어왔다. 보글 부인은 할머니가 몇 번은 되고도 남을 나이였지만 발그레한 교태의 기색에 움푹 꺼진 뺨이 감춰졌다. 부인이 걸을 때면 얼굴 앞에는 살랑거리는 부채가, 달빛 받은 목련꽃들과 고요한 호수가 보였다. 딱히 무슨 이유가 있어서는 아니었다. 그냥 그랬다. 부인의 첫 번째 남편은 마부였는데, 부인을 얻으려고 '법을 공부'했다. 그는 마침내 전도사가 되어 죽는 날까지 부인을 차지했다. 두 번째 남편은 폰즈 오렌지 농장에서 일했지만, 부인의 눈에 띄자 전도사가 되려고 애썼다. 그는 결코 구역장 이상은 되지 못했지만, 그래도 그 정도면 뭔가 내놓을 만한 거리는 됐다. 그로써 그는 자신의 애정과 자존심을 증명해 보였다. 부인은 대양에 부는 바람 같았다. 부인은 남자들을 움직였지만, 정박할 항구를 결정하는 것은 조타륜이었다. 이날 밤 남자들은 부인이 가게 안으로 사라질 때까지 그 모습을 바라봤다.

"거참, 제이니." 스탁스가 조급하게 다그쳤다. "가서 보글 부인이 뭘 찾는지 좀 보지 그래? 뭘 꾸물거리고 있는 거야?"

제이니는 연극의 결말을 알고 싶었지만 언짢은 표정으로 일어나 안으로 들어갔다. 포치로 다시 나온 제이니는 까칠하게 날이 서 있었고 얼굴에는 불만의 기색이 역력했다. 그걸 본 조는 좀 화가 났다.

짐 웨스턴이 남몰래 1다임을 빌려서는 곧 데이지에게 한턱낼 기회를 달라고 큰소리쳤다. 마침내 데이지가 돼지족발 절임을 얻어먹겠다고 했다. 두 사람이 가게에 들어왔을 때 제이니는 큰 주문을 받는 중이라 럼이 응대를 맡았다. 럼은 족발을 가지러 가게 뒤쪽 나무통으로 가더니 빈손으로 돌아왔다.

"스탁스 씨, 족발이 다 떨어졌어요!" 럼이 외쳤다.

"아냐, 내가 알아, 럼. 지난번에 잭슨빌에서 주문할 때 한 통을 새로 샀거든. 어제 들어왔어."

조가 들어와 럼과 함께 찾아봤지만 새로 들어온 통은 보이지 않았다. 조는 책상 위 못에 철해둔 서류들을 뒤적이며 주문 내역을 찾아보았다.

"제이니, 지난번 명세서 어디 있지?"

"거기 못에 꽂혀 있잖아요, 없어요?"

"아니, 없어. 내가 두라는 곳에 안 뒀군. 길거리 일에 정신 팔며 가게 일에는 집중하질 않으니 뭐 하나 제대로 하는 게 없잖아."

"아이참, 그 주변을 좀 찾아봐요, 조디. 명세서가 어디 갔을 리가 없잖아요. 못에 꽂혀 있지 않으면 책상 위에 있겠죠. 찾아보면 분명 나올 거예요."

"당신이 여기 있는데 왜 내가 찾고 뒤지고 해야 해. 서류들은 다 저 못에 꽂아놓으라고 내 몇 번을 말했어! 내 말만 잘 들으면 되는데, 왜 말한 대로 하질 않아?"

"당신은 나한테 이래라저래라 하길 정말 좋아하는군요. 난 눈에 보이는 것 하나도 당신한테 말하면 안 되는데!"

"그거야 당신은 말을 해줘야 하니까 그렇지." 조가 성질을 내며 맞받아쳤다. "내가 안 해봐, 아주 엉망진창이 될걸. 여자랑 애들, 소랑 닭은 누가 대신 생각을 해줘야 해. 거참, 스스로 생각을 할 줄 알아야 말이지."

"나도 아는 게 있어요. 여자들도 때론 생각을 한다고요!"

"내가 아는데 절대 못 해. 여자들은 생각한다고 착각하는 것뿐이야. 난 하나를 보면 열을 알아. 당신은 열을 봐도 하나도 이해 못 하고."

이런 일을 겪으면서 제이니는 자기 결혼의 속사정을 생각해보게 되었다. 최선을 다해 반박할 때도 있었지만, 그건 아무 소용이 없었다. 그럴수록 조의 화를 돋울 뿐이었다. 조는 복종을 원했고, 상대가 복종했다고 느끼기 전에는 절대 멈추지 않았다.

　　그래서 서서히 제이니는 이를 악물고 침묵하는 법을 배웠다. 결혼의 정령은 침실을 떠나 거실에서 살기 시작했다. 손님들이 올 때면 거기서 악수는 했지만 다시는 침실로 돌아가지 않았다. 그래서 제이니는 교회의 성모상처럼 그 정령을 상징하는 뭔가를 침실에 뒀다. 그들의 침대는 이제 제이니와 조가 노는 데이지 꽃밭이 아니었다. 졸리고 지칠 때 가서 눕는 자리에 불과했다.

　　제이니의 꽃잎은 더 이상 조에게 열리지 않았다. 그걸 알았을 때 제이니는 스물넷이었고 결혼한 지 7년째였다. 조가 부엌에서 제이니의 얼굴을 후려쳤던 어느 날 제이니는 깨달았다. 여자들이라면 다 가끔 질책을 당하게 마련인 저녁 식사 문제로 벌어진 일이었다. 여자들은 계획을 다 짜서 준비하고 요리를 하는데, 무슨 부엌 마귀 같은 게 새카맣게 타고 설익고 맛없는 음식을 냄비와 팬 안에 슬쩍 넣어둘 때가 있다. 제이니는 음식 솜씨가 좋았고, 조는 저녁 식사 시간을 다른 일들로부터 도피할 수 있는 휴식처로 기대했다. 그래서 빵이 제대로 안 부풀고 생선이 속속들이 익지 않고 밥이 타자, 그는 귓속이 울릴 정도로 제이니를 후려갈겼고 머리가 비었느니 뭐니 막말을 해댄 후 성큼성큼 가게로 돌아가버렸다.

제이니는 조가 떠난 자리에 서서 시간이 가는 줄도 모르고 하염없이 생각에 잠겼다. 그렇게 서 있는데 마음속 선반에서 뭔가가 툭 떨어졌다. 그게 뭔지 알아보려고 마음속을 들여다봤다. 제이니가 가지고 있던 조디의 상像이 굴러떨어져 산산조각 나 있었다. 하지만 그것을 본 제이니는 그 상이 자신의 꿈을 구현한 것이 아니라는 사실을 깨달았다. 그저 꿈을 포장하기 위해 움켜잡았던 것에 불과했다. 제이니는 부서진 상을 뒤로하고 더 먼 곳을 바라봤다. 이제 제이니에게는 자기 남자에게 꽃가루를 뿌려주려고 잎을 활짝 연 꽃송이들이 없었다. 그렇다고 꽃잎이 진 자리에 빛나는 조그만 열매가 맺히지도 않았다. 대신 제이니는 조디에게 한 번도 말한 적 없는 무수한 생각들과 한 번도 드러낸 적 없는 수많은 감정들을 발견했다. 조디가 절대 찾지 못할 심장 구석구석에 꽁꽁 싸서 치워놓은 것들. 제이니는 만난 적도 없는 남자를 위해 감정들을 간직해두었다. 이제 제이니에게는 내면과 외면이 생겼고, 제이니는 이 둘을 분리하는 법을 불현듯 깨달았다.

제이니는 몸을 씻고 깨끗한 옷을 입고 두건을 쓴 다음 조디가 사람을 보내기 전에 가게로 갔다. 그렇게 외면으로는 세상에 복종했다.

조디는 포치에 나와 있었고, 이 시간이면 늘 그렇듯이 포치에는 이턴빌 사람들이 가득했다. 조디는 토니 로빈스 부인이 가게에 올 때면 늘 그러듯이 부인에게 수작을 부렸다. 조디가 로빈스 부인과 실없는 농을 주고받으면서도 곁눈질로 자신을 흘끔거리는 게 제이니에게 훤히 보였다. 제이니와 다시 화해하고 싶은 것이다. 그 커다란 너털웃음은 수작을 부리는 것이기도 하지만 제이니를 향한 것이기도 했다. 그는 화해를 간절히 바랐지만, 자기 식의 화해만을 원했다.

"거참, 로빈스 부인, 왜 여기 와서 신문 읽는 사람을 귀찮게 하는 겁니까?" 스탁스 시장이 성가신 척하며 신문을 내려놓았다.

로빈스 부인이 불쌍하게 쭈그린 자세를 하고 꾸며낸 처량한 목소리로 말했다.

"배가 고파서 그래요, 스탁스 씨. 정말이에요. 저랑 어린 것들이 굶주리고 있어요. 토니가 먹을 걸 주질 않거든요!"

바로 포치 무리가 기다리던 일이었다. 모두 웃음을 터뜨렸다.

"로빈스 부인, 토니가 토요일마다 여기 와서 가장답게

장을 봐 가는데 어째서 굶주린다는 소리를 하는 겁니까? 부끄러운 줄 알아요!"

"스탁스 씨 말대로 토니가 정말 장을 본다면, 그걸 다 어쩌는 건지 귀신이 곡할 노릇이네요. 절대 집에는 안 가져와요. 저랑 가엾은 어린 것들이 배를 주리고 있는데! 스탁스 씨, 저랑 애들을 생각해서 고기 조금만 주세요."

"필요 없는 거 알지만, 어쨌거나 들어와요. 고기를 줘야 신문을 읽을 수 있을 것 같으니."

토니 부인은 기뻐서 어쩔 줄 몰랐다. "고마워요, 스탁스 씨. 정말 훌륭하신 분이군요. 제가 본 사람 중 스탁스 씨가 최고의 신사세요. 정말 최고예요!"

절인 돼지고기 상자는 가게 뒤쪽에 있었는데, 그쪽으로 가는 동안에도 부인은 어찌나 마음이 급한지 몇 번이나 조의 구두 뒤축을 밟았고 가끔 조를 살짝 앞서가기까지 했다. 고기를 들고 밥그릇을 향해 걸어오는 사람을 본 굶주린 고양이 같았다. 부인은 종종걸음을 치면서 조를 슬쩍슬쩍 건드렸고, 그러면서 줄곧 조그만 소리로 재촉해댔다.

"네, 정말이지 훌륭한 분이세요, 스탁스 씨는. 저와 불쌍한 어린 것들을 이렇게 동정해주시다니. 토니가 먹을거리라고는 조금도 주지 않아서 우린 너무너무 배가 고파요. 토니는 절 먹여 살리질 않는다고요!"

그러다 보니 고기 상자 앞에 도착했다. 조가 커다란 고기칼을 쥐고 옆구리살 한 덩이를 자르려고 고기를 집어 들었다. 토니 부인은 그 옆에서 거의 춤이라도 출 기세였다.

"좋아요, 스탁스 씨! 요만큼만 주세요." 부인이 손목에서 손까지 가리켰다. "저랑 애들은 정말 굶주렸답니다."

스탁스는 부인의 손대중에 거의 눈길도 주지 않았다. 이미 수없이 봐온 작태였다. 그는 그보다 훨씬 작은 크기로 어림잡고 칼날을 찔러넣었다. 토니 부인은 낙담한 나머지 바닥에 쓰러지기라도 할 것처럼 휘청댔다.

"아이고, 세상에! 스탁스 씨, 지금 저랑 애들한테 그런 조막만 한 걸 주려는 거예요, 설마? 세상에, 배가 고파 죽을 지경인데!"

그러거나 말거나 스탁스는 고기를 쓱쓱 자르고 포장지를 향해 손을 뻗었다. 자른 고기를 내밀자 토니 부인은 마치 방울뱀이라도 본 것처럼 펄쩍 뒤로 물러섰다.

"난 그거 안 받을 거예요! 그런 손톱만 한 베이컨을 나랑 애들보고 먹으라니! 세상에나, 전부 다 가졌으면서 손에 꽉 움켜쥐고 쩨쩨하게 구는 사람들이 있네!"

스탁스는 고기를 다시 상자에 던져놓고 뚜껑을 닫으려는 시늉을 했다. 그러자 토니 부인은 번개처럼 달려들어 고기를 낚아채더니 문 쪽으로 걸어갔다.

"피도 눈물도 없는 사람들이 있다니까. 가엾은 여자랑 불쌍한 어린것들이 굶어 죽는 꼴을 보고도 눈도 꿈쩍 안 할 인간 같으니. 그렇게 쩨쩨하게 움켜쥐고 살다간 조만간 하나님 앞에 붙들려 가고 말 거야."

부인은 상점 포치 계단을 내려가 씩씩거리며 멀어져갔다. 일부는 웃음을 터뜨렸고, 일부는 화를 냈다.

월터 토머스가 말했다. "내 마누라가 저랬으면, 당장 죽여서 무덤에 처넣었을 거야."

"버는 만큼 다 사다 바쳤다면 더 그렇지. 토니처럼 말이야." 코커가 말했다. "무엇보다 나라면 절대 토니가 마누라한테 하듯이 여자한테 돈을 쓰진 않을 거야."

스탁스가 돌아와서 자리에 앉았다. 고깃값을 토니 외상 장부에 적어놓고 오느라 잠깐 지체했다.

"뭐, 토니가 나더러 부인 장단에 맞춰달라 했어. 사람 좀 바꿔보겠다는 희망으로 저 위쪽 동네에서 여기로 왔다는데, 그렇게 안 된 거지. 부인을 차마 버리지도 못하겠고 죽일 수도 없으니 참고 사는 수밖에 없다 그러더라고."

"그건 토니가 마누라를 너무 좋아해서 그러는 거야." 코커가 말했다. "내 마누라라면 버릇을 단단히 고쳐놓을 텐데. 길을 들이든지, 아니면 죽여버려야지. 어디 사람들 다 보는 데서 남편을 바보로 만들어."

"토니는 절대 마누라한테 손찌검 안 할 거야. 여자를 때리는 건 병아리를 밟는 거나 마찬가지라 그러더라고. 여자한테 때릴 곳이 어딨냐면서." 조 린지가 비웃으며 반박했다. "하지만 그런 일을 당하면 난 오늘 아침에 갓 태어난 새끼라도 죽여버릴 거야. 그 여자가 그런 짓을 하는 건 순전히 남편한테 비열한 악감정을 가졌기 때문이라고."

"전적으로 옳으신 말씀." 짐 스톤이 맞장구를 쳤다. "바로 그게 이유지."

제이니는 한 번도 하지 않던 일을 했다. 즉, 그들의 대화에 끼어든 것이다.

"가끔 하나님은 우리 여자들한테도 허물없이 다가와 속내를 말씀해주세요. 저한테 그러시더군요. 만들 땐 달랐는데 나중에 보니 당신들이 너무 똑똑해져서 깜짝 놀랐다고요. 또, 당신들이 우리 여자들을 잘 안다고 자신하는 만큼의 반도 모른다는 걸 깨닫게 되면 얼마나 놀랄까, 그런 말씀도 하셨어요. 상대가 여자랑 닭 들밖에 없으면 전지전능한 신이라도 되는 것처럼 굴기가 참 쉽죠."

"말이 너무 많군, 제이니." 스탁스가 말했다. "가서 체스판이랑 말이나 가져와. 샘 왓슨, 자네 오늘 임자 만났어."

7

세월은 제이니의 얼굴에서 투지를 다 앗아갔다. 한동안 제이
니는 영혼에서도 투지가 완전히 사라져버렸다고 생각했다.
조디가 무슨 짓을 하건 제이니는 아무 말도 하지 않았다. 어떤
말은 하고 어떤 말은 하지 않아야 하는지 알게 됐다. 제이니는
길거리에 난 바퀴 자국 같았다. 그 아래 수많은 생명이 있지만
끊임없이 바퀴에 짓밟히는. 때로 지금까지와는 다른 삶을 그
리며 미래를 향해 상상력을 뻗어보기도 했다. 하지만 대부분
감정의 동요를 안은 채 제이니는 다시 그저 쳇바퀴 돌듯 살았
다. 감정의 동요란 숲속의 그림자들처럼 해와 함께 생겼다가
는 또 없어지는 것이니까. 조디에게는 돈으로 살 수 있는 것
외에는 받지 않았고, 소중하게 여기지 않는 것들만 내줬다.

　때때로 동틀 녘 시골길을 떠올리며 탈출을 꿈꾸기도 했
다. 어디로? 뭘 하러? 그러다 보면 서른다섯은 열일곱의 두

배이고 모든 게 예전 같지 않다는 생각이 들었다.

제이니는 스스로를 다잡았다. "조디가 하잘것없는 사람일 수도 있지만." 말로는 대단한 사람이라 해야지. 그런 사람이 아니라면 내 인생이 의미가 없잖아. 거짓으로 우겨서라도 그렇다고 할 거야. 그러지 않으면 내 인생은 상점과 집 외에는 아무것도 없는 게 되니까."

제이니는 책을 읽지 않기 때문에 스스로가 세상이자 하늘 같은 존재였지만 이제는 한 방울로 졸아들어 버렸다는 것을 알지 못했다. 거름 더미를 벗어나 고통 없는 산꼭대기로 올라가려고 애쓰는 인간이라는 것도.

그러던 어느 날 제이니는 자신의 그림자 같은 존재가 가게 일을 돌보고 조디 앞에서 납작 조아리는 모습을 보았다. 정작 본인은 바람에 머리카락과 옷자락을 나부끼며 나무 그늘에 앉아 있는데 말이다. 고독을 거의 여름날로 승화시키는 경지에 이른 것이다.

그건 처음으로 겪은 현상이었다. 하지만 머지않아 그런 일은 흔한 일상이 되었고 제이니는 더 이상 놀라지도 않았다. 마치 마약 같았다. 어떤 면에서는 좋았다. 덕분에 현실과 타협할 수 있었으니까. 그런 일에 익숙해지면서 제이니는 오줌과 향수를 똑같이 무심하게 빨아들이는 대지처럼 만사를 무덤덤하게 받아들였다.

어느 날 제이니는 조가 앉는 모양새가 이상하다는 것을 눈치챘다. 조는 의자 앞에 서 있다가 털썩하고 쓰러지듯이 앉았다. 그때부터 제이니는 조를 머리끝부터 발끝까지 꼼꼼히 살펴봤다. 조는 예전처럼 젊지 않았다. 이미 뭔가 죽은 사람 같은 느낌이 났다. 더 이상 무릎을 곧게 펴고 서 있지 못했다. 걸을 때도 다리가 구부정했다. 뻣뻣한 목뒤는 또 어떻고. 호전적으로 쑥 내밀고 다니며 사람들을 위협하던 배는 허리춤에 매단 짐 덩어리처럼 축 늘어져 있었다. 이젠 그 몸의 일부처럼 보이지도 않았다. 눈빛도 흐릿했다.

조디도 자신의 변화를 눈치챈 것이 분명했다. 어쩌면 제이니보다 훨씬 더 먼저 깨닫고 제이니가 알게 될까 봐 그동안 두려워해 왔을지도 모른다. 조디는 시도 때도 없이 제이니의 나이를 들먹이기 시작했다. 마치 자기는 늙어가는데 제이니는 아직 젊은 게 못마땅한 것 같았다. 늘 이런 식이었다. "밖에 나갈 땐 어깨에 뭘 좀 둘러. 당신은 이제 영계가 아니야. 다 늙어빠진 암탉이라고." 하루는 크로케 놀이를 하는 제이니를 조디가 밖으로 불러냈다. "그건 젊은 애들이나 하는 거야, 제이니. 그렇게 방방 뛰고 난리를 치다간 내일 아침에 자리에서 일어나지도 못할걸." 그렇게 해서 제이니를 속일 작정이었다면, 그건 조디의 오산이었다. 평생 처음으로 제이니는 남자의 머릿속을 훤히 꿰뚫어 볼 수 있었다. 그 교활한

속셈이 마음속 온갖 동굴과 협곡들 사이를 질주하며 누비다 터널 같은 입 밖으로 튀어나오는 게 빤히 보였다. 조디도 마음속으로는 상처받고 있다는 것을 알았기에 제이니는 아무 말 없이 넘어가 줬다. 그저 조디에게 약간의 시간을 내주고는 옆으로 밀쳐놓고 기다렸다.

상점 분위기는 끔찍해졌다. 등허리가 아프면 아플수록, 근육이 녹아 지방이 되고 그 지방이 뼈에서 녹아내릴수록, 조디는 제이니에게 더 성질을 부렸다. 특히 상점에서 심했다. 상점에 사람이 많으면 많을수록, 조디는 자기 몸이 아닌 다른 곳으로 시선을 돌리려고 제이니의 몸에 조롱을 퍼부어댔다. 그러던 어느 날, 스티브 믹슨이 씹는 담배를 사러 왔는데 제이니가 담배를 잘못 자르고 말았다. 원래부터 제이니의 마음에 들지 않던 담배칼이었다. 너무 뻑뻑해서 잘 움직이지 않았다. 그래서 어설프게 다루다가 그만 표시한 선에서 크게 빗나간 지점을 자르고 말았다. 믹슨은 개의치 않았다. 다만 제이니를 조금 놀려주려고 농담 삼아 담배를 치켜들고 말했다.

"이것 좀 봐요, 시장 나리, 당신 부인이 해놓은 일 좀 보쇼." 우스꽝스럽게 잘린 담배를 보고 다들 웃음을 터뜨렸다. "여자와 칼이라니……. 어떤 칼이든 간에 그 둘은 어울리지 않지." 사람들은 여자를 깎아내리며 사람 좋은 너털웃음을 터뜨렸다.

조디는 웃지 않았다. 그는 우체국 코너에서 황급히 가게를 가로질러 달려와 믹슨의 손에서 담배 토막을 낚아채더니 다시 잘랐다. 표시선 위를 정확하게 자르고는 제이니에게 눈을 부라렸다.

"아이고, 거참! 호호 할망구가 되도록 가게에 있었으면서 이까짓 담배 하나 제대로 못 자르나! 그 툭 튀어나온 눈알이나 굴리면서 쳐다보고 서 있지 말라고. 엉덩짝은 거의 오금까지 쳐져가지고는!"

순간 커다란 폭소가 터져 나왔지만, 사람들은 곧 정신을 차리고 웃음을 멈추었다. 순간적으로는 웃었지만, 조금만 생각해보면 민망한 일이었다. 그건 마치 사람들이 북적대는 대로에서 한눈을 판 사이에 누군가가 여자의 옷 일부를 와락 낚아채 가버린 상황이나 진배없었다. 그런데 제이니가 가게 한가운데 버티고 서서 조디의 얼굴을 똑바로 보며 받아쳤다. 전에는 한 번도 없었던 일이었다.

"내가 하는 일과 내 생김새를 엮어서 비난하는 짓 좀 그만해요. 담배 자르는 법에 관해 설교하고 싶으면 그거부터 먼저 끝내라고요. 그러고 나서 내 엉덩이가 똑바로 붙어 있는지 아닌지 말하든가."

"뭐, 뭐라고 했어, 제이니? 당신 완전히 돌았군."

"아뇨, 돌지 않았어요."

"돌은 게 분명해. 그따위 소리를 하다니."

"남의 옷 아래 사정을 먼저 입에 올린 건 당신이에요. 내가 아니라."

"도대체 왜 이러는 거야, 어? 생김새 가지고 한마디 들었다고 발끈할 나이가 아니잖아. 연애 중인 아가씨도 아니면서, 원. 당신은 다 늙은 여자라고, 마흔이 다 된."

"그래요, 난 마흔이 다 됐고 당신은 벌써 쉰이에요. 왜 자기 나이 이야기는 안 하면서 나만 가지고 그러는 거죠?"

"당신이 이젠 젊은 아가씨가 아니라 했다고 그렇게 발끈할 게 뭐 있어, 제이니. 여기 있는 사람들 중 당신을 마누라감으로 생각할 사람은 아무도 없는데. 당신처럼 늙은 여자를."

"그래요. 난 더 이상 젊지 않지만, 그렇다고 늙은 것도 아니에요. 제 나이로 보일 뿐이에요. 하지만 난 속속들이 여자라고요. 그건 내가 알아요. 당신이 아는 것보다 훨씬 더. 당신은 여기서 배를 불쑥 내밀고 다니며 허세를 떨지만, 목청만 크지 아무것도 없어요. 흥! 내가 늙어 보인다고요? 그 바지를 내리면 당신이야말로 완전히 변했다는 걸 알 텐데."

"하나님, 맙소사!" 샘 왓슨이 경악했다. "이거 완전 모욕 대회가 벌어졌구먼."

"뭐, 뭐라고?" 조가 잘못 들었기를 바라며 대꾸했다.

"다 들었잖소. 귀먹은 것도 아니면서." 월터가 비웃었다.

136

"저런 말을 듣느니 차라리 온몸에 압정이 박히고 말지."
리지 모스가 딱하다는 듯이 말했다.

　순간 조 스탁스는 그 의미를 다 깨달았고, 그의 허영심
은 홍수처럼 피를 흘렸다. 제이니는 남자라면 다 소중히 여
기는 불가항력의 남성성이라는 환상을 조에게서 앗아가버
렸다. 사울의 딸이 다윗에게 저지른 것 같은 짓이면서도 더
지독했다. 제이니는 사람들 앞에서 조의 텅 빈 갑옷을 벗겨
버린 것이다. 사람들은 웃음을 터뜨렸고, 앞으로도 계속해서
웃을 것이다. 앞으로 조가 아무리 재산을 과시해도, 그를 대
단하게 생각하지 않을 것이다. 조가 시시비비를 가릴 때도
마찬가지일 것이다. 데이브나 럼, 짐 같은 무용지물들조차
조와 자리를 바꾸려 하지 않을 것이다. 힘이 없는 남자를 무
엇 때문에 너그러이 봐주겠는가? 열여섯, 열일곱 살짜리 초
라한 풋내기들도 입으로는 굽신거리면서 눈으로는 잔인한
동정의 눈빛을 보낼 것이다. 이젠 살아봤자 아무것도 할 수
없게 되었다. 야망을 가져봤자 소용없었다. 제이니의 그 잔
인한 계략이란! 그렇게 복종하는 척하면서 내내 그를 조롱하
고 있었다니! 그를 비웃어대다가 이젠 마을 사람들까지 다
동참하게 했다. 조 스탁스는 이 모든 것을 말로 표현할 방법
은 몰랐지만, 그 느낌은 알았다. 그래서 그는 있는 힘을 다해
제이니를 후려치고는 가게 밖으로 쫓아냈다.

8

그날 밤 조디는 자기 물건을 챙겨 내려가 아래층 방에서 잤다. 진심으로 제이니를 미워하지는 않았지만, 제이니가 그렇게 생각하기를 바랐다. 그는 보이지 않는 곳으로 기어들어가 자기 상처를 핥았다. 두 사람은 가게에서도 별로 대화를 하지 않았다. 잘 모르는 사람이 보면 위기가 지나갔다고 생각할 정도로 가게는 고요하고 평화로웠다. 하지만 그 고요함이란 활동을 멈추고 잠든 칼에 불과했다. 그래서 새로운 생각을 하고 새로운 말로 표현해야만 했다. 제이니는 그런 식으로 살고 싶지 않았다. 왜 조는 제이니한테 무시당했다고 그렇게 화를 내는 것일까? 자기는 늘 제이니를 무시했으면서. 몇 년이고 계속 그래왔으면서 말이다. 뭐, 기다란 숟가락으로 밥을 먹을 수밖에 없다면 그렇게 해야 한다("악마와 식사를 할 때는 긴 숟가락을 써야 한다"는 말에서 나온 표현으로, 나쁜 사람과 어울릴 때는 영향을 받지 않기 위해 거리를 둬야 한다는 의미다—옮긴이). 조디도 곧 분노의 시기를 극복하고 다시 멀쩡하게 제이니를 대할지도 모른다.

그러다가 조의 몸이 여기저기 부풀어 오르는 것이 제이니의 눈에 띄었다. 꼭 다리미판에 매달린 자루들 같았다. 조그만 자루 하나가 눈가에서 늘어져 광대뼈 위에 얹혀 있었다. 헐거운 깃털 자루 하나는 귓불에서 늘어져 턱 아래 목에 닿았다. 정체불명의 흐늘흐늘한 자루 하나는 허리춤에 달려 있다가 조가 앉으면 허벅지 위에 안착했다. 하지만 이 자루들마저도 시간이 갈수록 촛농처럼 흘러내렸다.

조는 새로운 동맹도 만들었다. 예전에는 어떤 식으로든 절대 상종하지 않았던 사람들의 말을 이젠 솔깃하게 듣는 기색이었다. 민간요법 치료사 부류는 늘 무시했었는데, 이제는 알타몬테 스프링스에서 온 돌팔이가 하루가 멀다 하고 뻔질나게 들락거렸다. 제이니가 다가가면 두 사람은 소리 낮춰 속닥거리거나 아예 입을 닫아버렸다. 조가 제이니에게 예전 모습을 보여주고 싶어서 필사적인 희망을 가지고 하는 일이라는 것을 제이니는 몰랐다. 제이니는 민간요법 치료사를 쓰는 게 유감스러웠다. 의사가, 그것도 실력 있는 의사가 필요한 상황에서 사기꾼에게 치료를 맡기는 게 염려됐기 때문이다. 식사를 하지 않는 것도 걱정스러웠는데, 나중에 조가 데이비스 부인에게 자기 요리를 따로 맡겼다는 것을 알게 됐다. 제이니는 그 나이 든 부인보다는 자신이 요리 솜씨도 월등히 좋고 주방도 훨씬 깔끔하게 쓴다고 자신했다. 그래서 소뼈를 사서 조에게 수프를 끓여줬다.

"아니, 됐어." 그는 무뚝뚝하게 말했다. "보다시피 난 건강해지려고 지금 충분히 고생하는 중이거든."

처음에 제이니는 깜짝 놀랐지만 나중에는 마음이 아팠다. 그래서 곧장 단짝 친구 피비 왓슨에게 가서 그 이야기를 했다.

"조디는 내가 자기를 해치려 한다고 의심해. 차라리 내가 죽는 게 낫겠어." 제이니는 흐느끼며 피비에게 털어놓았다. "언제나 아주 좋았던 것만은 아니야. 너도 알잖아. 그 사람이 자기 손으로 이룬 업적을 얼마나 자찬하는지. 하지만 하나님께 맹세코 난 누굴 해칠 사람이 아니야. 그건 너무 음험하고 비열한 짓이잖아."

"제이니, 소문이 사그라들어서 넌 절대 알 일 없을 거라 생각했는데, 사실 가게에서 그 사달이 난 후로 마을에 온통 소문이 나돌았어. 조가 '주술'에 걸렸는데 그렇게 한 사람이 바로 너라고."

"피비, 난 내내 미끼처럼 꿰어 꼼짝도 못 하며 지냈어. 하지만 이건, 이건, 아, 피비! 난 어쩌면 좋아?"

"그냥 아무것도 모르는 척할 수밖에 없어. 이제 와서 이혼할 수도 없잖아. 그냥 집에 가서 엉덩이 딱 붙이고 앉아서 아무 말도 하지 마. 말해봤자 아무도 믿어주지 않을 테니까."

"조디하고 20년을 살았는데 이제 와서 그 사람을 독살하려 한다는 누명을 쓰다니! 죽을 것 같아, 피비. 마음에 슬픔이 계속 쌓이기만 해."

"그건 자칭 주술사라고 주장하는 그 쓰레기 같은 검둥이가 조디와 가까워지려고 지어낸 거짓말이야. 조디가 아픈 걸 보고. 근데 그거야 다들 내내 알고 있었던 일 아냐? 아무튼 두 사람 불화 이야기도 들었겠지. 그게 그 인간한테는 기회였던 거야. 질겨빠진 바퀴벌레 같은 놈. 작년 여름엔 이 동네에서 땅다람쥐를 팔고 다녔던 주제에!"

"피비, 난 조디가 그 거짓말을 믿는다고 생각하지 않아. 조디는 그런 바보 같은 소리를 한 번도 믿은 적 없어. 그냥 날괴롭히려고 그런 척하는 거야. 가만히 서서 억지웃음을 지으려니 정말 죽을 것 같아."

그 후 몇 주 동안 제이니는 자주 울었다. 조는 너무 쇠약해져서 가게 업무도 보지 못하고 자리에 드러누웠다. 하지만 제이니가 자기 방에 들어오는 것은 가차 없이 거부했다. 많은 사람이 집에 드나들었다. 이 사람 저 사람이 뚜껑 덮은 그릇에 고깃국이나 병문안용 음식을 담아왔지만 조의 부인인 제이니에게는 눈길조차 주지 않았다. 허드렛일을 구하는 게 아니라면 시장집 대문을 들어설 일이라곤 없었던 사람들이 이제는 조의 막역한 친구가 되어 집 안을 들락거리며 활개를 쳤다. 가게에 찾아와 제이니가 하는 일을 여봐란듯이 살펴보고는 집에 가서 조에게 보고했다. 이렇게들 말했다. "스탁스 씨가 다시 일어나 직접 일을 보실 수 있을 때까지 **누군가 돌봐줄 사람이 필요하다 하셔서요.**"

하지만 조디는 다시 일어나지 못했다. 제이니는 샘 왓슨에게 병실 소식을 알려달라고 했고, 샘에게 상황을 전해 듣고는 샘을 올랜도로 보내 왕진할 의사를 찾아달라고 부탁했다. 조에게는 거절할 기회를 주지도 않고, 의사를 불렀다는 것도 알리지 않았다.

"시간이 얼마 남지 않았습니다." 의사는 말했다. "신장 기능이 완전히 멈추면 살 가망이 전혀 없어요. 2년 전에 치료를 받았어야 했습니다. 이젠 너무 늦었어요."

그래서 제이니는 죽음에 관해 생각하기 시작했다. 저 멀리 서쪽에 산다는, 거대한 네모 발가락을 가진 낯선 존재, 죽음에 관해. 벽도 지붕도 없이 네모반듯한 연단 모양 집에서 사는 거대한 존재. 죽음에게 덮개가 왜 필요하며, 어떤 바람이 그쪽으로 불어닥칠 수 있겠나? 죽음은 높은 집에서 세상을 굽어보며 서 있다. 검을 빼 든 채 꼼짝도 하지 않고 세상을 주시하며 전령의 소환을 기다리고 있다. 죽음은 공간이나 시간이 생겨나기도 전부터 거기 서 있었다. 이제 조만간 죽음의 날개 깃털이 제이니네 앞마당에 떨어질 것이다. 제이니는 슬프고, 또 두려웠다. 가엾은 조디! 그 안에서 홀로 싸워서는 안 된다. 제이니는 샘을 보내 방문 의사를 타진했지만 조디는 거절했다. 이 의사들은 독실한 사람들 병이야 잘 알지 몰라도 내 병에 관해서는 전혀 아는 게 없다. 주술사가 숨은 저주를 찾아내기만 하면 단박에 나을 것이다. 나는 절대 죽지 않는다. 이게 조디의 생각이었다. 하지만 샘의 말은 그의 생각과 달랐고 제이니는 사실을 알 수 있었다. 설사 샘이 말해주지 않았다 해도 다음 날이면 저절로 알게 될 일이었다. 사람들이 종려나무와 멀구슬나무 아래 넓은 마당으로 모여들기 시작했기 때문이다. 예전 같으면 그 마당에 감히 발도 들여놓지 못했을 사람들이 슬금슬금 기어들어 왔다. 그래도 집 안까지는 들어오지 않았다. 그저 나무 밑에 쭈그리고 앉아 기다렸다. 소문, 그 날개 없는 새가 온 마을에 그림자를 드리우고 있었다.

그날 아침 제이니는 방에 들어가 조디와 허심탄회하게 이야기를 하리라 굳게 결심하고 일어났다. 하지만 사방의 벽이 자신을 향해 조여 들어오는 것 같아 한참을 그대로 앉아 있었다. 사방의 벽이 압박해오면서 숨통을 조였다. 하지만 이렇게 위층에서 떠는 사이 조가 떠나버릴지 모른다는 두려움에 제이니는 용기를 내 숨을 가다듬을 틈도 없이 조의 방에 들어갔다. 머릿속에서 그려본 것처럼 쾌활하고 편안하게 말이 나오지 않았다. 황소 발이 혀를 누르기라도 한 것처럼 입이 떨어지지 않았고, 게다가 조디, 아니 조도 매섭게 제이니를 쏘아봤다. 상상조차 못 할 우주의 냉기를 몽땅 담은 표정이었다. 무한의 10배는 더 멀리 떨어져 있는 남자에게 제이니는 말을 해야만 했다.

조는 누군가, 혹은 무언가를 기다리는 사람처럼 문을 향해 옆으로 누워 있었다. 표정이 뭔가 달라진 것 같았다. 쇠약해 보였지만 눈매는 날카로웠다. 남아 있는 조의 뱃살이 피난처를 찾는 무력한 짐승처럼 침대에 웅크리고 있는 게 얇은 이불 아래로 보였다.

빤 듯 만 듯 지저분한 침대보가 조를 자랑스러워했던 제이니의 마음에 상처를 입혔다. 그는 언제나 굉장히 깔끔한 사람이었다.

"여기서 뭘 하는 거야, 제이니?"

"당신을 보러 왔어요. 어떻게 지내는지 보려고."

조는 늪에 빠져 죽어가면서 불안감을 몰아내려 애쓰는 돼지처럼 나지막이 으르렁거렸다. "당신 꼴 안 보려고 여기 들어왔는데 아무 소용이 없군. 나가. 난 쉬어야겠으니까."

"아뇨, 조디. 난 당신하고 이야기하려고 여기 왔고, 그럴 작정이에요. 우리 두 사람 모두를 위해서 이야기해야겠어요."

그는 또 한번 그르렁거리더니 편하게 똑바로 누웠다.

"조디, 내가 당신한테 좋은 아내는 아니었을지 모르겠지만, 그래도 조디……."

"그건 당신이 누구한테도 제대로 된 감정을 가지지 못해서야. 공감하는 마음이 있어야지. 당신은 돼지가 아니잖아."

"하지만 조디, 난 정말 잘하려고 했어요."

"당신한테 그 많은 것들을 해줬는데 사람들 앞에서 날 조롱거리로 만들다니. 공감 능력이라고는 전혀 없어!"

"아니에요, 조디, 그건 공감 능력이 없어서가 아니에요. 그거야 넘치도록 많이 있다고요. 다만 쓸 기회가 전혀 없었던 것뿐이에요. 당신이 허락하질 않으니까."

"그래, 다 내 탓이지. 내가 당신 감정 표현을 막은 거겠지! 그런데 말이야, 제이니, 그게 내가 유일하게 원하고 바랐던 거라고. 그런데 이제 와서 내 탓을 해?"

"그런 말이 아니에요, 조디. 누구 탓을 하자고 여기 온 게 아니에요. 그냥 너무 늦기 전에 내가 어떤 사람인지 당신한테 알려주려는 거예요."

"너무 늦어?" 그가 속삭였다.

말 못 할 공포에 질린 조의 눈이 초점을 잃고 뒤틀렸다. 경악한 조의 표정을 본 제이니가 대답했다.

"그래요, 조디, 그 질긴 바퀴벌레 같은 인간이 당신 돈을 빼앗으려고 한 말들은 잊어요. 당신은 죽어요. 살 수가 없다고요."

조디의 쇠약한 몸에서 통렬한 흐느낌이 흘러나왔다. 닭장 안에서 큰 북을 두드리는 것 같은 소리였다. 그 소리는 트롬본을 당겨 연주하는 것처럼 고음으로 변했다.

"제이니! 제이니! 죽는다는 소리 하지 마. 그런 생각은 해본 적 없어."

"의사를 불렀으면 정말이지 이 지경까지는 오지 않았을 거예요. 하지만 지금 그 이야기를 해봤자 무슨 소용이 있겠어요. 그게 바로 내가 하고 싶은 이야기예요, 조디. 당신은 도대체 남의 말을 들질 않아요. 나하고 20년을 살아놓고도 나를 반도 모르잖아요. 알 수도 있었지만, 당신은 자기 손으로 이룬 업적을 자찬하고 주변 사람들 마음을 휘어잡는 데 급급해서 볼 수도 있었을 수많은 것을 못 보고 놓쳤어요."

"여기서 나가, 제이니. 여기 오지 마……."

"내 말 안 들을 줄 알았어요. 당신은 모든 걸 바꿔놓지만, 아무것도 당신을 바꾸진 못해요. 심지어 죽음조차도. 하지만 난 여기서 나가지도, 입을 다물지도 않을 거예요. 그러니까,

죽기 전 당신도 한 번은 내 말을 들어요. 평생을 자기 마음대로 하고 짓밟고 짓이기고 살았으면서, 그런 이야기를 듣느니 차라리 죽겠다는 건가요? 들어봐요, 조디, 당신은 내가 함께 도망쳤던 그 조디가 아니에요. 당신은 그 사람이 죽고 남은 껍데기예요. 난 당신과 근사한 가정을 꾸리려고 도망쳤어요. 하지만 당신은 있는 그대로의 나로 만족하지 않았죠. 그래요! 내 마음은 당신 마음에 자리를 내주느라 미어터지고 찌그러져야 했어요."

"입 닥쳐! 벼락이나 맞고 죽어버려!"

"알아요. 이제 당신은 죽어서 깨달아야 해요. 이 세상에서 사랑과 공감을 원한다면 자기만 생각하지 말고 다른 사람을 달래줄 수 있어야 한다는 걸요. 당신은 자기 외엔 그 누구도 달래주려 하지 않았어요. 본인의 커다란 목소리를 듣느라 너무 바빠서."

"온통 헐뜯는 소리뿐이군!" 조디가 속삭였다. 온 얼굴과 팔에 땀방울이 맺혀 있었다. "여기서 꺼지라고!"

"이렇게 온통 굽신거리고 당신 목소리에 복종하며 살다니. 당신이 이런 사람이라는 걸 깨달으려고 그 길을 따라 도망친 게 아니라고요."

조디의 목에서 악쓰는 소리가 났지만, 그의 눈은 자기도 모르게 방 한쪽 구석을 뚫어져라 바라보았다. 제이니는 그

부질없는 싸움의 상대가 자신이 아니라는 것을 알았다. 곧 네모 발가락을 가진 존재가 얼음장 같은 칼날로 조의 숨통을 끊었고, 조의 두 손은 필사적으로 저항하다가 그대로 멈춰버렸다. 제이니는 그 손을 가슴 위에 편안히 올려준 다음 죽은 사람의 얼굴을 한참 동안 들여다봤다.

"지배자의 자리에 앉아 있는 게 조디에게도 힘들었구나." 제이니는 소리 내어 중얼거렸다. 수년 만에 처음으로 가슴에 연민이 가득 찼다. 조디는 제이니와 다른 사람들에게 모질게 굴었지만, 삶은 조에게도 가혹했다. 가엾은 조! 제이니가 다른 방도를 알아서 시도해봤더라면 조의 얼굴이 달라졌을지도 모른다. 하지만 그 다른 방도가 어떤 것일지 제이니는 전혀 알지 못했다. 남자가 목소리를 만들어내는 과정에서 어떤 일이 일어났는지 과거와 현재를 오가며 생각해봤다. 그리고 자신에 관해서도 생각해봤다. 수십년 전 소녀 시절의 거울 속 자신에게 미래의 자신을 기다리라고 말한 적이 있다. 그 기억이 정말 오랜만에 떠올랐다. 거울을 한번 보고 싶어졌다. 제이니는 화장대로 가서 자신의 피부와 이목구비를 찬찬히 살펴봤다. 어린 소녀는 사라지고 아름다운 여인이 그 자리를 차지하고 있었다. 머리에서 두건을 벗기고 풍성한 머리카락을 풀어내렸다. 묵직하고 길고 찬란한 머리카락이 거기 있었다. 제이니는 자신의 모습을 자세히 뜯어본 후 머리를 빗어 다시 틀어올렸다. 그러고는 표정을 딱딱하게 굳혀 사람들이 기대하는 얼굴로 만든 다음 창문을 열고 외쳤다.
"여기 좀 와주세요, 여러분! 조디가 죽었어요. 남편이 내 곁을 떠났어요."

9

조의 장례식은 오렌지 카운티 흑인들이 본 중 가장 성대한 장례식이었다. 영구차, 캐딜락과 뷰익 승용차들, 링컨 자동차를 타고 온 헨더슨 박사, 거리를 막론하고 각지에서 온 조문객들. 또, 그 세계를 경험해보지 못한 풋내기들은 꿈도 꾸지 못할 권력과 영광을 암시하는, 비밀결사의 자랑이자 마력인 황금색, 진홍색, 자주색 휘장들. 농장 말과 노새를 타고 온 사람들. 형제자매의 등에 업힌 아기. 교회 문 앞에 나란히 서서 '주 예수 넓은 품에'를 연주하는 엘크스 밴드. 그 두드러지는 북소리에 재치 있게 발 맞춰 일렬로 입장하는 긴 행렬. 사거리의 작은 황제는 이곳에 처음 왔을 때처럼 권세를 떨치며 오렌지 카운티를 떠나갔다.

제이니는 딱딱하게 굳은 표정으로 베일을 쓴 채 장례식에 참석했다. 베일은 마치 돌과 강철로 이루어진 장벽 같았다. 장례식은 바깥에서 거행되었다. 죽음과 매장과 관련된 모든 것들이 거기서 이야기되고 이루어졌다. 종결, 끝, 암흑, 심연, 소멸, 영원. 바깥에는 울음과 통곡이, 값비싼 겹겹의 검정 베일 안에는 부활과 생명이 있었다. 제이니의 마음은 외부의 어떤 것에도 가닿지 않았고, 죽음의 일들 또한 내부로 들어와 제이니의 평온을 뒤흔들지 못했다. 제이니는 얼굴만 조의 장례식에 보내놓고 마음으로는 온 세상에 가득한 봄날과 신나게 즐기러 갔다. 얼마 후 사람들은 의식을 마쳤고, 제이니는 집으로 돌아갔다.

그날 밤 잠자리에 들기 전 제이니는 두건이란 두건은 하나도 남기지 않고 다 태워버리고는 다음 날 아침, 허리 아래까지 오는 머리를 하나로 굵게 땋아 살랑살랑 흔들며 집 안을 돌아다녔다. 그게 사람들 눈에 보인 유일한 변화였다. 가게 일도 그대로 했다. 다만 저녁 시간에는 포치에 나와 사람들 이야기를 들었고, 가게에는 혜저키아를 들여보내 손님들을 응대하게 했다. 서둘러 바꿔야 할 이유가 전혀 없었다. 남은 평생을 자기 뜻대로 살 수 있을 테니까.

제이니는 낮에는 대부분 상점에 나왔고, 밤이면 그 커다란 집에 머물렀다. 때로는 집이 외로움의 무게에 짓눌려 밤새 삐걱거리며 울었다. 그럴 때면 제이니는 잠을 이루지 못하고 가만히 누워 외로움에 질문을 던졌다. 이곳을 떠나, 왔던 곳으로 돌아가 어머니를 찾아보고 싶은 것일까. 할머니 묘소를 돌볼 수도 있을 것이다. 어릴 적 뛰어다녔던 곳을 둘러본다든가. 속마음을 이런 식으로 파고들어보니 제대로 본 적도 없는 어머니에게는 아무런 관심도 없다는 것을 깨달았다. 할머니를 미워하면서도 그 미움을 지난 세월 내내 연민이라는 가면 아래 감춰왔다는 것도 알게 됐다. 그 시절 제이니는 **사람들**을 찾아 지평선을 향해 먼 여행을 떠날 준비를 했다. 제이니가 사람들을 발견하고 그 사람들도 제이니를 발견하는 것은 온 세상에 중요한 일이었다. 하지만 제이니는 똥개처럼 매질을 당하고 **물건들**을 쫓아가라며 뒷길로 내몰렸다. 그건 다 시각의 문제다. 진흙탕 웅덩이에서 배들이 떠다니는 대양을 보는 사람들이 있다. 하지만 내니는 찌꺼기나 거래하기 좋아하는 다른 부류의 사람이었다. 그때 내니는 하나님이 만드신 것 중 제일 큰 창조물인 지평선(사람이 아무리 멀리까지 가도 지평선은 여전히 가닿을 수 없는 먼 곳에 있기 때문이다)을 가져다 손톱만 하게 만들어서는 손녀가 숨도 쉴 수 없도록 목에 단단히 감았다. 제이니는 사랑이라는 이름으로 자신을 그렇게 비틀어놓은 그 노인네가 미웠다. 어쨌거나 사람들은 대부분 서로를 사랑하지 않았고, 왜곡된 사랑은 너무 강력해서 혈육조차도 늘 이기지는 못했다. 제이니는 자신의 내면 깊은 곳에서 보석을 발견했고, 사람들의 눈에 띠는 곳에 돌아다니며 그 빛을 발산하고 싶었다. 하지만 그러는 대신 팔릴 물건으로 시장에 내놓였다. 꼼짝달싹 못 하는 미끼로. 처음 인간을 창조할 때 하나님은 늘 노래하며 반짝반짝 빛을 발하는 재료로 인간을 만들었다. 그 후 몇몇 천사들이 인간을 질투한 나머지 수백만 조각으로 난도질했지만, 그래도 인간은 반짝거리며 나지막이 노래를 흥얼거렸다. 그래서 천사들은 인간들을 때려 부수어 불씨만 남겼다. 그래도 그 작은 불씨 하나하나에는 빛과 노래가 있었다. 그래서 천사들은 그 불씨 하나하나를 모두 진흙으로 덮어버렸다. 외로운 불씨들은 서로를 찾아 헤맸지만, 진흙은 듣지도, 말하지도 못했다. 굴러다니는 다른 진흙 덩어리들처럼 제이니는 자신의 빛을 보여주려고 애썼다.

제이니는 재산 많은 과부인 자신이 사우스 플로리다에서 대단한 도전 대상이 되었다는 것을 곧 알게 됐다. 조디가 죽은 지 한 달도 되지 않아 조와 친하지도 않았던 남자들이 걸핏하면 먼 거리를 마다하지 않고 달려와 제이니의 안부를 묻고 나서서 조언했다.

"여자가 혼자 있으면 딱해요." 제이니는 이런 말을 수도 없이 들었다. "여자한테는 도움이 필요해요. 여자가 혼자 서려고 애쓰는 건 하나님 뜻이 아닙니다. 부인은 이리저리 부딪치며 혼자 일하는 데 익숙하지 않잖아요. 이제껏 살뜰한 보살핌을 받고 살았으니 부인에게는 남자가 필요합니다."

제이니는 호의로 똘똘 뭉친 이 남자들이 다 우스웠다. 그 남자들이 혼자 사는 여자들을 많이 알고, 혼자 사는 여자를 본 게 처음이 아니라는 것을 알았기 때문이다. 하지만 다른 여자들은 대부분 가난했다. 어쨌든 제이니는 외롭게 지내는 게 기분 전환도 되고 좋았다. 이 자유로운 느낌을 즐기고 싶었다. 게다가 이 남자들은 제이니가 궁금한 것들을 조금도 알려줄 수 없었다. 그런 남자는 로건과 조를 통해 이미 다 경험했다. 애인처럼 보이려고 애를 쓰며 능글맞게 웃으며 앉아 있는 몇몇 남자들은 때려주고 싶었다.

어느 날 저녁 운 좋게도 가게 앞 포치에 혼자 있는 제이니와 마주친 아이크 그린이 제이니의 상황을 놓고 진지하게 떠들어댔다.

"신중하게 결혼 상대를 골라야 해요, 스탁스 부인. 부인의 조건을 이용하려고 여기 몰려드는 저 수상한 작자들 때문에 말하는 겁니다."

"결혼이라뇨!" 제이니는 비명을 지르다시피 했다. "조의 몸에 아직 온기가 가시지도 않았다고요. 결혼 생각은 해본 적도 없어요."

"하지만 하게 될 겁니다. 부인은 혼자 살기에 너무 젊고, 또 너무 예뻐서 남자들이 가만 두질 않을 테니까요. 결국 결혼하게 되어 있어요."

"안 그랬으면 좋겠군요. 제 말은, 지금으로선 그럴 생각이 없어요. 조가 떠난 지 두 달도 안 됐어요. 아직 무덤에 제대로 자리도 못 잡았다니까요."

"지금이야 그렇게 말씀하시겠지만, 두 달만 더 있어봐요. 생각이 달라질 겁니다. 그때 조심해야 해요. 여자들은 쉽게 이용당하거든요. 이 동네에 진을 친 저 뜨내기 검둥이들을 절대 마음에 들여서는 안 됩니다. 저놈들은 수북한 여물통을 보고 온 돼지 떼나 다름없어요. 부인에게 필요한 건 근처에 살아서 부인에 관해 잘 알고 그래서 부인의 일이나 전반적인 것들을 관리해줄 수 있는 그런 남자입니다."

제이니는 펄쩍 뛰었다. "맙소사, 아이크 그린, 당신이야말로 문제군요! 부적절한 화제를 꺼내잖아요. 전 이만 들어가서 방금 들어온 설탕통 무게를 재는 헤저키아나 도와줘야겠어요." 제이니는 황급히 상점 안으로 들어가 헤저키아에게 소리 죽여 말했다. "난 집에 가 있을게. 잠자리에서 오줌이나 싸는 저 영감이 가고 나면 알려줘. 그럼 다시 올 테니까."

6개월이 지나 제이니는 검은 상복을 벗었지만, 단 한 명의 구혼자도 집 앞 포치에 발을 들여놓지 못했다. 제이니는 가끔 상점에서 이야기하고 웃기도 했지만 그 이상은 원하지 않는 것 같았다. 가게 일만 제외하면 제이니는 행복했다. 자기가 의심할 여지없는 주인이라는 것을 머리로는 알았지만, 여전히 조 밑에서 일하는 점원 같은 기분이었다. 곧 조가 와서 그동안 저지른 잘못들을 발견할 것만 같았다. 처음 세입자들에게 세를 받던 날에는 거의 사과를 할 뻔했다. 남의 권력을 찬탈한 기분이었다. 하지만 17년 인생을 다해 최대한 조를 흉내 내는 헤저키아를 대신 보내 그런 기분을 숨겼다.

헤저키아는 조가 죽은 뒤로 담배를, 그것도 시가를 피우기 시작했고 조처럼 입 한쪽에다 시가를 꽉 물고 있으려고 노력했다. 또 기회가 있을 때마다 조의 회전의자에 기대고 앉아 홀쭉한 배를 불쑥 내밀려고 애썼다. 제이니는 그 악의 없는 몸짓을 보고 조용히 웃어넘기며 못 본 척했다. 한번은 제이니가 가게 뒷문으로 들어오는데 헤저키아가 트립 크로퍼드에게 호통치는 소리가 들렸다. "절대 안 돼요. 그렇게는 못 합니다! 거참, 지난번에 가져간 식료품값도 아직 안 냈잖아요. 이제 돈 내기 전에는 이 가게에서 아무것도 못 가져갑니다. 여기는 플로리다 김미(Gimme: 물건을 공짜로 달라고 할 수 있는 곳이 아니라고 비아냥대는 뜻으로 만든 가상의 지명-옮긴이)가 아니에요. 이턴빌이라고요." 또 한번은 되는 대로 살면서 말만 많은 인간들과 자신의 차이점을 이야기할 때 조가 늘 쓰던 표현을 따라 쓰는 것도 들었다. "난 배운 사람이고, 내 일은 내가 알아서 한다고." 그 말을 듣고 제이니는 그 자리에서 웃어버렸다. 다행히 그런 흉내로 상처받은 사람도 없었고, 헤저키아가 없으면 뭘 어떻게 해야 할지 알 수 없는 상황이었다. 그걸 눈치챈 헤저키아는 제이니를 어린 여동생처럼 다루기 시작했다. 마치 "가엾은 꼬마야, 이 오빠한테 다 맡겨. 오빠가 다 알아서 해줄게."라고 말하는 것 같았다. 주인 의식을 가진 덕분에 헤저키아는 가끔 눈깔사탕이나 센센(구강청정제-옮긴이) 한 통을 슬쩍하기는 했지만 되도록 정직해지려 했다. 센센은 다른 남자애들과 함께 술 냄새 풍기며 어린 여자애들을 만날 때 슬쩍 주려는 것이었다. 상점과 여주인을 관리하는 업무는 골치 아픈 일이었다. 계속 잘하려면 이따금 술 한잔이 필요했다.

제이니가 흰옷을 입는 애도 시기에 접어들었을 때, 마을 안팎에는 제이니를 흠모하는 남자들이 수두룩했다. 모든 게 공공연하고 숨김없었다. 그 무리 중에는 부자들도 있었지만, 아무도 가게 손님 이상으로 관계를 발전시키지는 못하는 것 같았다. 제이니는 늘 너무 바빠서 그 사람들을 집으로 불러 접대할 수가 없었다. 다들 제이니가 일본 황후라도 되는 것처럼 뻣뻣하게 예의를 갖췄다. 그들은 조지프 스탁스 부인이었던 제이니를 향한 욕망을 내비치는 게 부적절하다고 느꼈다. 그래서 영예와 존경을 이야기했다. 그 말과 행동은 모두 제이니가 쌓은 무관심의 벽에 부딪혀 튕겨 나가 무無의 경계를 향해 날아갔다. 제이니와 피비 왓슨은 서로 왕래하고 지내며 가끔 호숫가에 앉아 낚시를 즐겼다. 제이니는 대부분 아무 생각 없이 그저 자유를 만끽했다. 샌퍼드의 어느 사업가가 피비를 통해 자신의 의지를 강력히 피력했지만, 제이니는 기분 좋게 들을 뿐 전혀 흔들리지 않았다. 듣고 보니 그 사람이랑 결혼하는 것도 괜찮겠네. 서두를 것 없잖아. 그런 문제는 오래 생각해봐야 해. 혹은 피비 앞에서 지금 그 생각에 빠진 척 연기를 했다.

"죽은 조 때문이 아니야, 피비. 난 그냥 이 자유가 좋아."

"쉿! 누가 듣겠어, 제이니. 조가 죽었는데 네가 슬퍼하지도 않는다고 떠들어댈 거야."

"마음대로들 말하라지. 난 진심으로 슬플 때까지만 애도하면 된다고 봐."

10

어느 날 헤저키아가 야구 경기를 보러 간다며 자리를 좀 비우겠다고 말했다. 제이니는 서둘러 돌아올 필요 없다고 했다. 하루쯤이야 스스로 문을 닫을 수도 있으니까. 헤저키아는 창문과 문을 잘 잠그라고 주의를 주고는 신나게 윈터파크로 떠났다.

장사는 온종일 신통치 않았다. 많은 사람이 경기를 보러 갔기 때문이다. 이런 날 오후에 계속 가게를 열어둬봤자 헛고생 같아서 제이니는 일찍 문을 닫기로 했다. 6시까지만 하겠다고 마음먹었다.

5시 반에 키 큰 남자 하나가 상점에 들어왔다. 제이니가 카운터에 기대어 포장지 조각에 연필로 하릴없이 낙서를 끄적일 때였다. 이름도 모르는 남자지만 왠지 낯이 익었다.

"안녕하세요, 스탁스 부인." 그는 방금 재미있는 농담이라도 함께 나눈 것처럼 장난스럽게 싱긋 웃으며 말했다. 농담을 들은 것도 아닌데, 제이니는 남자를 웃게 만든 그 이야기가 벌써 마음에 들었다.

"안녕하세요." 제이니가 쾌활하게 대답했다. "손님이 전적으로 유리하네요. 전 손님 성함을 모르는데요."

"전 부인만큼 유명한 사람이 아니라서요."

"가게 일을 하다 보니 주변 사람들에게 알려지는 거죠. 어디선가 뵌 적이 있는 분 같은데."

"아, 전 저기 올랜도에 삽니다. 밤이고 낮이고 거의 늘 처치 스트리트에 있죠. 담배 있습니까?"

제이니가 유리장을 열었다. "어떤 걸로 드릴까요?"

"카멜 주세요."

제이니는 담배를 건네고 돈을 받았다. 남자는 담뱃갑을 뜯어 한 개비를 두툼한 진홍색 입술 사이에 물었다.

"담뱃불 좀 갖고 계신지요, 부인?"

두 사람은 웃음을 터뜨렸고, 제이니는 상자에서 주방용 성냥 두 개를 꺼내 불을 붙이라고 줬다. 용무는 끝났지만 남자는 가지 않았다. 그는 카운터에 한쪽 팔꿈치를 괴고 제이니를 빤히 쳐다봤다.

"부인은 왜 야구장에 안 가셨어요? 다른 사람들은 다 거기 갔는데."

"글쎄요, 저 말고도 안 간 사람이 있는데요? 방금 담배를 팔았잖아요." 그들은 또 웃음을 터뜨렸다.

"그건 제가 멍청해서 그래요. 완전히 착각했어요. 경기가 헝거포드에서 열리는 줄 알았거든요. 그래서 딕시 하이웨이에서 이 동네로 빠지는 길까지 차를 얻어타고, 또 여기까지 걸어왔는데, 그제야 윈터파크에서 열린다는 걸 알았지, 뭡니까."

이 말에 또 둘 다 웃음이 터졌다.

"그래서 이젠 어떻게 하실 거예요? 이턴빌에 있는 차란 차는 다 거기 가 있거든요."

"부인이랑 체스나 두는 게 어떨까요? 이기기 힘든 상대처럼 보이는데."

"맞아요. 체스는 전혀 둘 줄 모르니까요."

"그럼 체스를 싫어하시는 건가요?"

"아뇨. 좋아해요. 아니, 좋아하는지 아닌지도 모르겠어요. 아무도 가르쳐주지 않았거든요."

"그런 핑계를 대는 건 오늘이 마지막입니다. 여기 체스판 있죠?"

"그럼요. 이 동네 남자들이 체스를 좋아하거든요. 전 배울 기회가 없었지만."

남자는 말을 배열하고 제이니에게 규칙을 가르치기 시

작했다. 제이니는 속에서 뭔가 뜨겁게 달아오르는 것을 느꼈다. 제이니가 체스를 두기를 바라는 사람이 있다. 제이니가 체스를 두는 것을 당연하게 여기는 사람이 있다. 너무 좋았다. 제이니는 그를 찬찬히 살펴보면서 장점을 하나하나 발견할 때마다 살짝 전율했다. 커다랗고 나른한 눈과 언월도처럼 날렵하게 치켜 올라간 속눈썹. 탄탄하고 넓은 어깨와 잘록한 허리. 너무 좋다!

남자가 제이니의 킹을 뛰어넘어 잡았다! 제이니는 고생고생해서 얻어낸 킹을 잃지 않으려고 소리를 지르며 항의했다. 그걸 막으려다 자기도 모르게 남자의 손을 잡았다. 그는 손아귀에서 벗어나려고 정중하게 분투했다. 그러니까, 싸우기는 했지만 숙녀의 손가락을 비틀 정도로 힘을 쓰지는 않았다는 말이다.

"전 킹을 잡을 권리가 있어요. 부인이 제 바로 앞에 뒀잖아요."

"그래요. 하지만 잠시 한눈을 파는 사이에 당신이 제 킹바로 옆에 당신 말을 놓았잖아요. 억울해요!"

"한눈을 팔면 안 되죠, 스탁스 부인. 게임에서 가장 중요한 건 정신 똑바로 차리고 지켜보는 겁니다! 이 손 놓으세요."

"싫어요! 킹은 안 돼요. 다른 걸 가져가요. 이거 말고요."

옥신각신하며 다투는 와중에 체스판이 뒤엎어졌고, 그 걸 본 두 사람은 웃음을 터뜨렸다.

"여하튼 이렇게 됐으니 콜라나 마실까요." 그가 말했다. "체스는 다음에 더 가르쳐드리죠."

"가르치러 와주시는 건 좋지만, 속이러 오진 마세요."

"여자는 이길 수가 없어요. 지는 걸 못 참으니까. 그래 도 또 와서 가르쳐드리죠. 조금만 배우면 부인도 잘하실 겁 니다."

"그렇게 생각하세요? 조디는 제가 체스를 절대 못 배울 거라고 했어요. 제 머리로는 너무 어려운 게임이라면서요."

"감각으로 체스를 두는 사람도 있고 그렇지 않은 사람도 있죠. 하지만 부인은 머리가 좋아요. 곧 배울 겁니다. 시원한 거 한잔 드세요. 제가 사는 겁니다."

"아, 좋아요. 고마워요. 오늘은 시원한 음료가 많아요. 손 님이 아무도 없었거든요. 다들 경기장에 가서."

"다음 경기엔 부인도 꼭 가세요. 사람들이 다 야구장에 가고 없는데 부인 혼자 여기 있어봤자 뭘 하겠어요. 설마 자 기 물건을 자기가 사는 건 아니죠?"

"엉뚱하기는! 당연히 아니죠. 하지만 당신은 조금 걱정 되네요."

"왜요? 이 음료숫값을 못 낼까 봐서요?"

"어머, 아니에요! 집에 어떻게 돌아가시려고요?"

"이 근처에서 차를 기다리죠. 차가 오지 않으면, 그래도 튼튼한 가죽 신발을 신었잖아요. 그래봤자 11킬로밖에 안 되거든요. 그 정도는 금방 걸어갑니다. 식은 죽 먹기예요."

"저라면 기차를 기다리겠어요. 11킬로는 걷기에 꽤 멀어요."

"부인이라면 그게 나을 겁니다. 이런 일에는 익숙지 않으실 테니. 하지만 그보다 더 먼 거리를 걸어가는 여자들도 봤어요. 부인도 할 수 있어요. 꼭 그래야 하는 상황이라면."

"그럴지도 모르죠. 그래도 푯값만 있다면 전 기차를 탈 거예요."

"전 기차를 타려고 여자처럼 주머니 가득 돈을 가지고 다닐 필요 없어요. 기차를 타고 싶으면 어떻게든 타니까요. 돈이 있든 없든."

"대단한 분이시네요! 성함이…… 저…… 이름을 알려주지 않으셨어요."

"그랬네요. 통성명이 필요할 거라고는 생각하지 않아서. 어머니가 지어주신 이름은 버저블 우즈입니다. 보통 간단히 티 케이크라고 불러요."

"티 케이크! 그러니까 그만큼 달콤하단 뜻인가요?" 제이니가 웃음을 터뜨리자, 그는 그 말뜻을 파악하려고 눈을 가

늘게 뜨고 제이니를 쳐다봤다.

"이래도 되나 싶지만. 직접 시험해보시는 게 어때요?"

제이니가 웃는 것도 찡그리는 것도 아닌 모호한 표정을 짓자 그는 곧장 모자를 썼다.

"이거 제가 실수한 것 같습니다. 그러니 도망가는 게 좋겠어요." 그는 문을 향해 까치발로 살금살금 걸어가는 시늉을 했다. 그러더니 거부할 수 없는 매력적인 미소를 지으며 제이니를 돌아봤다. 제이니는 자기도 모르게 웃음을 터뜨렸다. "엉뚱하기는!"

티 케이크가 돌아서더니 제이니의 발치에 모자를 던졌다. "숙녀분이 내게 모자를 던져주지 않으면 난 위험을 무릅쓰고 돌아가보겠어." 그가 기둥 뒤에 숨는 시늉을 하며 선언했다. 제이니는 웃으며 모자를 주워 그에게 던졌다. "저분이 벽돌을 가지고 있다 해도 그걸로 널 해치진 못할 거야." 그는 보이지 않는 친구에게 말했다. "저 숙녀께선 던지는 법을 모르거든." 그는 그 친구에게 손짓을 하고는 가상의 가로등 뒤에서 걸어 나와 모자와 옷매무새를 가다듬은 다음, 마치 이제 막 가게에 들어온 사람처럼 제이니 쪽으로 다시 어슬렁어슬렁 걸어왔다.

"안녕하세요, 스탁스 부인. 저한테 딱밤 1파운드어치만 주시겠습니까? 토요일에 반드시 갚겠습니다."

"10파운드어치는 가져가셔야죠, 티 케이크 씨. 있는 대로 다 드릴 테니 갚을 생각은 안 하셔도 돼요."

이렇게 농담을 주고받는 사이 사람들이 들어오기 시작했다. 그러자 티 케이크는 자리를 잡고 앉아 문 닫는 시간까지 사람들과 함께 웃고 떠들었다. 사람들이 다 떠나고 나자, 그가 말했다. "벌써 떠났어야 했지만, 가게 문 닫는 걸 누가 도와줘야 할 것 같아서요. 여기 남은 사람이 아무도 없으니, 제가 도와드리겠습니다."

"고마워요, 티 케이크 씨. 저한텐 좀 힘든 일이기는 해요."

"티 케이크에 '씨'자를 붙이는 사람이 어딨어요? 고상하게 격식을 차리려고 절 우즈 씨라고 부르고 싶다면, 좋으실 대로 하세요. 하지만 친근하게 티 케이크라고 불러주신다면 정말로 좋겠습니다." 그는 이렇게 말하며 창문을 닫고 걸쇠를 걸어 잠갔다.

"그렇다면 좋아요. 고마워요, 티 케이크. 어때요?"

"부활절 새 옷을 입은 꼬마 소녀 같은데요. 너무 좋습니다!" 그는 문이 제대로 잠겼는지 흔들어서 확인한 다음 제이니에게 열쇠를 건넸다. "자, 가시죠. 댁에 들어가시는 걸 보고 딕시 하이웨이를 따라 돌아갈게요."

종려나무 가로수 길을 따라 반쯤 걸어가서야 갑자기 불안한 생각이 들었다. 어쩌면 이 낯선 남자에게 무슨 꿍꿍이가 있을지도 모른다! 하지만 집도 가게도 아닌 이 어둠 속에서 두려운 기색을 보이는 것은 현명한 행동이 아니었다. 남자는 제이니의 팔까지 잡고 있었다. 그런데 다음 순간 그 두려움이 사라졌다. 티 케이크는 낯선 사람이 아니었다. 마치 평생 알고 지낸 사람 같았다. 처음부터 얼마나 말이 잘 통했던가! 그는 문 앞에서 모자를 까딱하고는 안녕히 주무시라는 짧은 인사를 하고 사라졌다.

제이니는 포치에 앉아 달이 떠오르는 것을 지켜봤다. 이내 노란 달빛이 대지를 적시며 낮 동안의 갈증을 풀어주었다.

11

제이니는 헤저키아에게 티 케이크에 관해 묻고 싶었지만, 그에게 관심 있는 걸로 오해를 살까 봐 두려웠다. 우선 티 케이크는 제이니에 비해 너무 어려 보였다. 그는 딱 봐도 스물다섯 남짓밖에 안 되어 보였지만, 제이니는 마흔에 가까웠다. 또 가진 것도 별로 없어 보였다. 어쩌면 가까워진 다음 제이니의 재산을 몽땅 털어가려고 그렇게 얼쩡대는 걸지도 모른다는 생각이 들었다. 다시는 보지 않는 게 낫겠다. 온갖 여자들이랑 살았으면서 결혼은 한 번도 하지 않은 그런 남자일 수도 있다. 제이니는 티 케이크가 다시 가게에 발을 들이면 심하게 냉대해서 다시는 얼씬도 못 하게 하겠다고 작정했다.

티 케이크는 딱 일주일 만에 제이니의 냉대를 받으러 찾아왔다. 이른 오후였고, 가게에는 제이니와 헤저키아만 있었다. 가게에 노래를 듣고 싶어 하는 사람이 있기라도 한 것처럼 누군가 나지막이 콧노래를 흥얼거리는 소리가 들렸다. 제이니는 문 쪽을 바라보았다. 티 케이크가 거기 서서 기타를 조율하는 시늉을 하고 있었다. 그는 얼굴을 찡그리며 보이지 않는 악기의 조율 손잡이를 끼끼거리며 죄었고, 그 와중에 은밀한 장난기를 만면에 가득 담고 제이니를 흘낏흘낏 곁눈질했다. 마침내 제이니가 미소를 짓자 그는 가온 다 음을 내고 기타를 옆구리에 끼더니 제이니 쪽으로 걸어왔다.

"안녕하세요, 여러분. 이런 밤엔 다들 한 곡 듣고 싶어 하실 것 같아 제가 기타를 들고 왔습니다."

"엉뚱하기는!" 제이니가 얼굴을 환히 빛내며 말했다.

그는 제이니의 찬사에 미소로 답하며 상자 위에 앉았다. "같이 코카콜라 한잔하실 분?"

"전 방금 마셨어요." 제이니는 양심과 타협했다.

"다시 한잔 하셔야겠는데요, 스탁스 부인."

"왜요?"

"그때는 제대로 마신 게 아니니까요. 키아, 상자 저 밑에서 두 병 갖다줘."

"그동안 어떻게 지냈어요, 티 케이크?"

"그럭저럭요. 최악은 아니에요. 이번 주에는 나흘을 벌었고 그 돈이 주머니에 있으니까요."

"우리 가게에 자산가가 오셨군요, 그럼. 이번 주에는 여객 열차를 사실 건가요, 전함을 사실 건가요?"

"부인은 어느 쪽이 좋으세요? 부인께 달렸습니다."

"어머, 사주시겠다면 전 여객 열차로 할래요. 혹시나 폭발 사고가 나더라도 땅 위에 있을 테니까요."

"정말로 갖고 싶은 게 전함이라면 그걸로 고르세요. 지금 어디에 전함이 있는지도 알거든요. 며칠 전에 키웨스트에서 한 척 봤어요."

"어떻게 가져올 건데요?"

"그거야 뭐, 해군 사령관은 다 영감들이에요. 부인이 전함을 원하신다면 어떤 노인네도 절 못 막습니다. 타고 있는 배라도 싹 빼내서 순식간에 베드로처럼 물 위를 걷게 만들어줄 수 있어요."

두 사람은 그날 저녁 시간도 체스를 두며 보냈다. 사람들은 제이니가 체스를 두는 것을 보고 놀라면서도 좋아했다. 서너 명은 제이니 뒤에 서서 훈수를 뒀고 나름 자제해가며 대체로 즐거운 시간을 보냈다. 마침내 모두 집에 가고 티 케이크만 남았다.

"이제 문 닫아도 돼, 키아." 제이니가 말했다. "난 집에 갈래."

티 케이크는 제이니 옆에 나란히 붙어서 이번에는 포치까지 올라왔다. 제이니는 그에게 앉으라고 권했고, 두 사람은 아무것도 아닌 일로 연신 웃음을 터뜨렸다. 11시가 다 된 시간에 제이니는 파운드케이크 한 조각이 남아 있다는 게 생각나 가져왔다. 티 케이크는 부엌 모퉁이에 있는 레몬 나무에서 열매를 몇 개 따와 제이니를 위해 짜주었다. 그렇게 레모네이드도 함께 마셨다.

"잠이나 자기에는 달빛이 너무 예쁘군요." 접시와 잔을 씻어놓고 티 케이크가 말했다. "낚시하러 가요."

"낚시요? 이 밤중에?"

"네, 낚시요. 잉어가 자는 곳을 알거든요. 좀 전에 호숫가를 돌아오다 봤어요. 낚싯대 어딨죠? 호수에 갑시다."

자정이 넘은 시각에 전등 불빛으로 벌레를 잡아 사벨리아 호수에 간다는 게 너무 어이없는 짓이라 제이니는 규칙을 어기는 아이가 된 기분이었다. 하지만 바로 그런 점이 마음에 들었다. 그들은 물고기를 두어 마리 잡아서 동트기 직전 집에 돌아왔다. 제이니는 티 케이크를 뒷문으로 몰래 내보내야 했고, 그러자니 마치 마을 사람들에게 큰 비밀을 숨기는 것 같은 기분이 들었다.

"제이니 부인." 다음 날 헤저키아가 부루퉁하게 말을 꺼냈다. "저 티 케이크한테 배웅을 허락하고 그러면 안 돼요. 무서워서라면 앞으로는 제가 같이 갈게요."

"티 케이크한테 무슨 문제라도 있어, 키아? 도둑이라도 되는 거야?"

"도둑질했다는 말은 못 들어봤어요."

"총이나 칼을 가지고 다니면서 사람들을 해치기라도 해?"

"사람들을 찔렀거나 쐈다고 하는 사람도 없어요."

"그럼, 그 사람한테 부인이나 뭐 그런 게 있는 거야? 물론 내가 신경 쓸 바는 아니지만." 제이니는 숨을 죽이고 대답을 기다렸다.

"아뇨. 어떤 여자가 굶어 죽으려고 티 케이크랑 결혼하겠어요. 똑같은 처지가 아니고서야. 그 사람은 아무 데도 정안 붙여요. 물론 옷이야 늘 바꿔 입고 다니죠. 다리만 길쭉해서는 땡전 한 푼 없어요. 제이니 부인 같은 사람이랑은 어울릴 일 없는 인간이라고요. 아셔야 할 것 같아 말하는 거예요."

"아, 그렇구나, 헤저키아. 정말 고마워."

다음 날 밤 제이니가 집에 도착해 보니 티 케이크가 어두컴컴한 포치에 앉아 있었다. 갓 잡은 송어를 한 줄로 꿰어 선물로 가져왔다.

"내가 손질할 테니 당신이 튀겨요. 같이 먹읍시다." 그는 제이니가 거절할 리 없다는 확신에 찬 목소리로 말했다. 두 사람은 부엌으로 들어가 뜨거운 생선 요리와 옥수수 머핀을 만들어 함께 먹었다. 그런 다음 티 케이크는 묻지도 않고 피아노로 가더니 미소를 던지며 블루스를 연주하고 노래하기 시작했다. 그 부드러운 노랫소리에 제이니는 깜박 잠이 들었다. 깨어나 보니 티 케이크가 머리를 빗겨주며 두피에서 비듬을 떼어주고 있었다. 그러자 더 편안하고 나른해졌다.

"티 케이크, 빗이 어디서 나서 내 머리를 빗겨주는 거예요?"

"내가 가져왔어요. 오늘 밤 당신 머리를 만져보고 싶어서 준비했죠."

"왜요, 티 케이크? 그런다고 당신한테 좋을 게 뭐가 있다고? 나야 편안하지만, 당신은 아니잖아요."

"나도 편안해요. 당신 머리를 너무 만져보고 싶어서 일주일 동안 잠도 제대로 못 잤거든요. 너무 아름다워요. 비둘기 날개 아래 얼굴을 대고 있는 느낌이에요."

"저런! 당신은 너무 쉽게 만족하는군요. 세상에 태어났을 때부터 지금까지 같은 머리칼을 갖고 있지만, 난 한 번도 감동한 적이 없는데."

"당신 말을 고대로 돌려드리죠. 당신은 만족시키기 너무 힘들어요. 장담하는데, 당신은 그 입술도 만족스럽지 않죠?"

"맞아요, 티 케이크. 입술이야 거기 있는 거고, 필요할 때마다 쓰긴 하지만 특별할 거야 없죠."

"저런! 저런! 저런! 장담하는데, 당신은 거울을 보면서 자기 눈에 감탄해본 적도 없죠? 그런 즐거움은 몽땅 다른 사람에게만 주고 본인은 조금도 누리지 못하는군요."

"그래요. 난 거울을 볼 때 눈은 보지도 않아요. 내 눈을 좋아하는 사람들이 혹시 있다 해도 그런 이야기는 들은 바도 없고요."

"그거 봐요! 당신은 항아리 안에 온 세상을 다 가졌으면서 아무것도 모르는 척하고 있어요. 그런 이야기를 내가 해줄 수 있다는 게 기쁘네요."

"당신은 수많은 여자한테 똑같은 이야기를 했을 것 같은데요."

"난 이방인들에게 파견된 사도 바울이에요. 말해주고, 또 보여주죠."

"그럴 줄 알았어요." 제이니는 하품을 하고 소파에서 일어나려고 했다. "당신이 머리를 긁어주니까 너무 졸려요. 침대까지 갈 기운도 없네." 제이니는 벌떡 일어나 머리를 정리했다. 티 케이크는 그대로 앉아 있었다.

"아뇨, 당신은 졸린 게 아니에요, 제이니 부인. 그저 내가 갔으면 하는 거예요. 날 건달에다 양아치 같은 놈이라 생각하고, 나랑 이야기하느라 시간 낭비했다고 후회하는 거죠."

"아니, 티 케이크! 왜 그런 생각을 해요?"

"내가 한 일을 말했을 때 당신이 날 바라보던 표정을 봤으니까요. 당신 표정이 어찌나 무섭던지 수염이 다 곤두섰다고요."

"당신의 말과 행동에 내가 화낼 이유가 어딨어요? 잘못 생각한 거예요. 난 전혀 화 안 났어요."

"알아요. 그래서 더 부끄럽습니다. 나한테 정나미가 떨어진 거죠. 당신 표정은 여기가 아니라 다른 곳에 가 있어요. 그래요, 당신은 화난 게 아니에요. 차라리 화가 난 거라면 좋겠군요. 그러면 당신 기분을 풀어주기 위해 뭘 해볼 수라도 있을 텐데. 하지만 이건 마치……."

"내가 좋아하건 말건 당신하고는 상관없는 일이에요, 티 케이크. 그런 관심은 당신 여자 친구한테나 줘요. 난 그저 한 때의 친구일 뿐이잖아요."

제이니는 계단을 향해 천천히 걸어갔고, 티 케이크는 일단 일어나면 다시는 돌아올 수 없으리라는 두려움에 사로잡힌 나머지 그 자리에 얼어붙은 것처럼 꼼짝도 하지 않고 앉아 있었다. 그는 침을 꿀꺽 삼키고는 멀어져가는 제이니의 뒷모습을 쳐다봤다.

"이 이야기를 털어놓을 생각은 없었어요. 적어도 지금 당장은요. 하지만 당신이 지금처럼 날 대하는 건 정말 견딜 수 없이 고통스럽군요. 난 영원히 당신 거예요."

제이니는 계단 기둥에서 휙 돌아섰고, 순간 떠오른 생각에 딴사람이 된 것처럼 환히 빛났다. 하지만 다음 순간 든 생각에 그대로 무너져 내렸다. 티 케이크는 지금 내가 자기한테 반해서 무슨 소리든 다 믿을 거라고 생각하니까 아무 말이나 떠드는 것이다. 그렇게 생각하자 차디찬 무력감이 집채처럼 제이니를 짓눌렀다. 티 케이크는 자기가 나보다 젊다는 걸 부당하게 이용하는 거야. 날 늙은 바보라고 비웃을 준비를 하고. 하지만 아, 열두 살 젊어져서 저 사람 말을 정말로 믿을 수만 있다면, 뭐든지 다 내줄 텐데!

"저기, 티 케이크, 오늘 밤엔 생선 요리랑 옥수수빵이 맛있어서 그렇게 말하는 거예요. 내일이면 마음이 변할 거예요."

"아뇨, 안 변할 겁니다. 내가 더 잘 알아요."

"어쨌거나 아까 부엌에서 들려준 이야기로 따져보면 난 당신보다 거의 열두 살은 더 많아요."

"그것도 다 생각해봤고, 마음을 주지 않으려고 기를 썼어요. 하지만 다 허사였어요. 내가 젊다는 게 당신 존재만큼 날 만족시켜주진 못해요."

"대부분의 사람들에겐 그게 엄청나게 중요해요, 티 케이크."

"그런 건 편리함과 상관있지, 사랑과는 아무런 상관없는 일이에요."

"글쎄요. 내일 해가 뜬 다음에도 과연 그렇게 생각할까요? 그런 생각은 밤기운에 취해서 하는 것뿐이에요."

"그거야 당신 생각이고, 내 생각은 달라요. 당신이 틀렸다는 데 1달러 걸죠. 하지만 당신은 돈내기도 안 할 것 같군요."

"지금까지 한 번도 해본 적 없어요. 하지만 어르신들이 늘 말하듯이, 아직 살날이 많으니 앞으로 무슨 일을 하게 될지는 알 수 없죠."

티 케이크가 갑자기 벌떡 일어나 모자를 집어 들었다. "잘 자요, 제이니 부인. 사소한 문제부터 큰 문제까지 할 이야기는 다 한 것 같군요. 잘 있어요." 그러고는 거의 뛰다시피 문밖으로 나갔다.

제이니는 계단 기둥에 기댄 채 한참 동안 생각에 잠겨 있었다. 너무 오랫동안 그렇게 서 있어서 하마터면 그 자리에서 잠들 뻔했다. 그래도 잠자리에 들기 전 자신의 입과 눈, 머리카락은 자세히 살펴보았다.

다음 날 제이니는 온종일 집과 가게에서 머릿속으로 티 케이크에게 저항했다. 심지어 경멸하고 같이 어울린 것을 살짝 부끄러워하기까지 했다. 하지만 한두 시간만 지나면 또다시 생각이 바뀌어 다시 전투를 치러야 했다. 티 케이크는 도저히 다른 남자들처럼 볼 수가 없었다. 그는 여자들이 꿈꾸는 사랑의 화신 같았다. 봄날의 배꽃 같은 꽃송이에 찾아드는 꿀벌이 될 수 있을 것이다. 그가 한 걸음 내디딜 때마다 세상에서 향기가 피어오르는 것 같았다. 내딛는 걸음마다 향기로운 허브라도 밟는 것 같았다. 그의 주위에는 풍취가 감돌았다. 그는 하나님의 눈길 같았다.

그날 밤 티 케이크는 오지 않았고, 제이니는 자리에 누운 채 그를 경멸하려고 애썼다. "어디 술집 같은 데서 노닥거리고 있을 게 뻔해. 차갑게 대하길 잘했어. 길거리에서 나도는 그런 쓰레기 같은 검둥이한테 뭘 바라는 거야? 분명 다른 여자랑 살면서 날 만만한 호구로 봤을 거야. 제때 정신 차려서 정말 다행이야." 그런 식으로 마음을 달래려 애썼다.

다음 날 아침 제이니는 문 두드리는 소리에 잠을 깼다. 나가 보니 티 케이크가 서 있었다.

"안녕하세요, 제이니 부인. 나 때문에 잠이 다 깬 거라면 좋겠는데."

"덕분에 확 깼어요, 티 케이크. 들어와서 모자 저기 둬요. 이렇게 아침 일찍 무슨 일이에요?"

"낮에 제대로 한 생각을 빨리 말해주고 싶어서요. 낮에 한 생각을 알고 싶어 했잖아요. 밤엔 도저히 당신을 이해시킬 수가 없어서."

"엉뚱하기는! 그래서 새벽같이 여길 왔단 말이에요?"

"그럼요. 당신한텐 말도 해주고 보여줘야 하니까, 지금 그렇게 하는 거예요. 참, 딸기도 좀 따왔어요. 좋아할 것 같아서."

"티 케이크, 정말이지 당신을 어떻게 해야 좋을지 모르겠군요. 당신 정말 못 말려요. 아침이라도 좀 차려줄게요."

"시간이 없어요. 일하러 가야 하거든요. 8시까진 올랜도에 돌아가야 해요. 나중에 만나서 다 이야기해줄게요."

그는 길을 내달려 사라졌다. 그날 밤 제이니가 상점에서 돌아오니 티 케이크가 포치의 해먹 위에서 모자로 얼굴을 덮고 누워 자는 척하고 있었다. 제이니가 불러도 못 들은 척 코만 더 요란하게 골았다. 흔들어 깨우려고 해먹으로 다가가자 그가 제이니를 덥석 끌어당겨 안았다. 잠시 후 제이니는 티 케이크가 고쳐 안는 대로 가만히 안겨 거기 잠시 누워 있었다.

"티 케이크, 당신은 어떤지 모르겠지만 난 배가 고파요. 들어가서 저녁 먹어요."

두 사람은 안으로 들어갔다. 처음에는 부엌에서, 그리고는 집 전체에서 두 사람의 웃음이 울려 퍼졌다.

다음 날 아침 제이니는 숨이 막힐 듯한 티 케이크의 키스에 잠에서 깼다. 그는 마치 제이니가 품에서 달아나 날아가버리기라도 할 것처럼 제이니를 꼭 껴안고 쓰다듬었다. 그러다 허둥지둥 옷을 입고 정시에 맞춰 일하러 갔다. 아침은 절대 못 차리게 했다. 그는 제이니가 푹 쉬기를 바랐고, 그대로 누워 있으라고 했다. 제이니는 진심으로 아침을 차려주고 싶었지만, 그가 간 후에도 한참 동안 침대에 누워 있기만 했다.

온몸으로 어쩌나 숨을 토해냈는지 티 케이크가 여전히 방에 있는 것 같았다. 그가 느껴지고, 그가 방 안 여기저기를 뛰어다니는 모습이 허공에 보이는 것만 같았다. 제이니는 한참을 그렇게 누워 행복감을 만끽하다가 자리에서 일어나 창문을 열어젖혔다. 티 케이크가 바람을 타고 하늘로 뛰어오르도록. 그렇게 모든 것이 시작되었다.

서늘한 오후가 되자, 지옥의 악마가, 특히 연인들에게 찾아오는 악마가 제이니의 귀에 도착했다. 의심이었다. 상황이 제공하고 심장이 느낄 수 있는 온갖 두려움이 사방에서 제이니를 공격했다. 이런 기분은 처음이었지만, 그렇다고 해서 고통이 덜한 것은 아니었다. 티 케이크가 확신을 준다면 좋으련만! 그는 그날 밤도, 다음 날도 돌아오지 않았고, 제이니는 심연으로 빠져들어 빛이라고는 들어온 적 없는 아홉 번째 어둠 속으로 떨어졌다.

그러나 나흘 뒤 오후, 티 케이크는 다 찌그러진 차를 몰고 왔다. 수사슴처럼 차에서 훌쩍 뛰어내리더니 가게 포치 기둥에다 차를 묶는 시늉을 했다. 싱긋거리는 미소를 띠고서! 제이니는 티 케이크를 흠모했고, 동시에 증오했다. 어떻게 그런 고통을 줘놓고 저렇게 사랑스럽게 싱긋거리며 나타

날 수 있단 말인가? 그는 가게 안으로 들어와 제이니의 팔을 슬쩍 꼬집었다.

"당신을 태우고 다닐 물건을 가져왔지." 그는 은밀히 미소 지으며 말했다. "모자 쓸 거면 챙겨와. 장 보러 가야 하니까."

"잘 모르는 것 같아서 하는 말인데 내가 여기 이 가게에서 식료품을 팔거든, 티 케이크." 제이니는 쌀쌀맞은 표정을 지으려 애썼지만 자기도 모르게 미소가 새어 나왔다.

"특별한 때를 위한 것들은 아니잖아. 여기 식료품은 보통 사람들을 위한 거고, 우리가 살 건 당신을 위한 거야. 내일이 주일학교 야유회 날이잖아. 당신 분명 까먹었지? 먹을거리를 한 바구니 멋지게 준비해서 같이 가는 거야."

"잘 모르겠어, 티 케이크. 지금은 이렇게 해. 집에 가서 날 기다려. 금방 뒤따라갈게."

제이니는 틈을 봐서 뒷문으로 살짝 빠져나와 티 케이크를 만났다. 괜히 넘겨짚고 좋아할 필요 없었다. 그냥 예의상 하는 말일 수도 있다.

"티 케이크, 정말 나랑 야유회에 가고 싶은 거야?"

"당신을 거기 데려가려고 미친 듯이 돈을 긁어모았어. 2주를 꼬박 개처럼 일했다고. 그런데 당신은 기껏 정말 같이 가고 싶냐고 묻는 거야? 함께 윈터파크나 올랜도에 가서 필요한 것들을 사려고 갖은 고생을 다 해 이 차를 구해왔는데, 기껏 차에 타서는 정말 같이 가고 싶냐고 묻다니!"

"화내지 마, 티 케이크. 난 그냥 당신이 예의상 그러지 않았으면 해서 한 말이야. 혹시 따로 데려가고 싶은 사람이 있다면, 난 괜찮아."

"아니, 당신은 안 괜찮아. 정말 괜찮다면 그런 말 하지도 않겠지. 용기 내서 진심을 말해보라고."

"그렇다면, 좋아, 티 케이크. 난 너무너무 당신이랑 가고 싶어. 하지만…… 오, 티 케이크, 마음에 없는 행동은 하지 말아줘!"

"제이니, 이게 거짓말이라면 난 천벌을 받고 죽어도 좋아. 이 세상 그 누구도 당신과는 비교가 안 돼. 당신 손에 천국의 열쇠가 있어."

12

야유회 이후 마을 사람들은 상황을 눈치채고 분개하기 시작했다. 티 케이크와 스탁스 시장 부인이라니! 하고 많은 남자들을 다 제쳐두고 티 케이크 같은 놈이랑 놀아나다니! 게다가 조 스탁스가 죽은 지 겨우 아홉 달밖에 되지 않았는데 보란 듯이 분홍색 리넨옷 차림으로 야유회에 갔잖아! 다니던 교회도 그만뒀어. 티 케이크랑 차를 타고 샌퍼드에 갔대. 온통 파란 옷을 차려입고 말이야! 부끄러운 줄도 모르고. 하이힐이랑 10달러짜리 모자에 빠져가지고는! 여자애들처럼 하고 다니잖아. 티 케이크가 입으랬다고 늘 파란 옷만 입고. 불쌍한 조 스탁스. 분명 무덤 속에서 매일 뒤척일 거야. 티 케이크랑 제이니가 사냥하러 갔대. 티 케이크와 제이니가 낚시하러 갔대. 티 케이크랑 제이니가 올랜도에 영화를 보러 갔대. 티 케이크랑 제이니가 춤추러 갔대. 티 케이크가 제이니

네 마당에 화단을 만들고 꽃씨를 뿌려줬대. 제이니가 늘 못마땅해하던 부엌 창문 옆 나무를 베어 없애줬대. 죽고 못 사는 티를 어마어마하게 내고 다녀. 티 케이크가 차를 빌려와서 제이니한테 운전을 가르친대. 티 케이크랑 제이니가 체스를 해, 쿤캔을 해, 플로리다 플립을 해(쿤캔과 플로리다 플립 모두 카드 게임-옮긴이). 다른 사람들이 있건 말건 상점 포치에서 오후 내내. 오늘도 내일도, 이번 주도 다음 주도.

"피비." 어느 날 밤 샘 왓슨이 잠자리에 들며 말했다. "당신 친구는 그 티 케이크한테 완전히 빠진 것 같아. 처음에는 믿지 않았는데."

"아휴, 걘 별생각 없어. 내가 보기엔 저기 샌퍼드의 사업가한테 좀 마음이 있는 것 같던데."

"아냐, 요즘 얼굴이 아주 활짝 폈던걸, 뭐. 날마다 새 옷을 입고 머리 모양도 바꾸잖아. 뭐가 있으니까 머리를 공들여 빗는 거지. 여자가 그렇게 머리에 신경을 쓸 때는 다 남자 보라고 하는 거거든."

"물론 자기 좋을 대로 하는 거지만, 샌퍼드 그 자리는 정말 좋은 기회인데. 부인하고는 사별했고 제이니가 살 만한 근사한 집도 있어. 가구도 벌써 다 갖춰져 있다니까? 조가 남긴 집보다 더 좋아."

"그럼 당신이 알아듣게 좀 얘기를 해봐. 티 케이크야 제이니 재산을 까먹기나 하지 뭘 하겠어. 내 보기엔 그걸 노리는 거야. 조 스탁스가 고생해 모아놓은 재산을 흥청망청 써제끼는 거."

"그렇게 보이긴 해. 하지만 그렇다 해도 제이니는 성인이야. 이 정도 살았으면 자기가 뭘 원하는지 알겠지."

"오늘 과수원에서 남자들이 제이니랑 티 케이크 둘 다 욕하더라고. 티 케이크가 지금 제이니한테 돈을 쓰는 건 다 나중에 제이니가 자기한테 돈을 쓰게 하려는 수작이라는 거야."

"흥! 흥! 흥!"

"아니, 그 사람들은 벌써 판단을 다 끝냈더라고. 그 사람들이 말하는 만큼 나쁘진 않을 수도 있지만, 여하튼 사람들이 떠들어대는 건 사실이야. 제이니에 대해 정말 안 좋게 말하고 있어."

"그건 시기심과 악의 때문이야. 그렇게 떠들어대면서 속으로는 티 케이크가 저지를 거라고 걱정하는 그 행실을 본인이 하고 싶어 할걸."

"목사님이 그러더라고. 티 케이크가 헌금 낼 돈을 기름값에 쓰려고 제이니가 교회에 자주 나가지도 못하게 한다고. 교회에서 멀리 떨어진 데로 끌고 다닌다고 말이야. 하지만 어쨌거나 제이니는 당신 단짝 친구잖아. 그러니 당신이 가서 한번 알아봐. 여기저기 힌트를 좀 던져서. 만약 티 케이크가 재산을 빼앗으려 하면 제이니가 알아차릴 수 있도록 해줘. 나도 제이니를 좋아하니까, 제이니가 타일러 부인 꼴이 되는 건 보고 싶지 않아."

"아이고, 세상에나, 그건 안 되지! 내일 가서 제이니랑 이야기 좀 해봐야겠어. 걘 그냥 별생각이 없는 거야. 그뿐이야."

다음 날 아침 피비는 이웃집 마당으로 넘어가는 암탉처럼 제이니의 집으로 향했다. 사람을 만나는 족족 멈춰 서서 이야기를 나눴고, 이 집 저 집 포치로 잠깐씩 새고 꼬불꼬불 돌아서 갔다. 그래서 확고한 의도는 우연처럼 보였고, 도중에 만난 사람들에게는 의견을 말할 필요가 없었다.

제이니는 피비를 반갑게 맞았고, 잠시 후 피비는 화제를 끄집어냈다. "제이니, 티 케이크가 널 전에 안 다니던 곳들로 끌고 다닌다고 사람들이 말이 많아. 야구장에다 사냥터에다 낚시터에다. 네가 그보다 수준 높은 사람이라는 걸 모르나 봐. 넌 늘 급이 달랐는데."

"내가 아니라 조디가 내 급을 다르게 만들었지. 그리고, 피비. 티 케이크가 원하지 않는 곳으로 날 끌고 다니는 게 아니야. 난 늘 여기저기 다 돌아다니고 싶었는데 조디가 허락해주질 않았어. 상점에 가 있지 않을 때는 손을 모은 채 저기

가만히 앉아 있기를 바랐지. 그런데 저기 앉아 있으면 사방에서 벽들이 조여들어 내 생명을 다 쥐어짜내는 것 같았어. 피비, 배운 여자들은 앉아서도 생각할 거리가 무궁무진할 거야. 앉아서 할 일들을 누군가 알려줬을 테니까. 하지만 불쌍한 나한테 그런 걸 알려준 사람은 없었어. 그래서 앉아 있으면 계속 걱정만 해. 난 나 자신을 다 활용하고 싶어."

"하지만 제이니, 티 케이크가 감옥에 들락거리지는 않지만, 그래도 땡전 한 푼 없는 사람이야. 그 사람이 그저 네 돈을 노리는 걸까 봐 걱정되지 않아? 너보다 나이도 어린데?"

"지금까지 나한테 돈 한 푼 달라고 한 적 없어. 혹시나 재산을 좋아하는 거라 해도 다른 사람들이랑 다를 게 뭐 있어? 내 주변을 얼쩡대는 저 나이 지긋한 남자들도 다 마찬가지잖아. 마을에 과부가 셋이나 더 있는데, 왜 그 여자들한테는 목을 안 매겠어? 가진 게 없으니까 그렇지. 그게 이유야."

"네가 색색의 옷을 입고 다니는 걸 보고는 죽은 남편한테 제대로 예를 갖추지 않는다고 하더라."

"슬프지 않은데 왜 애도를 해야 해? 티 케이크는 내가 푸른색 옷을 입는 걸 좋아해. 그래서 입는 거야. 조디는 평생 한번도 내 옷 색깔을 골라준 적 없어. 검은색, 흰색 상복은 세상이 정한 거지, 조가 고른 게 아니야. 그러니 그건 조를 위해서 입은 게 아니야. 다른 사람들을 위해서 입은 거지."

"하지만 어쨌든 조심해, 제이니. 이용당해선 안 돼. 젊은 남자들이 나이 많은 여자를 어떻게 대하는지 알잖아. 그 인간들은 대부분 얻을 수 있는 것만 챙기고는 옥수수밭 사이로 도망가는 칠면조처럼 사라져버린다고."

"티 케이크는 그렇지 않아. 나랑 평생을 같이할 작정이야. 우린 결혼하기로 했어."

"제이니, 넌 성인 여자야. 그러니 스스로 뭘 하는지 잘 알면 좋겠어. 또, 나이 먹을수록 분별력을 잃는 주머니쥐처럼 구는 건 아니길 바라. 난 네가 저기 샌퍼드의 그 사람이랑 결혼하면 훨씬 마음이 놓일 것 같아. 그 사람은 네 재산에 더 보태줄 것도 있어. 그러니 훨씬 더 좋잖아. 그만하면 괜찮은 사람이야."

"아무리 그래도 난 티 케이크랑 같이 살고 싶어."

"흠, 네 마음이 벌써 정해졌다면 어쩔 수 없지. 하지만 이건 아주 위험한 모험이야."

"내가 전에 한 모험이나 다들 결혼할 때 하는 모험과 다를 것 하나 없어. 결혼은 늘 사람들을 변화시키는 법이야. 때로는 자기 안에 있는 줄도 몰랐던 더러움과 비열함을 끄집어내기도 하지. 너도 알잖아. 어쩌면 티 케이크도 그렇게 될지 모르지. 아닐 수도 있지만. 어쨌거나 난 준비가 됐고, 기꺼이 그 사람을 겪어볼 거야."

"그럼, 결혼은 언제 할 계획이야?"

"그건 몰라. 가게도 팔려야 하고. 그러고 나면 어디론가 가서 결혼할 거야."

"가게를 왜 팔아?"

"티 케이크는 조디 스탁스가 아니잖아. 조디처럼 되려고 한다면 완전 엉망진창이 되어버릴걸. 내가 그 사람이랑 결혼하면, 다들 비교질을 해댈 거잖아. 그러니까 우린 어디 다른 곳으로 가서 티 케이크의 방식으로 완전히 새로 시작할 거야. 이건 사업 계획도 아니고 재산이나 지위를 얻기 위한 경주도 아니야. 그냥 사랑 게임이지. 여태까지 할머니 방식으로 살았으니까, 이젠 내 방식으로 살아볼 작정이야."

"그게 무슨 소리야, 제이니?"

"할머닌 노예제 시절에 태어나셨어. 사람들, 그러니까 흑인들이 쉬고 싶어도 앉아서 쉬지도 못하던 그런 시절에. 그래서 백인 마님들처럼 포치에 앉아 있는 게 할머니 눈엔 엄청 좋아 보였던 거야. 내가 그렇게 되길 바라셨지. 무슨 대가를 치르건 간에 높은 자리에 올라가 앉기를 바라셨어. 그런데 할머니는 아무것도 안 하는 그 의자에 올라가고 나서 뭘 해야 하는지까지는 생각해볼 겨를이 없었어. 목표는 그저 거기 앉는 거였어. 그래서 난 할머니가 말한 대로 높은 의자에 올라갔지. 하지만 피비, 난 그 위에서 시들시들 말라 죽을 지경이었어. 온 세상이 탈출하라고 외치는데 나만 그 흔한 소식을 못 듣는 기분이었다고."

"그럴지도 몰라, 제이니. 그래도 난 단 1년이라도 그렇게 살아보고 싶다. 내가 있는 곳에서 보면 천국 같거든."

"그렇겠지."

"하지만 어쨌거나, 제이니, 가게를 팔고 모르는 사람이랑 떠나는 문제는 신중하게 고려해야 해. 애니 타일러가 어떻게 됐는지 봐. 얼마 안 되는 재산을 가지고 후 플렁이라는 어린애랑 탬파로 도망갔던 그 여자 말이야. 그건 생각해볼 문제야."

"물론이야. 그래도 난 타일러 부인이 아니고, 티 케이크도 후 플렁이 아니고 내가 모르는 사람도 아니야. 우린 이미 결혼한 거나 다름없어. 그렇지만 사방에 알리지는 않을 거야. 너한테만 말하는 거야."

"난 병아리 같은 사람이야. 병아리는 물을 마셔도 오줌을 싸지 않지."

"아, 네가 떠들고 다니지 않을 거란 거 알아. 우린 부끄럽지 않아. 그냥 아직은 큰 소동을 일으킬 준비가 안 된 것뿐이야."

"알리지 않길 잘했어. 하지만 제이니, 넌 정말 큰 모험을 하는 거야."

"겉보기만큼 위험한 모험은 아니야, 피비. 맞아, 난 티 케이크보다 나이가 많아. 하지만 그 사람은 나이 차이란 다만 머릿속 생각일 뿐이라는 걸 보여줬어. 생각이 같은 사람들끼리는 잘 살 수 있어. 처음에는 새로운 생각을 하고 새로운 언어를 써야 했지. 하지만 내가 거기 익숙해지고 나니까, 우린 잘 지내. 티 케이크가 완전히 새로운 언어를 가르쳐줬거든. 기다려봐. 티 케이크가 자기 옆에 설 때 입으라고 골라준 푸른 새 공단옷을 곧 보게 될 테니. 하이힐에 목걸이에 귀고리에, 그 사람이 원해서 골라준 **모든 걸**. 멀지 않았어. 조만간 아침에 날 찾아와도 난 떠나고 없을 거야."

13

잭슨빌. 티 케이크는 편지로 잭슨빌이라고 했다. 전에 거기 철도 매점에서 일한 적이 있는데, 그 옛 주인이 다음 급료 지급일에 일자리를 주겠다고 약속했다는 것이다. 제이니는 더 이상 기다릴 필요가 없다고, 기차에서 내리자마자 결혼할 생각이니 푸른색 새 드레스를 입고 오라고, 제이니 생각만 하면 온몸이 설탕으로 변해버릴 지경이니 어서 서둘러 오라고 했다. 어서 와, 아가, 이 티 케이크 아빠는 절대 네게 화낼 수 없을 테니!

제이니가 이른 새벽 기차를 타고 떠났기 때문에 그 모습을 본 사람은 많지 않았지만, 몇 안 되는 사람들이 자세한 목격담을 남겼다. 제이니의 모습이 근사했다는 것은 다들 마지 못해 인정했다. 하지만 제이니는 그럴 자격이 없는 여자였다. 늘 죽도록 탐나는 여자를 그대로 사랑하기란 힘든 일이었다.

기차는 칙칙폭폭 춤을 추며 반짝이는 철로 위로 멀리멀리 달려갔고, 기관사는 도중에 지나치는 마을의 주민들을 위해 간간이 경적을 울려줬다. 마침내 기차는 잭슨빌로, 제이니가 보고 싶고 알고 싶은 수많은 것들 속으로 천천히 진입했다.

그 크고 오래된 기차역에 새로 산 푸른 양복을 차려입고 밀짚모자를 쓴 티 케이크가 있었다. 그는 당장 제이니를 목사관으로 데려갔고, 그런 다음 곧장 지난 2주 동안 제이니를 기다리며 홀로 지내던 방으로 갔다. 그러고는 한 번도 본 적 없는 격렬한 포옹과 키스를 퍼부었다. 제이니는 너무 기뻐서 겁이 날 지경이었다. 그날 밤은 집에 머물며 휴식을 취했지만, 다음 날 밤에는 쇼를 본 다음 전차를 타고 돌아다니며 사방을 둘러보았다. 모든 계산은 티 케이크가 자기 돈으로 했기 때문에, 제이니는 셔츠 안에 핀으로 꽂아둔 200달러에 대해 아무 소리 하지 않았다. 피비는 돈을 가져가되 만약의 경우를 대비해 티 케이크에게는 비밀로 하라고 신신당부했었다. 제이니는 지갑에 교통비보다 10달러를 더 넣어 왔다. 티 케이크는 그게 전부라고 알고 있으면 된다. 앞으로의 일이 제이니가 생각한 대로 풀리지 않을 수도 있으니까. 하지만 기차에서 내린 이후 내내 피비의 충고를 생각하면 웃음이 났다. 티 케이크가 속상해하지 않으리라는 확신이 서면 언젠가는 농담 삼아 이야기해줄 작정이었다. 그렇게 결혼한 지 어느덧 일주일이 지났고, 제이니는 피비에게 사진을 담은 카드를 보냈다.

그날 아침 티 케이크는 제이니보다 일찍 일어났다. 제이니는 잠이 덜 깬 채로 티 케이크에게 아침으로 튀겨 먹을 생선을 좀 사오라고 했다. 그가 갔다가 올 때쯤이면 제이니도 잠이 다 깨어 있을 것이다. 티 케이크는 그러겠다고 했고, 제이니는 돌아누워 다시 잠이 들었다. 깨어나 보니 그는 아직 돌아오지 않았는데, 시계를 보니 꽤 시간이 지나 있었다. 제이니는 일어나서 세수부터 했다. 아마 티 케이크는 제이니를 더 재우려고 아래층 부엌에서 생선을 손질하고 있을 터였다. 제이니는 아래층으로 내려갔다가 주인의 청으로 함께 커피를 마셨다. 주인은 남편이 죽은 후로 아침 커피를 혼자서 마시는 게 싫다고 했었다.

"남편은 아침에 일하러 갔나 봐요, 우즈 부인? 한참 전에 나가는 걸 봤거든요. 우리 서로 말동무가 될 수 있겠죠, 안 그래요?"

"아, 네, 그럼요. 새뮤얼스 부인. 부인을 보면 이턴빌에 있는 제 친구가 생각나요. 부인은 꼭 그 친구처럼 친절하고 다정하세요."

제이니는 주인에게 아무것도 묻지 못한 채 커피를 마시고 방으로 돌아왔다. 아무래도 티 케이크는 생선을 구하려고 온 동네를 샅샅이 뒤지고 있는 게 분명하다는 생각이 들었다. 제이니는 복잡한 생각을 하지 않으려고 오로지 그 가능성에만 집중했다. 정오를 알리는 경적이 울리자 일어나 옷을 입어야겠다 싶었다. 200달러가 사라졌다는 사실을 알게 된 것은 바로 그때였다. 안전핀이 달린 조그만 헝겊 지갑은 의자 위 옷가지들 아래 있었지만, 돈은 방 안 어디에도 없었다. 분홍색 실크 속옷에 핀으로 고정해둔 그 조그만 지갑 안에 없다면 돈은 그 어디에도 없을 거라는 것쯤은 처음부터 알았지만 제이니는 바쁘게 방 안을 뒤졌다. 똑같은 자리를 계속 맴돌지라도 계속 움직이는 게 나았다.

하지만 아무리 결심이 굳어도 사탕수수를 빨는 말처럼 한자리를 계속 맴돌 수만은 없는 법이다. 결국 제이니는 방바닥에 털썩 주저앉았다. 앉아서 봤다. 방 안은 악어의 입, 뭔가 집어삼키려고 쩍 벌린 입 같았다. 창밖은 잭슨빌이 울타리를 치지 않으면 창공의 품으로 달려 나가버릴 것처럼 펼쳐져 있었다. 온기를 느낄 수 없는 거대한 도시였다. 당연히 제이니 같은 사람이 필요할 리도 없다. 제이니는 하루 밤낮을 걱정으로 지새웠다.

오전 시간이 거의 다 갈 때쯤 애니 타일러와 후 플렁의 일이 떠올랐다. 쉰두 살의 나이에 과부가 되어 괜찮은 집과 보험금을 물려받았던 애니 타일러.

새로 펴서 염색한 머리에 불편한 새 의치를 하고 가죽처럼 뻣뻣한 피부에 덕지덕지 분칠한 얼굴로 킬킬대며 웃던 타일러 부인. 부인은 10대 후반이나 20대 초반의 어린애들과 거듭 연애를 하면서 옷이니 신발이니 시계 같은 것들을 사서 안겨줬지만, 그들은 하나같이 원하는 것을 얻자마자 부인을 버리고 가버렸다. 그러다 현금이 다 떨어졌을 때, 후 플렁이 나타났다. 그는 전임자들을 다 깡패 같은 놈들이라고 욕하면서 집 근처를 얼쩡댔다. 집을 팔고 같이 탬파로 떠나자고 부인을 설득한 사람도 후 플렁이었다. 사람들은 부인이 절뚝절뚝 마을을 떠나는 모습을 봤다. 부인의 지친 발은 맞지도 않는 하이힐을 신느라 형벌이라도 받는 것처럼 온통 뒤틀렸고, 꽉 죄는 코르셋에 몸을 억지로 구겨 넣느라 뱃살이 턱 아래까지 밀려 올라와 있었다. 그래도 부인은 확신에 차서 웃으며 떠났다. 제이니가 그랬던 것처럼.

그로부터 2주 후 부인은 북부행 완행열차의 짐꾼이자 차장의 부축을 받으며 메이틀랜드에 내렸다. 희끗희끗하고 거무스레하며 푸르스름하고 불그레한 색이 온통 뒤섞인 머리카락은 싸구려 염색약이 부릴 수 있는 온갖 추태를 다 보여주었다. 구두는 부인의 지친 발처럼 구부러지고 뒤틀려 있었다. 코르셋은 온데간데없고, 덜덜 떨리는 늙은 여인의 몸이 온통 늘어져 있었다. 보이는 모든 것이 축 늘어져 있었다. 턱은 귀에서부터 시작해 목을 따라 휘장처럼 물결치며 늘어졌다. 흐물흐물한 가슴과 뱃살, 엉덩이, 다리 살은 발목까지 늘어져 있었다. 부인은 신음할 뿐, 결코 킬킬대지 않았다.

부인은 낙담했고 자존심도 다 없어졌다. 그래서 어떻게 된 일이냐고 묻는 사람들에게 상황을 다 설명해줬다. 후 플렁은 누추한 거리에 있는 누추한 집의 누추한 방으로 부인을 데리고 가서는 다음 날 결혼하자고 약속했다. 이틀을 꼬박 그 방에서 함께 지낸 후 다음 날 아침 부인이 일어나 보니, 후 플렁과 돈은 이미 사라지고 없었다. 그를 찾을 수 있을까 하는 마음에 사방을 돌아다녔지만 기진맥진한 나머지 더 찾아볼 수도 없었다. 유일한 깨달음은 자신은 새 술을 담기에 너무 낡은 부대라는 것뿐이었다. 다음 날 부인은 배고픔을 견디다 못해 궁여지책에 내몰렸다. 길거리에 서서 미소를 짓고 또 짓다가, 미소를 지으며 구걸했고, 결국에는 그냥 구걸만 했다. 세파에 치이며 일주일을 보냈을 때, 고향에서 온 청년 하나가 길을 가다 부인을 봤지만 부인은 청년에게 차마 상황을 말할 수 없었다. 그래서 기차에서 내리고 보니 지갑을 도둑맞았다고만 했다. 청년은 당연히 그 말을 믿었고, 부인을 집에 데려와 하루 이틀 쉬게 해준 다음 고향으로 가는 차표를 끊어줬다.

　사람들은 부인을 자리에 눕힌 후, 결혼해서 오칼라 부근에 사는 딸에게 연락했다. 딸은 연락을 받자마자 달려와 애니 타일러가 편안히 눈을 감을 수 있도록 데려갔다. 애니 타일러는 평생 그 무엇인가를 기다리며 살았지만, 그것은 부인을 발견하자마자 죽어버렸다.

　그 일이 생생한 사진들로 변해 밤새도록 제이니의 침대 주위를 맴돌았다. 어쨌거나 제이니는 이턴빌로 돌아가 조롱이나 동정의 대상이 될 생각이 없었다. 아직 지갑에는 10달러가, 은행에는 1200달러가 있었다. 하지만 오 하나님, 티 케이크가 어디선가 다쳐 쓰러져 있는데 내가 모르는 일은 없게 해주세요. 그리고 하나님, 제발 티 케이크가 나 아닌 다른 사람은 사랑하지 않게 해주세요. 어쩌면 사람들 말처럼 제가 바보일 수도 있겠죠. 하지만 주여, 전 너무 외로웠다고요. 그리고 기다렸어요. 주여, 오랜 세월을 기다렸다고요.

　깜박 잠이 들었다가 다시 깨어보니 태양이 어둠을 뚫고 정찰병들을 먼저 내보내 길 위에 표시를 하고 있었다. 태양은 세상의 문지방 너머를 슬쩍 엿보며 붉은색으로 살짝 장난을 치다가, 이내 그런 것들을 다 제쳐두고 온통 흰옷으로 차려입고는 본격적으로 일에 착수했다. 그러나 티 케이크가 돌아오지 않는다면 제이니에게는 언제나 어둠뿐일 것이다. 제이니는 자리에서 일어났지만, 도저히 의자에 가만히 앉아 있을 수가 없었다. 그래서 흔들의자에 머리를 기댄 채 바닥에 쪼그리고 앉았다.

잠시 후 문밖에서 누군가 기타 치는 소리가 들렸다. 연주는 한참 동안 계속됐다. 소리는 아름다웠다. 하지만 기분이 울적하니 그 소리도 슬프게 들렸다. 그런데 그 연주의 주인공이 이번에는 '자비의 종을 울리소서. 죄인을 집으로 불러주소서'를 부르기 시작했다. 심장이 조여드는 것만 같았다.

"티 케이크, 당신이야?"

"나라는 거 잘 알면서, 제이니. 왜 문을 안 열어주는 거야?"

그는 기다리지 않았다. 기타를 들고 미소를 지으며 곧장 들어왔다. 붉은 공단 끈이 달린 기타를 메고 귀에 걸릴 정도로 함박미소를 짓고 있었다.

"그동안 내내 어디 있었냐고 물어볼 필요 없어. 종일토록 낱낱이 설명해줄 거니까."

"티 케이크, 난……."

"세상에, 제이니, 왜 바닥에 앉아 있는 거야?"

그는 제이니의 머리를 두 손으로 감싸 안으며 천천히 의자에 앉았다. 제이니는 여전히 아무 말도 하지 않았다. 그는 제이니의 얼굴을 내려다보며 머리를 쓰다듬었다.

"뭔지 알겠어. 그 돈 문제로 날 의심했군. 내가 그 돈을 들고 도망가버렸다고 생각한 거야. 당신을 비난하진 않겠지만, 당신 생각이랑은 달라. 아기가 태어나지도 않았는데 엄마가 죽는다면, 내가 우리 돈을 그 아기한테 써도 되는 거잖아? 전에 내가 당신이 천국의 열쇠를 갖고 있다 그랬잖아. 그 말 믿어도 돼."

"하지만 당신은 날 하루 꼬박 혼자 내버려뒀어."

"그러고 싶어서 그런 게 아니야. 주님께 맹세코 여자 문제는 아니야. 당신한테 날 꼼짝달싹 못 하게 붙들어 매는 힘이 없다면, 당신을 우즈 부인이라고 부르지도 않을 거야. 당신을 알기 전에 수많은 여자를 만났어. 하지만 내가 결혼하자고 말한 여자는 세상에 당신밖에 없어. 당신이 나이가 많은 건 중요하지 않아. 그런 생각은 더 이상 하지 마. 만에 하나 내가 다른 여자랑 놀아나는 일이 생긴다 해도, 나이 때문은 아닐 거야. 그건 그 여자가 당신과 똑같이 날 사로잡아서, 그래서 나도 어쩔 수 없기 때문일 거야."

그는 제이니 옆 바닥으로 내려와 키스를 하고는 장난스럽게 제이니의 입꼬리를 잡아 올렸다.

"동네 사람들, 여기 좀 봐요." 그가 보이지 않는 청중을 향해 소리쳤다. "우즈 자매님이 남편을 버리려고 합니다!"

그 말에 제이니는 웃음을 터뜨리고 티 케이크에게 기대

앉았다. 그리고 같은 청중을 향해 외쳤다. "우즈 부인에게 어린 수탉이 생겼는데, 그 수탉이 어딜 갔다 왔는지 말을 안 해주네요."

"먼저, 우리 뭘 좀 먹자, 제이니. 이야기는 그 다음에 하고."

"우선, 난 이제 생선 사오라고 당신 안 내보낼 거야."

그는 제이니의 옆구리를 슬쩍 꼬집으며 그 말을 무시했다.

"오늘 아침은 우리 둘 다 일할 필요 없어. 새뮤얼스 부인을 불러서 당신 원하는 걸로 뭐든 만들어달라고 하자."

"티 케이크, 어서 말해주지 않으면 당신 머리를 두들겨서 동전처럼 납작하게 만들어버릴 거야."

티 케이크는 아침 식사를 마칠 때까지 버티다가 그제야 재연을 섞어가며 이야기를 들려줬다.

그 돈은 넥타이를 매던 중에 눈에 띄었다. 그는 돈을 집어 들고 호기심에 쳐다보다가 생선을 사러 나가는 길에 세어보려고 주머니에 넣었다. 돈 액수가 큰 것을 알고는 신이 나서 사람들에게 자기가 어떤 사람인지 알려주고 싶어졌다. 생선 시장에 가는 길에 예전에 기관차고에서 같이 일하던 동료를 만났다. 이런저런 이야기를 하다 보니 어느덧 그 돈을 좀 써야겠다는 마음을 먹게 됐다. 그렇게 큰돈은 평생 만져본 적이 없었기 때문에 백만장자가 되는 것은 어떤 느낌인지 알아보고 싶었다. 그들은 철도 매점 근처의 캘러핸으로 갔고, 티 케이크는 그날 밤 모두에게 닭고기와 마카로니를 한턱내기로 결심했다.

그는 음식을 샀고, 사람들은 춤출 음악을 연주할 기타 연주자를 구해왔다. 그래서 초대 전갈을 사방에 보냈다. 그리고 정말로 사람들이 왔다. 커다란 식탁 위에 닭튀김과 비스킷, 치즈를 잔뜩 넣은 마카로니를 수북이 담은 빨래통이 올라갔다. 기타 연주자가 연주를 시작하자, 사람들이 동서남북, 그리고 오스트레일리아에서 몰려오기 시작했다. 그리고 티 케이크는 문간에 서서 못생긴 여자들이 오는 족족 2달러씩 줘서 못 들어오게 했다. 머랭색 피부의 덩치 큰 여자 하나는 어찌나 못생겼던지 5달러를 줘서라도 못 들어오게 하는 게 좋을 것 같아 5달러를 줬다.

그렇게 흥겨운 시간을 보내는데 나쁜 놈을 자처하는 작자가 하나 들어왔다. 그는 닭튀김을 몽땅 자기 앞에 당겨 모아놓고는 간과 모래주머니만 골라 먹으려 했다. 아무도 그 남자를 말리지 못하자, 사람들은 티 케이크를 불러 그를 말려달라고 청했다. 그래서 티 케이크가 걸어가 남자에게 물었다. "이봐, 대체 왜 그러는 거야?"

"난 누가 나한테 뭘 건네주는 게 싫어. 특히 먹을거리 배당은 안 돼. 내가 먹을 건 늘 내가 고른다고." 그는 계속해서 닭튀김 더미를 헤집어댔다. 티 케이크는 화가 났다.

"아주 간덩이가 부었구먼. 말해봐, 당신, 우체국에서 오줌 갈겨본 적 있어? 그랬다면 꼭 들어보고 싶네."

"그게 도대체 무슨 소리야?" 남자가 물었다.

"내 말은, 내가 한턱낸 닭튀김을 다 끌어모아 먹는 건 미연방 정부 우체국에다 오줌을 갈기는 장난에 버금갈 정도로 간덩이가 부은 짓거리라는 거야. 자, 덤벼. 내 오늘 밤 네놈을 제대로 손봐줄 테니."

사람들은 티 케이크가 이 사기꾼을 손봐줄 수 있는지 구경하러 따라 나갔다. 티 케이크는 남자의 이 두 개를 박살냈고, 그는 곧 모습을 감췄다. 그다음에는 어떤 두 남자 사이에 시비가 붙었고, 티 케이크는 그들에게 입 맞추고 화해하라고 했다. 그들은 그럴 생각이 없었다. 두 사람은 차라리 감옥에 가겠다고 버텼지만, 모두가 티 케이크의 해결책이 마음에 든다며 억지로 그렇게 하게 했다. 두 사람은 입을 맞춘 뒤 침을 뱉고 구역질을 해대며 손등으로 입을 닦았다. 한 사람은 밖으로 나가 병든 개처럼 풀을 씹어댔다. 상대를 죽이고 싶은 걸 참기 위해서라고 했다.

그러고 나자 모두 기타 연주자에게 야유를 퍼붓기 시작했다. 남자가 연주할 수 있는 곡이 세 곡밖에 없었기 때문이다. 그러자 티 케이크가 기타를 잡고 직접 연주했다. 제이니를 만난 직후 제이니를 위해 차를 빌리느라 기타를 전당포에 잡힌 후로 한 번도 기타를 쳐보지 못했기 때문에 이런 기회는 기뻤다. 음악이 그리웠던 그는 기타를 사야겠다는 생각이 들었다. 그렇게 그 자리에서 그 기타를 사고 현금으로 15달러를 지불했다. 사실 65달러는 족히 받을 수 있는 기타였다.

날이 밝기 직전 파티는 시들시들 흥이 다했다. 그래서 티 케이크는 서둘러 신부에게 돌아왔다. 부자들의 기분을 알았고 좋은 기타도 생겼고 주머니에는 아직 12달러가 남았으니, 이제 필요한 것이라고는 제이니의 포옹과 키스뿐이었다.

"당신은 당신 아내가 엄청나게 못생겼다고 생각하는 게 분명해. 파티장에 못 들어오게 하려고 2달러씩 줬다는 그 못생긴 여자들은 그래도 문간까지는 갔잖아. 나한테는 거기까지도 허락해주지 않았으면서." 제이니가 입술을 삐죽거렸다.

"제이니, 당신과 거기 함께 있을 수 있다면 난 잭슨빌과 탬파를 합친 거리라도 한달음에 갔을 거야. 사실 두세 번은 당신을 데리러 가려고도 했어."

"흠, 그런데 왜 안 왔어?"

"제이니, 만약 그랬다면 당신이 왔을까?"

"물론이지. 나도 당신만큼이나 노는 걸 좋아한다고."

"제이니, 나도 그러고 싶었어, 몹시. 하지만 두려웠어. 당신을 잃을까 봐 너무 두려웠어."

"왜?"

"그 사람들은 지체 높고 고상한 사람들이 아니거든. 철도 노동자랑 그 마누라들이란 말이야. 당신은 그런 사람들에 익숙하지 않잖아. 그래서 그런 사람들이 있는 자리에 데려갔다고 당신이 화내면서 날 떠나버릴까 봐 두려웠어. 그래도 난 당신이 내 옆에 있어주기를 바랐어. 우리가 결혼하기 전, 나는 당신한테 내 안의 상스러움을 절대 보여주지 않겠다고 결심했거든. 나쁜 버릇이 도지면, 다른 곳으로 떠나 당신 눈에 안 띄게 할 거야. 당신을 내 수준으로 끌어내리고 싶지 않아."

"나 좀 봐, 티 케이크. 앞으로 한 번만 더 날 내팽개치고 그렇게 실컷 놀고 와서 내가 근사하니 뭐니 떠들어대면, 당신 죽여버릴 거야. 알겠어?"

"그럼 모든 걸 함께하겠단 말이지, 응?"

"그래, 티 케이크, 뭐든 간에."

"그게 바로 내가 알고 싶은 거야. 이제부터 당신은 내 아내이자 내 여자이고 이 세상에서 내가 필요로 하는 전부야."

"나도 그러길 바라."

"그리고 여보, 그깟 200달러는 걱정하지 마. 이번 주 토요일이 철도 조차장에서 급료를 지급하는 날이거든. 주머니에 있는 12달러로 다시 몽땅, 아니 그 이상을 따올 테니까."

"어떻게?"

"여보, 당신이 날 편하게 풀어주고 내 이야기를 다 할 수 있는 특권을 줬으니까 말해줄게. 당신이 결혼한 남자는 하나님이 창조한 최고의 도박꾼이야. 카드건 주사위건 상관없어. 난 구두끈 하나만 있으면 제혁 공장도 따낼 수 있다고. 내가 주사위 던지는 걸 당신이 볼 수 있으면 좋을 텐데. 하지만 거긴 거친 사내들이 온갖 소리를 다 지껄여대는 자리라서 당신이 있을 곳이 못 돼. 그래도 머지않아 보게 될 거야."

토요일이 올 때까지 내내 티 케이크는 분주히 주사위 던지는 연습을 했다. 맨바닥 위에서, 카펫 위에서, 침대 위에서 주사위를 휙 날렸다. 쪼그리고 앉아서 던지고, 의자에 앉아서 던지고, 서서도 던졌다. 주사위를 한 번도 만져본 적 없는 제이니에게는 흥미진진한 일이었다. 그리고 티 케이크는 카드 한 벌을 들고 섞고 떼고, 다시 섞고 떼고 돌렸다가, 패 하나하나를 자세히 살핀 다음 처음부터 다시 시작하곤 했다. 그렇게 토요일이 왔다. 그날 아침 그는 뒷면에 별무늬가 있는 카드 두 벌과 잭나이프를 새로 사왔고, 정오쯤 제이니를 두고 나갔다.

"이제 조금 있으면 급료를 주기 시작할 거야. 판에 큰돈이 있을 때 게임에 낄 거야. 오늘은 푼돈 따위 따려는 게 아니야. 큰돈을 따오거나 아니면 들것에 실려올 거야." 그는 행운을 빌려고 제이니 머리에 난 사마귀에서 머리카락 아홉 가닥을 잘라 들고는 행복하게 떠났다.

제이니는 자정까지는 별걱정 하지 않고 기다렸지만 자정이 넘어가자 겁이 나기 시작했다. 그래서 자리에서 일어나 겁에 질리고 비참한 심정으로 앉아 있었다. 온갖 위험을 상상하고 걱정했다. 이번 주에 이미 여러 번 놀랐지만, 티 케이크가 도박을 한다는데 어떻게 충격도 안 받았는지 스스로가 놀라웠다. 하지만 도박도 티 케이크의 일부니까 괜찮았다. 되레 티 케이크를 비난하려 할 가상의 사람들에게 화가 났다. 늙어빠진 위선자들은 자기들 일에나 신경 쓰고 다른 사람들은 좀 내버려 두라지. 티 케이크가 푼돈 좀 따려 하기로서니 그 작자들이 거짓된 혀로 늘 저지르는 짓보다 해로울 게 뭐 있어. 소위 기독교인이라는 그 작자들 심장보다는 티 케이크의 발톱 밑에 더 선한 품성이 깔려 있다고. 늙어빠진 중상모략가들이 남편을 놓고 이러쿵저러쿵하는 소리 따위는 안 들을 거다! 제발, 주여, 더러운 검둥이들이 그이를 해치지 않게 해주세요. 혹시 그런 일이 생기더라도, 주여, 제게 좋은 총과 그 인간들을 쏴버릴 기회를 허락해주세요. 티 케이크가 칼을 가져간 건 사실이지만, 그건 오로지 자기방어용이에요. 하나님도 아시다시피, 티 케이크는 파리 한 마리 못 죽일 사람이잖아요.

　아침 햇살이 세상의 틈새로 기어들어올 때, 희미한 노크 소리가 들렸다. 제이니는 한달음에 뛰어가 문을 활짝 열어젖혔다. 티 케이크가 잠든 듯한 모습으로 서 있었다. 이상하게 모골이 송연했다. 깨워보려고 팔을 잡자 그가 비틀거리며 방 안으로 쓰러졌다.

　"티 케이크! 어떻게 된 거야, 여보?"

　"놈들이 찔렀어. 그게 다야. 울지 마. 빨리 이 코트 좀 벗겨줘."

　그는 두 번밖에 찔리지 않았다고 했지만, 제이니는 몸 전체를 샅샅이 살펴보고 응급처치를 할 수 있도록 기어이 옷을 다 벗겼다. 그는 상태가 아주 악화되지 않는 이상, 의사는 부르지 말라고 했다. 어쨌거나 출혈 외에는 큰일이 아니라고 했다.

　"당신한테 말한 대로 돈을 땄거든. 자정쯤 됐을 때 200달러를 땄고, 아직 판돈이 엄청나게 걸려 있었지만 난 그만하려고 했어. 그런데 그치들이 만회할 기회를 달라는 통에 게임을 좀 더 하러 다시 자리에 앉았지. 더블어글리 영감이 탈탈 털리기 일보 직전이라 싸우고 싶어 부들거리는 게 보였거든. 그래서 영감한테 돈을 다시 딸 기회를 주려고 앉은 거야. 물론 얼핏 호주머니 안에서 보인 그 면도날을 꺼내기라도 하면 당장 지옥으로 보내버릴 작정이었지만. 여보, 요즘 남자는 면도날 같은 거 들고 깨작거리지 않아. 면도날로 깨작거리는 사이에 잭나이프 든 사람한테 당하고 말 거니까. 더블어글리는 자기가 날쌘돌이라 안 다친다고 허풍을 떨어대지만, 그건 아니지.

그래서 4시쯤 내가 완전 싹쓸이를 한 거야. 장 볼 돈이라도 남았을 때 떠난 사람 둘이랑 운이 좋았던 사람 하나만 제외하고. 난 다시 작별 인사를 하러 일어났어. 다들 분했지만, 그래도 게임이 공정했다는 건 알았어. 내가 공정한 기회를 줬으니까. 더블어글리만 인정하지 않았지. 내가 주사위를 바꿔치기했다고 우겨대더군. 난 돈을 호주머니 깊숙이 쑤셔 넣은 다음 모자와 코트를 집어 들었고, 오른손으로는 계속 칼을 쥐고 있었지. 허튼짓만 하지 않는다면 영감이 무슨 헛소리를 지껄이건 상관없었어. 모자를 쓰고 한 팔을 코트에 끼운 채 문간까지 걸어갔지. 바로 거기서 내가 바깥 현관 계단을 살펴려고 몸을 돌리는 순간, 놈이 달려들어 내 등을 두 번 찌른 거야.

자기야, 난 눈 깜짝할 사이에 코트 소매에 끼웠던 팔로 그 검둥이 놈 넥타이를 움켜쥐고는 밥 위에 그레이비소스를 끼얹듯이 놈을 덮쳤어. 놈은 빠져나오려고 발버둥을 치다 면도날을 놓치고는 이거 놓으라며 고래고래 소리를 지르더군.

하지만 자기야, 난 놈을 옆치고 메치며 **절대 놓아주지 않았어.** 그러다 문간에 놈을 버려놓고 최대한 빨리 당신한테 달려온 거야. 상처는 깊지 않아. 놈이 쫄아서 가까이 달려들지 못했거든. 반창고로 어떻게 좀 잘 여며봐. 하루 이틀이면 다 나을 거야."

제이니는 울면서 소독약을 발랐다.

"당신이 왜 울어, 제이니. 그 영감 마누라가 울어야지. 당신이 행운을 줬어. 내 바지 왼쪽 주머니를 뒤져서 이 아빠가 뭘 가져왔는지 봐. 내가 가져온다고 했잖아. 난 거짓말 안 해."

두 사람은 함께 돈을 셌다. 322달러였다. 마치 회계 담당이라도 털어온 것 같았다. 티 케이크가 제이니에게 200달러를 주더니 다시 비밀 장소에 갖다두라고 했다. 그러자 제이니는 은행에 있는 나머지 돈에 대해서도 말해줬다.

"그 200달러도 나머지 돈이랑 같이 둬, 제이니. 내 행운의 주사위. 내 여자는 누구 도움 없이 나 혼자 먹여 살릴 수 있어. 이제부터 당신은 내 돈으로만 먹고 입는 거야. 내가 벌이가 없으면, 당신도 아무것도 못 가지는 거고."

"좋아."

그는 점점 의식이 흐려졌지만, 그래도 제이니가 자신이 원하는 바를 따르는 게 기뻐서 장난스레 제이니의 다리를 꼬집었다. "들어봐, 마누라, 이까짓 상처 다 낫는 대로 우린 미친 짓을 할 거니까."

"그게 뭔데?"

"습지에 갈 거야."

"습지가 뭐야? 그게 어디 있는데?"

"아, 저 아래 클루이스턴과 벨글레이드 근처 에버글레이즈에 있어. 거기서 사탕수수며 껍질콩이며 토마토 따위를 재배하거든. 거기서는 다들 그저 돈 벌고 놀고 한심한 짓들을 하면서 살아. 우린 거기 가야 해."

티 케이크는 스르륵 잠이 들었고, 제이니는 그를 내려다보며 가슴이 미어지는 사랑을 느꼈다. 그렇게 제이니의 영혼은 은신처에서 기어나왔다.

14

제이니의 낯선 눈에는 에버글레이즈의 모든 것이 크고 새로웠다. 광대한 오키초비 호수, 알이 굵직굵직한 콩들, 키 큰 잡초들, 모든 것이 거대했다. 북쪽에서는 허리까지 오면 잘 자랐다고 할 잡초들이 여기 남부에서는 2.5미터, 종종 3미터까지 자랐다. 땅이 어찌나 비옥한지 모든 것이 무성했다. 자생 수수들이 그야말로 그곳을 장악하고 있었다. 흙길도 너무 기름지고 거무스레해서 조금씩만 떼어 옮겨도 캔자스 밀밭을 다 비옥하게 만들 수 있을 것 같았다. 길 양쪽에 자라난 야생 수수들은 바깥세상을 가리고 있었다. 사람들도 거칠었다.

"수확철은 9월 말이 되어야 시작되지만, 방을 얻으려고 좀 일찍 온 거야." 티 케이크가 설명했다. "이제 2주만 지나면 사람들이 온통 몰려들 거야. 방은 구하지도 못해. 그저 어디라도 잠잘 수 있는 곳을 찾으면 다행일걸. 하지만 지금은 욕

조가 딸린 호텔 방을 구할 수 있을 거야. 습지에서는 날마다 목욕을 하지 않고는 못 살아. 저 습지가 개미처럼 피부를 근지럽게 만들거든. 이 근처에 욕조가 딸린 방은 여기밖에 없어. 방도 충분치 않고."

"여기서 뭘 할 건데?"

"난 종일 콩을 딸 거야. 밤에는 내내 기타 치고 주사위를 던지고. 콩도 따고 주사위도 던지고 하면 손해 볼 일 없어. 이제 나가서 이 습지 최고 농장주를 만나 일자리를 얻을 거야. 다른 사람들이 오기 전에. 제철에는 일자리야 언제든 구할 수 있지만, 제대로 된 사람들이랑 일하진 못하거든."

"일은 언제 시작되는 거야, 티 케이크? 이 주변 사람들 다 기다리는 기색이던데."

"맞아. 다른 일들도 다 그렇지만, 여기서도 거대 농장주들이 특정 날짜에 맞춰 일을 개시해. 내가 일할 농장 주인은 종자가 모자라서 몇 리터 더 구하러 다니는 중이야. 그러고 나면 우리가 씨를 뿌리는 거지."

"몇 리터나?"

"그래. 이건 푼돈 벌자고 하는 일이 아니거든. 없는 사람은 시작도 못 할 일이야."

바로 다음 날, 티 케이크가 신이 나서 방으로 뛰어들어왔다. "농장주가 일꾼을 하나 더 샀다고 나더러 호수로 내려 오래. 가장 먼저 오는 사람들에게 집을 주겠다면서. 어서 가자!"

그들은 빌린 차를 타고 덜컹거리며 15킬로 정도를 달려가 숙소에 도착했다. 광활하게 뻗은 오키초비호와 고작 제방 하나를 사이에 두고 오두막들이 다닥다닥 붙어 있었다. 제이니는 부산을 떨며 오두막을 정리해 가정집 구색을 갖추어나갔고, 티 케이크는 콩을 심었다. 하루 일과가 끝나면 낚시를 했다. 글레이즈의 방식대로 흔적을 남기지 않고 길고 좁은 굴속에서 조용히 생계를 꾸려가는 인디언('아메리카 원주민'이 올바른 명칭이지만, 작품이 출간된 1930년대에는 '인디언'이라는 명칭이 널리 사용되었다-옮긴이) 무리와 이따금 마주치기도 했다. 마침내 콩이 열렸다. 이제는 수확할 때까지 기다리는 것 외에는 할 일은 별로 없었다. 티 케이크는 제이니에게 기타 연주를 많이 들려줬지만, 그래도 여전히 할 일은 없었다. 아직은 노름을 할 때가 아니었다. 몰려드는 사람들은 빈털터리였다. 그들은 돈을 가져온 게 아니라 돈을 벌러 온 사람들이었다.

"좋은 생각이 있어, 제이니. 총을 사서 근처에 사냥하러 가자."

"그거 좋겠네, 티 케이크. 다만 난 총 쏠 줄 몰라. 그래도 당신이랑 같이 가고 싶어."

"아, 배우면 되지. 당신이 총 다루는 법을 배우면 안 될

214

이유가 없잖아. 설령 사냥감을 찾지 못한다 해도 깔끔하게 죽어버리는 게 나을 쓰레기 같은 악당이야 늘 있는 법이니까." 그가 웃으며 말했다. "자, 팜비치에 가서 돈 좀 써보자고."

그들은 날마다 사격 연습을 했다. 티 케이크는 제이니가 정확하게 조준하는 법을 익힐 수 있도록 작은 물체들을 쏘게 했다. 권총과 엽총과 소총으로 연습했다. 그러다 보니 사람들이 모여들어 구경하게 됐고, 자기들도 표적을 한번 쏘게 해달라고 간청하는 남자들도 있었다. 사격 연습은 습지에서 가장 신나는 일이 됐다. 특별한 밴드가 와서 댄스곡을 연주하지 않는 한 술집이나 당구장에 가는 것보다 나았다. 사람들을 사로잡은 것은 일취월장하는 제이니의 실력이었다. 제이니는 소나무에 앉은 매를 갈기갈기 망가뜨리지 않고 쏘아 떨어뜨릴 수 있는 경지에 올랐다. 머리를 쏘는 것이다. 제이니의 실력은 티 케이크를 능가했다. 두 사람은 늦은 오후 아무 때고 나가서 사냥감을 잔뜩 짊어지고 돌아오곤 했다. 어느 날 밤은 배를 구해서 악어 사냥을 나갔다. 어둠 속에서 안광을 번득이는 악어의 눈을 겨냥해 총을 쐈다. 사냥이 힘들어질 때까지 재밌게 놀 수 있을 뿐만 아니라 가죽과 이빨을 팜비치에 내다 팔 수도 있었다.

이제 날마다 일꾼들이 떼 지어 몰려들었다. 어떤 사람들은 장거리를 걸어오느라 쓰라린 발로 신발을 끌며 절뚝거렸다. 신발이 사람을 자연히 따라오는 게 아니라 신발을 억지로 앞으로 보내려 하니 힘든 여정이었다. 사람들은 저 멀리 조지아에서 마차를 타고도 왔고, 동서남북 사방에서 트럭 한가득 다닥다닥 끼어 앉아서도 왔다. 가족도 없이 영영 떠돌아다니는 뜨내기들도 있었고, 싸구려 차에 가족과 개를 태우고 온 지친 얼굴의 남자들도 있었다. 밤이고 낮이고 사람들은 콩을 따러 분주히 모여들었다. 바깥에는 프라이팬이며 이부자리, 덕지덕지 땜질한 스페어타이어를 주렁주렁 매달고, 안에는 희망에 찬 사람들을 빼곡하게 실은 고물 차들이 덜덜거리며 습지로 들어섰다. 못 배워서 못나고 없이 살아 망가진 사람들이었다.

이제 술집들은 밤새 쩽그랑 왁자지껄 시끄러웠다. 피아노 한 대가 세 대 몫을 했다. 즉석에서 블루스가 작곡되고 연주됐다. 사람들은 춤추고, 싸우고, 노래하고, 울고, 웃고, 매시간 사랑을 얻고 잃었다. 낮에는 내내 돈을 벌고, 밤에는 내내 사랑을 위해 싸웠다. 비옥한 검은 흙은 온몸에 달라붙어 개미처럼 피부를 물어뜯었다.

마침내 잘 곳이 모두 동났다. 남자들은 커다란 모닥불을 피워놓고, 불 하나에 오륙십 명이 빙 둘러 누워 잤다. 그래도 그 땅 주인에게 돈을 내야 했다. 주인은 모닥불을 하숙집처럼 운영했다. 다 돈이었다. 그래도 아무도 개의치 않았다. 사람들은 돈을 잘 벌었다. 심지어 어린애들까지 잘 벌었다. 그러니 쓰기도 잘 썼다. 다음 달, 다음 해는 다른 시대였다. 그것들을 현재와 뒤섞을 필요가 없었다.

티 케이크의 집은 자석이자 이 '일터'의 비공식 중심점이었다. 그가 문간에 앉아 기타를 연주하면, 사람들은 걸음을 멈추고 귀를 기울였다. 그런 날 밤에는 사람들이 술집에 가지 않아 술집 주인이 실망하기도 했다. 티 케이크는 늘 웃었고 또 즐겁게 살았으며, 콩밭에서도 늘 사람들을 웃게 만들었다.

제이니는 집에 있으면서 큰 솥에 동부콩밥을 지었다. 때로는 커다란 냄비에다 강낭콩과 설탕을 잔뜩 넣고 베이컨 조각들을 얹어 굽기도 했다. 티 케이크가 이 요리를 어찌나 좋아하는지 주중에 두세 번 먹어놓고도 일요일이면 또 콩을 굽게 했다. 제이니는 디저트도 늘 준비했다. 티 케이크가 남자는 디저트를 먹을 때 피로가 스르르 풀린다고 했기 때문이다. 가끔은 방 두 개짜리 집을 다 정리해놓은 뒤 소총을 들고 나가 티 케이크의 저녁 식사로 차릴 토끼를 사냥하기도 했다. 그가 작업복을 입은 채 가려워하거나 긁도록 내버려두지도 않았다. 집에 돌아오면 뜨거운 물 주전자가 벌써 그를 기다리고 있었다.

언제부턴가 티 케이크가 뜻밖의 시간에 불쑥 부엌문을 열고 나타나기 시작했다. 가끔은 아침과 저녁 사이에. 그러다가는 종종 2시쯤 집에 와서 30분 정도 장난치며 놀다가 다시 몰래 일터로 돌아가곤 했다. 하루는 제이니가 티 케이크에게 물었다.

"티 케이크, 다른 사람들은 아직 일하는 시간에 당신은 숙소에 돌아와서 뭘 하는 거야?"

"당신이 잘 있나 보러 오는 거야. 나 없는 사이에 귀신이 채 갈까 봐."

"눈을 씻고 봐도 귀신 같은 건 없어. 그냥 내가 당신 대접을 제대로 못 해준다고 생각해서 감시하는 거겠지."

"아냐, 아냐, 제이니. 내가 당신 잘하는 거 모를까 봐. 하지만 당신이 그런 생각을 하니까 말인데, 내 진짜 솔직하게 말할게. 제이니, 당신 없이 온종일 밖에 있으려니 외로워서 그래. 이제부턴 당신도 다른 여자들처럼 일자리를 얻어서 밖에 나가 일하는 게 좋을 것 같아. 그럼 나도 집에 오느라 시간 낭비 안 할 테고."

"티 케이크, 당신 정말 너무 엉뚱해! 그렇게 잠깐도 못 떨어져 있다니."

"잠깐이 아니야. 거의 온종일이라고."

다음 날 아침 제이니는 티 케이크를 따라 콩을 따러 갈 준비를 했다. 제이니가 바구니를 들고 일터에 나오자 웅성거리는 소리가 나지막이 퍼져 나갔다. 제이니는 이미 습지에서 특별한 사람이 되어가고 있었다. 사람들은 제이니가 자기는 너무 잘나서 다른 여자들처럼 일할 수 없다고 생각하며 '그렇게 생각하도록 바람을 넣은' 사람은 티 케이크일 거라고 짐작했다. 하지만 온종일 다른 사람들과 농장주 모르게 장난치고 놀며 제이니는 금세 인기를 얻었다. 가끔은 온 들판 일꾼들이 장난에 합세했다. 그러면 티 케이크는 나중에 저녁 준비를 돕곤 했다.

"내가 당신을 책임지지 않으려 한다고 생각하는 거 아니지, 제이니? 나가서 같이 일하자고 했다고 말이야." 들일을 시작하고 첫 일주일이 지났을 때 티 케이크가 물었다.

"아냐, 여보. 난 일하는 게 좋아. 이 숙소에 온종일 앉아 있는 것보다 훨씬 좋아. 예전에 상점에서 일하는 건 힘들었어. 하지만 여기서는 간단하잖아. 그냥 우리 일을 하고 집에 와서 사랑하기만 하면 되니까."

매일 밤 집에는 사람들이 가득 모였다. 그러니까, 현관 계단 주변이 만원이었다. 어떤 사람들은 티 케이크의 기타 연주를 들으러 왔고, 또 어떤 사람들은 이야기를 나누러 왔지만, 대부분은 이미 벌어졌거나 곧 벌어질지도 모를 도박판에 끼려고 왔다. 때로 티 케이크는 돈을 왕창 잃기도 했다. 호수 부근에 실력 좋은 도박꾼들이 몇몇 있었기 때문이다. 때로는 돈을 따서 제이니가 그의 기술을 자랑스레 여기도록 해 주었다. 여하튼 술집 두 군데를 제외하면 그 일터의 모든 것이 두 사람 중심으로 돌아갔다.

때로 제이니는 커다란 하얀 집과 상점에서 지내던 예전을 돌이켜보며 홀로 웃음 짓곤 했다. 이턴빌 사람들이 지금 남색 데님 작업복에 무거운 장화 차림의 제이니를 본다면 뭐라고 할까? 제이니를 둘러싼 수많은 사람과 제이니 집에서 벌어지는 주사위 도박판을 본다면! 그곳에 남은 친구들을 생각하면 안쓰러운 마음이 들었지만, 그 외의 사람들은 경멸스러웠다. 이턴빌의 상점 포치에서 그랬던 것처럼 여기서도 사람들은 떠들썩하게 논쟁을 벌였다. 다만 여기서는 제이니도 이야기를 듣고 웃을 수 있었고, 원한다면 직접 의견을 말할 수도 있었다. 그러다 보니 이제는 다른 사람들 이야기를 듣고 대단한 이야기들을 만들어낼 수도 있었다. 남자들은 도박판에서 극단적으로 '짖어'대고 '허풍'을 떨곤 했다. 제이니가 즐거워했고, 본인들도 그러면서 재미있었기 때문이다. 하지만 아무리 거친 말이 오가도 화내는 사람은 거의 없었다. 다 웃자고 하는 농담이었으니까. 모두 에드 도커리와 부티니, 숍드보텀의 카드놀이를 즐겨 구경했다. 어느 날 밤 에드 도커리는 패를 돌리다가 숍드보텀의 카드를 슬쩍 보고는 숍이 승리를 자신하고 있다는 것을 알았다. 에드가 소리쳤다. "내 저 허약한 달걀 같은 패들을 다 깨뜨려주겠어." 숍이 말했다. "네 산가지(카드 게임 점수를 매기는 막대-옮긴이)는 땅에 심기나 해." 부티니가 물었다. "뭘 할 작정인데? 해, 하라고!" 모두 다음 카드가 떨어지는 것을 유심히 지켜보았다. 에드는 카드를 넘길 준비를 했다. "지옥을 싹쓸이하고는 빗자루도 태워버릴 거야." 그러면서 1달러를 더 꺼내 탁 하고 내려놓았다. "너무 무리하지 마, 에드." 부티니가 깐죽대며 말했다. "얼굴이 심하게 노래졌는데." 에드가 카드 귀퉁이를 잡았다. 숍이 1달러를 휙 떨어뜨렸다. "관에다 총질 좀 할게. 장례식이 얼마나 슬퍼지건, 그건 내 알 바 아니지." 에드가 말했다. "다들 봤지? 이 자식이 지옥행을 자청하는구먼." 티 케이크가 돈을 걸지 말라고 숍을 쿡 찔렀다. "조심하지 않으면 총알 세례를 받게 될걸." 숍이 말했다. "어휴, 저 곰 같은 인간은 곱슬머리 빼곤 가진 게 없어. 나는 진흙탕을 뚫고 마른 바닥도 볼 수 있다고." 에드가 카드를 뒤집고는 투덜댔다. "자카라이어(주케이어스Zacchaeus의 오칭. 누가복음에 등장하는 여리고의 세리장 삭개오를 가리키는 말. 예수가 여리고를 지날 때 키가 작은 삭개오는 예수를 보려고 돌무화과나무 위로 올라갔다가 예수의 부름을 받고 내려와 구원을 받았다-옮긴이), 내 말하노니 그 돌무화과나무에서 내려오라. 넌 아무것도 할 수 없다." 그 카드로는 아무도 죽지 않았다. 모두 다음 카드를 두려워하며 기다렸다. 주위를 둘러보던 에드는 자기 의자 뒤에 서 있는 게이브를 보고 소리쳤다.

"저리 비켜, 나한테서 떨어지라고, 게이브! 네가 너무 새 까매서 열을 다 끌어모으잖아! 숍, 아직 기회가 있을 때 그 판돈 거두는 게 어때?"

"무슨 소리. 거두기는커녕 다리가 천 개 있다면 그걸로 꾹 누르고 싶은걸."

"그래, 내 말 안 듣겠다 이거지? 멍청한 검둥이들에게는 공짜 수업이 필요하다니까. 내 자넬 거둬서 한 수 가르쳐주 지. 난 큰길로만 갈 거야. 샛길로 새지 않고."

에드가 다음 카드를 뒤집었다. 결국 숍은 져서 돈을 잃 었다. 모두 소리를 지르며 박장대소했다. 에드가 껄껄대며 말했다. "습지를 떠나라! 넌 아무것도 아니야. 그게 다야! 펄 펄 끓는 물도 지금은 도움이 안 될걸." 에드는 웃음을 멈출 수가 없었다. 사실 너무 겁이 났기 때문이다. "숍, 부티니, 내 게 돈을 따게 해준 모든 분들. 난 이 돈을 당장 시어스로벅 백 화점으로 보내 옷을 살 거야. 이러다 크리스마스에는 옷을 너무 껴입어서 질식 일보 직전이라는 진단을 받게 될지도 모 르겠군."

15

제이니는 질투가 어떤 심정인지 알게 됐다. 땅딸막한 여자애 하나가 들에서도 숙소에서도 티 케이크에게 수작을 걸기 시작했다. 그 애는 티 케이크가 뭐라고 하기만 하면, 그 말에 반대하며 그를 때리거나 밀어낸 다음 달아나서 자기를 쫓아오게 만들곤 했다. 제이니는 그 속셈을 알았다. 사람들 없는 곳으로 티 케이크를 꾀어내려는 게 분명했다. 그런 일이 두세 주 계속되면서 넌키의 행동은 점점 더 대담해졌다. 넌키는 티 케이크를 장난스레 때려놓고는 티 케이크가 손가락으로 건드리기만 해도 그의 품 안으로 쓰러지거나 땅바닥에 넘어졌다. 몸도 거의 가누지 못해서 직접 부축을 해서 일으켜 세워줘야 했다. 게다가 티 케이크는 제이니가 응당 기대하는 만큼 신속하게 넌키를 물리치지 못했다. 제이니는 조금 짜증이 나기 시작했다. 조그만 두려움의 씨앗이 점점 한 그루 나무로 자라났다. 언젠가는 티 케이크도 마음이 약해질지 모른다. 어쩌면 그가 벌써 은밀히 부추겼고, 넌키는 이런 식으로 그와의 관계를 과시하는 것일지도 모른다. 다른 사람들도 뭔가 눈치채기 시작했고, 그 때문에 제이니는 더욱 불안해졌다.

어느 날 두 사람이 콩밭과 사탕수수밭이 만나는 지점에서 작업하던 때였다. 제이니는 다른 여자와 수다를 떨며 티 케이크보다 조금 앞서갔다. 그러다 문득 뒤를 돌아보니 티 케이크가 없었다. 넌키도 보이지 않았다. 눈으로 확인한 제이니는 뭔가를 직감했다.

"티 케이크 어딨어요?" 제이니가 숩드보텀에게 물었다.

그는 사탕수수밭 쪽으로 손을 흔들고는 허둥지둥 사라졌다. 제이니는 아무것도 생각하지 않았다. 그저 느낌에 따라 행동했다. 사탕수수밭으로 뛰어들어갔고 다섯 번째 열 근처에 다다르자 버둥대며 몸싸움을 벌이는 티 케이크와 넌키가 보였다. 두 사람이 알아채기도 전에 제이니가 현장을 덮쳤다.

"이게 무슨 짓이야?" 제이니가 얼음장처럼 싸늘하게 물었다. 두 사람이 화들짝 떨어졌다.

"아무것도 아냐." 티 케이크가 창피하다는 표정으로 말했다.

"그럼, 여기서 뭘 하고 있었는데? 왜 다른 사람들이랑 같이 저기 안 있는 거야?"

"넌키가 내 셔츠 주머니에서 전표를 채 갔어. 그래서 그걸 돌려받으러 온 거야." 티 케이크가 몸싸움 와중에 너덜너덜해진 전표를 보여주며 설명했다.

제이니가 넌키를 잡으려 하자 넌키는 줄행랑을 쳤다. 구부러진 사탕수수 열들을 넘어가며 그 뒤를 쫓았지만, 넌키는 결코 잡히지 않았다. 결국 제이니는 그대로 집으로 갔다. 들판도, 다른 행복한 사람들의 모습도 차마 볼 수가 없었기에 생각에 잠긴 채 느릿느릿 숙소로 걸어갔다. 얼마 지나지 않아 집에 돌아와 제이니를 발견한 티 케이크가 말을 붙이려 했다. 제이니는 그 말을 자르고 티 케이크에게 한 방 날렸고, 두 사람은 이 방에서 저 방으로 옮겨가며 싸움을 벌였다. 제이니는 티 케이크를 때리려 했지만, 그는 제이니의 손목을 꽉 잡아서 제이니가 지나친 행동을 하지 못하도록 최대한 막았다.

"당신 그 애랑 바람피우는 거지?" 제이니가 분노로 씩씩거리며 말했다.

"그런 일 없어!" 티 케이크가 반박했다.

"틀림없어."

"이러니 말도 안 되는 황당한 거짓말이 돌아다니는 거

지. 누군가는 믿는 법이니까!"

싸움은 계속됐다. "아까는 내 심장을 난도질해놓더니 이젠 거짓말로 내 귀를 멍들게 해? 이 손 놔!" 제이니는 분노로 끓어올랐다. 하지만 티 케이크는 절대 손을 놓지 않았다. 그들은 분노와 땀으로 범벅이 된 채 뒤엉켜 싸웠다. 옷이 다 찢겨나갔다. 티 케이크는 제이니를 바닥에 쓰러뜨리고 꽉 껴안아 제이니의 저항을 제 몸의 열기로 녹였다. 말로 표현할 수 없는 것을 몸으로 표현하고 키스했다. 마침내 제이니도 활처럼 몸을 구부려 그를 받아들였고, 두 사람은 탈진해서 달콤한 기분에 젖어 잠이 들었다.

다음 날 아침 제이니가 얌전하게 물었다. "당신 아직도 넌키를 사랑해?"

"아니, 그런 적 없어. 당신도 알잖아. 걔한테 관심 없어."

"아냐, 당신 그랬어." 이 말을 한 건 티 케이크의 말을 믿지 않아서가 아니었다. 사실이 아니라는 말을 듣고 싶었다. 쓰러진 넌키를 굽어보며 승리의 포효를 외쳐야만 했다.

"당신이 옆에 있는데 그런 땅딸막한 애랑 뭘 하겠어? 부엌 난로 옆 구석에 앉혀놓고 머리 위에서 장작이나 패면 모를까, 아무짝에도 쓸모가 없어. 당신은 남자가 나이 드는 것도, 죽는 것도 잊어버리게 하는 대단한 여자야."

16

수확철이 끝났고, 사람들은 올 때처럼 떼를 지어 떠났다. 티 케이크와 제이니는 습지에서 한 철 더 남기로 했다. 다음 가을에 농장주들에게 팔 말린 콩을 모아 몇 리터 저장해두고 나자 할 일이 없었다. 그래서 제이니는 주변을 돌아보며 수확철에는 제대로 보지 못했던 사람과 사물들을 살펴보기 시작했다.

예를 들어, 여름에는 바하마 드러머들이 미묘하면서도 강렬한 리듬으로 치는 드럼 소리를 듣고 그쪽으로 가 춤을 구경하곤 했다. 수확철에 사람들이 '쏘'(saw, 바하마인을 지칭하는 말-옮긴이)를 조롱하고 비웃는 소리를 들었지만, 제이니는 그러지 않았다. 그 음악이 몹시 마음에 들었던 제이니와 티 케이크는 사람들의 놀림을 받을 정도로 밤마다 거기 갔다.

이 무렵 터너 부인도 알게 됐다. 수확철에 몇 번 보기는 했지만 한 번도 이야기를 나눈 적은 없는 사람이었다. 이제 두 사람은 집을 왕래하는 친구 사이가 됐다.

터너 부인은 출산 직후 초유처럼 누르스름한 피부색을 가진 여자였다. 어깨는 동그스름했고, 골반을 무척 의식하는 듯 항상 앞으로 쑥 내밀고 다녔다. 티 케이크는 터너 부인 몰래 그 체형을 수없이 놀려댔다. 소가 뒤에서 걷어찬 것 같은 몸매라는 것이다. 다리미판 위에 물건들을 막 던져 올려놓은 것 같다고도 했다. 그러고는 아까 그 소가 아기 때 입도 밟고 가는 바람에 입이 크고 납작해진 데다가 턱과 코가 거의 맞닿을 지경이 된 거라고 주장했다.

하지만 터너 부인 본인은 자신의 몸매와 이목구비에 전적으로 만족했다. 살짝 뾰족한 코끝은 자랑스러웠고, 얇은 입술은 언제 봐도 매력적이었다. 얕은 부조처럼 납작한 엉덩이조차 긍지의 원천이었다. 부인이 보기에 이 모든 것들은 다른 검둥이와 자신을 구분시켜주는 특징이었다. 바로 그런 이유로 부인은 제이니와 친해지고 싶었다. 제이니가 들판에서 일하는 다른 아낙네들처럼 작업복을 입고 돌아다니는 것도 밀크커피 같은 피부와 풍성한 머리카락을 봐서 용서했다. 티 케이크처럼 새까만 남자와 결혼한 것은 용서할 수 없었지만, 그 점은 자기가 개선해줄 수 있다고 생각했다. 그게 바로 자신의 남동생이 태어난 이유였다. 부인은 티 케이크가 집에 있을 때는 오래 머무는 법이 거의 없었지만, 어쩌다 제이니가 혼자 있을 때면 몇 시간이고 죽치고 앉아 수다를 떨곤 했다. 부인이 싫어하는 화제는 검둥이였다.

"우즈 부인, 이건 우리 남편한테도 자주 하는 이야기지만, 난 자기 같은 숙녀가 저런 천한 검둥이들이 집 주변을 얼쩡대는 걸 도대체 어떻게 참고 지내는지 이해가 안 돼."

"그건 전혀 신경 쓰지 않아요, 터너 부인. 사실 전 그 사람들 이야기 듣는 게 재미있어요."

"자긴 나보다 비위가 좋네. 누가 우리 남편한테 여기 와서 식당을 차리자고 했을 때만 해도 난 이렇게 오만 가지 흑인들이 한자리에 모여 있으리라고는 꿈에도 생각 못 했어. 그럼 절대 안 왔을 거야. 난 흑인들과 어울리는 데 익숙하지 않거든. 우리 아들 말로, 흑인들은 벼락을 불러들인대." 그들은 호호호 웃었다. 그런 이야기를 한참 하다 터너 부인이 말했다. "결혼 당시에는 자기 신랑이 재산깨나 있었나 봐."

"왜 그렇게 생각하세요, 터너 부인?"

"자기 같은 여자를 잡았으니까. 자긴 나보다 비위가 좋아. 난 흑인이랑 결혼하는 건 상상조차 할 수 없어. 이미 흑인들이 너무 많아. 우리가 인종을 더 밝게 만들어야 해."

"아니에요. 우리 남편한텐 저 말고 아무것도 없었어요. 부인도 겪어보면 금방 좋아하실 거예요. 전 그이를 사랑해요.”

“세상에 왜, 우즈 부인! 믿기지가 않아. 자긴 뭔가에 홀린 거야, 그렇고말고.”

“아니에요, 정말이에요. 만약 그이가 떠난다면 전 못 살아요. 뭘 해야 할지 모를 거예요. 그이는 아주 작은 것들만 가지고도 따분한 시간을 여름날처럼 즐겁게 만들어주는 사람이에요. 그렇게 그이가 만들어준 행복의 기억으로 살다 보면 더 큰 행복이 찾아오는 거죠.”

“자기는 나랑 다르네. 난 새까만 검둥이들은 딱 질색이야. 난 백인들이 검둥이들 싫어한다고 뭐라 안 해. 나부터가 못 참겠는데, 뭐. 또 있어. 나나 자기 같은 사람들이 그런 인간들이랑 섞이는 것도 싫어. 우린 급이 다르니까.”

“그럴 수야 없죠. 우린 다 뒤섞인 사람들이잖아요. 혼혈뿐만 아니라 흑인들도 우리 동족이에요. 부인은 왜 그렇게 흑인을 싫어하세요?”

“그치들은 너무 피곤해. 맨날 웃고 다니잖아! 너무 많이 웃고 너무 시끄럽게 웃어. 맨날 옛 흑인 노래나 부르고! 맨날 백인들 앞에서 바보 짓거리나 하고. 흑인들이 이렇게 많지만 않았어도 인종 문제라는 건 있지도 않을 거야. 백인들은 우릴 자기들 무리에 끼워줄 거야. 흑인들이 가로막지만 않는다면.”

"그렇게 생각해요? 물론 전 그런 문제를 심각하게 생각해보지 않았어요. 그래도 제 생각에 백인들은 우릴 끼워줄 생각조차 없을 거예요. 우린 너무 가난하잖아요."

"가난이 문제가 아니야. 피부색과 생김새가 문제라고. 누가 유모차에 흑인 아기를 태우고 싶겠어? 버터 우유에 빠진 파리 꼴로 보일 텐데. 누가 촌스러운 흑인 남자랑, 또 요란한 색색의 옷을 입고 길거리를 쏘다니면서 별것도 아닌 일로 야단법석을 떨고 소리 지르고 깔깔대는 흑인 여자들이랑 섞이고 싶겠어? 난 모르겠네. 내가 병이 들어도 검둥이 의사는 데려오지 마. 난 자식 여섯을 뒀어도, 물론 불행히도 기른 건 그중 하나밖에 없지만, 검둥이한테는 맥 한번 짚게 한 적 없는 사람이야. 내 돈을 가져간 건 늘 백인 의사들이었지. 검둥이 가게에 가서는 물건도 안 사. 유색인은 장사를 쥐뿔도 모르니까. 주여, 저를 구하소서!"

터너 부인은 거의 광신도처럼 열렬하게 소리를 질러댔다. 제이니는 말문이 막혀 당황하다가 공감하는 척 혀만 끌끌 차면서 뭐라고 대답해야 할지 몰라 고민했다. 터너 부인은 흑인들을 자신에 대한 모욕으로 여기는 게 분명했다.

"날 좀 봐! 내 코는 납작하지 않고 입술은 두껍고 거무튀튀하지도 않잖아. 난 이목구비 또렷한 여자라고. 그런데도 다른 검둥이들이랑 한 덩어리로 취급당하다니. 이건 억울해.

231

사람들이 우릴 백인에다 끼워주지 않는다면 적어도 우리만 따로 분류해줘야 해."

"전 그런 건 전혀 신경 쓰이지 않는데요. 아마 저한텐 생각머리가 없나 봐요."

"자긴 내 남동생을 꼭 만나봐야 해. 걘 진짜 똑똑하거든. 머리카락도 완전 직모야. 주일학교 총회에 파견돼서 부커 T. 워싱턴(세기 전환기의 흑인 지도자이자 교육자—옮긴이)에 관한 논문도 발표했는데, 그 인간을 아주 갈기갈기 찢어발겼지!"

"부커 T요? 그 사람 굉장한 위인 아니에요?"

"그렇게들 말하지. 하지만 그 인간이 한 일이라고는 백인들 장단에 춤춘 것뿐이야. 그러니까 그렇게 치켜세워줬지. 하지만 옛말에도 있잖아. '원숭이가 높이 오를수록 엉덩이만 더 잘 보인다.' 부커 T. 워싱턴이 딱 그런 경우거든. 내 동생은 연설 기회가 있을 때마다 그 작자를 두들겨 패고 있어."

"전 그 사람이 아주 위대한 사람이라고 듣고 자랐는데." 제이니는 겨우 그렇게만 말했다.

"그 인간은 우리 발전을 막기만 했어. 일 빼곤 아무것도 못 해본 사람들한테 일 타령이나 하고 말이야. 그자는 우리의 적이었어. 바로 그거야. 백인들의 검둥이였지."

제이니가 배운 바에 의하면 이것은 신성모독이었다. 제이니는 입을 꾹 다물고 앉아 있었다. 하지만 터너 부인은 거기서 멈추지 않았다.

"동생한테 여기 내려와서 좀 있다 가라고 편지를 보내놨
거든. 요즘은 일을 쉬는 중이라서. 자기가 내 동생이랑 특별
히 만나보면 좋겠어. 자기가 결혼만 안 했으면 정말 멋진 한
쌍이 될 수 있을 텐데. 내 동생은 솜씨 좋은 목수야. 일거리만
있다면."

"네, 그럴지도 모르죠. 하지만 전 지금 **결혼한** 상태니까
그런 생각은 할 필요 없어요."

그러고도 터너 부인은 본인이나 아들, 남동생이 가진 여
러 가지 견해들을 아주 단호하게 피력하고 나서야 겨우 자리
에서 일어났다. 제이니에게 언제든 자기 집에 들르라고 신신
당부했지만, 티 케이크의 이름은 단 한 번도 언급하지 않았
다. 마침내 부인이 떠나자, 제이니는 저녁을 지으러 서둘러
부엌에 들어갔다. 거기에 티 케이크가 두 손으로 머리를 감
싸 쥔 채 앉아 있었다.

"티 케이크! 집에 와 있는 줄 몰랐어."

"알아, 한참 전에 와서 저 암소 같은 여편네가 날 개처
럼 깔아뭉개는 소리를 다 들었어. 당신을 나한테서 데려가
려고."

"그런 속셈이었던 거야? 난 몰랐네."

"당연히 그거지. 쥐뿔도 능력 없는 남동생을 당신이랑

엮어서 당신이 건사하게 만들려고."

"맙소사! 그런 속셈이라면 완전 헛다리 짚었네. 당신만으로도 바빠죽겠는걸."

"고마워, 부인. 그 여편네 정말 끔찍하게 싫어. 우리 집에 얼씬도 못 하게 해. 백인 같은 그 생김새! 머랭색 피부, 99와 100이 나란히 붙듯이 머리통에 착 달라붙은 머리카락! 다 꼴보기 싫어! 흑인들이 그렇게 싫다면, 자기네 식당에서 우리 돈도 받지 말아야지. 사람들한테 전해야겠어. 우린 저쪽 백인 식당에 가도 잘 대접받을 수 있어. 그 여편네랑 그 매가리 없는 남편도 싫고, 그 집구석 아들도 싫어! 그놈은 그냥 그 여편네 자궁이 더러운 사기를 쳐서 내놓은 물건이야. 그 남편한테 여편네 좀 집에 붙들어 매어 놓으라고 말할 거야. 이 집에 얼쩡대는 꼴 다시는 안 보고 싶어."

어느 날 티 케이크는 길에서 터너 부자를 만났다. 터너는 뭔가 시들시들 사라져가는 사람처럼 보였다. 예전에는 하나하나 눈에 띄던 부분들이 있었는데 지금은 가진 모든 것들이 작고 희미해지는 것 같았다. 사포로 갈아서 길쭉한 타원형 덩어리가 되어버린 듯했다. 티 케이크는 왠지 모르게 터너가 불쌍했다. 그래서 작정했던 모욕적인 말들은 하지 않았다. 그래도 할 말을 다 참을 수는 없었다. 다음 수확철에 관한 이야기를 잠시 나눈 다음, 티 케이크가 말했다. "부인께서 하실 만한 소일거리가 없나 봐요. 우리 집에 자주 오시거든요. 제 집사람은 너무 바빠서 남의 집에 가지도 못하고 집에 오는 사람들이랑 이야기할 시간도 없는데."

"우리 집사람은 자기가 하고 싶은 건 어떻게든 시간을 내서 해. 그런 쪽으론 정말 황소고집이라니까. 정말로." 그가 피식거리며 웃었다. "이젠 애들 때문에 매여 있을 필요도 없으니 나가고 싶을 때 나가는 거지."

"애들요?" 티 케이크가 놀라서 물었다. "이 친구 밑에 동생들이 있어요?" 그는 스무 살 남짓 되어 보이는 그 집 아들을 가리켰다. "다른 애들은 본 적이 없는데."

"그럴 걸세. 얘가 태어나기도 전에 다 죽었으니까. 정말 자식 복이 없었지. 그래도 다행히 얘는 키웠어. 다 소진된 자연의 마지막 한 방이랄까."

그가 다시 한번 기운 없이 피식 웃자, 티 케이크와 아들도 따라 웃었다. 그런 다음 티 케이크는 그들과 헤어져 집으로 돌아왔다.

"그 집 남편은 그 짜증 나는 여자를 어떻게 할 능력이 없어. 그 여자가 여기 와서 얼쩡거리면 그냥 당신이 차갑게 대하는 수밖에 없겠어."

제이니는 그러려고 했지만, 터너 부인은 대놓고 말하지 않고서야 완전히 단념시킬 도리가 없는 여자였다. 부인은 제이니와 어울리는 것을 영예로 여겼고, 이를 유지하려고 냉대받은 일은 금세 용서하고 잊어버렸다. 부인의 기준에서 자기보다 더 백인처럼 생긴 사람은 누구든 자기보다 나은 사람이었고, 따라서 가끔은 자기에게 잔인하게 굴어도 됐다. 부인이 자기보다 피부가 검은 흑인들에게 그 검은 정도에 정확하게 비례해서 잔인하게 굴어도 된다고 생각하듯. 그것은 닭장의 위계질서 같은 것이었다. 채찍질해도 되는 사람들에게는 비정하고 잔인하게 굴고, 그럴 수 없는 사람들에게는 납작 기며 복종하는 것. 일단 우상을 정하고 제단을 만든 이상, 우상을 모시고 숭배하는 것은 당연했다. 모든 신실한 숭배자들이 그러하듯이, 부인 또한 자기가 모시는 신의 모순과 잔인함을 당연하게 받아들여야 했다. 공경받는 신들은 모두 잔인하다. 모든 신은 이유 없이 고통을 나누어준다. 그렇지 않으면 숭배받지 못할 것이다. 무차별적인 고통을 통해 인간은 두려움을 알게 되며, 두려움은 가장 신성한 감정이다. 그것이 제단을 이루는 돌이며 지혜의 시작이다. 어중간한 신들은 와인과 꽃으로 숭배받는다. 하지만 진정한 신들은 피를 요구한다.

터너 부인 또한 다른 신자들과 마찬가지로 도달할 수 없는 것, 즉 모두가 백인의 특징을 갖는 것을 숭배하는 제단을 쌓았다. 신이 아무리 부인을 후려치고 절벽에서 내던지고 사막에 내버려도 부인은 제단을 저버리지 않을 것이다. 그 조잡한 언어의 이면에는 경배를 통해 자신과 다른 사람들이 어떻게든 낙원에 도달할 수 있으리라는 믿음이 자리했다. 곧은 머리카락에 얇은 입술, 높은 콧대를 가진 백인 천사들의 천국 말이다. 물리적으로 불가능한 일이었지만 부인의 믿음은 끄떡없었다. 그것이 신비였고, 신비는 신이 해야 할 일이니까. 그 믿음 너머에는 자기 신의 제단을 지키겠다는 광신이 있었다. 내면의 사원에서 나왔을 때 그 문 앞에서 흑인 신성모독자들이 배를 잡고 웃어대는 꼴을 보는 것은 괴로운 일이었다. 아, 군대가 있다면, 군기와 칼로 무장한 무시무시한 군대가 있다면! 그러므로 부인은 제이니 우즈라는 여자에 집착하는 게 아니었다. 부인은 제이니가 가진 백인종의 특성을 숭배했다. 제이니와 함께 있을 때면, 마치 자신의 피부도 더 하얘지고 머리카락도 더 곧게 펴지는 듯한 변화가 느껴졌다. 터너 부인은 첫째, 이 신성을 모독하고, 둘째, 티 나게 자신을 조롱하는 티 케이크를 증오했다. 거기에 대처할 수 있다면 얼마나 좋을까! 하지만 방법을 몰랐다. 한번은 술집에서 사람들이 벌이는 행태에 관해 불평을 하는데, 티 케이크가 말을 잘랐다. "거, 하나님을 그렇게 우습게 만들면 안 되죠. 하나님이 만드신 모든 걸 다 타박하면 어떡합니까."

그래서 터너 부인은 대개 얼굴을 찌푸리고 있었다. 마음에 안 드는 게 너무 많았다. 그래도 티 케이크와 제이니는 그걸 그다지 신경 쓰지 않았다. 두 사람에게는 그저 모든 게 따분한 습지의 여름날 이야깃거리일 뿐이었다. 둘은 기분 전환 삼아 팜비치나 포트마이어스, 포트로더데일로 짧은 여행을 가기도 했다. 그러는 사이 어느덧 태양은 서늘해졌고 사람들이 다시 습지로 몰려들기 시작했다.

17

예전에 왔던 일꾼들 중 대다수가 다시 돌아왔다. 하지만 새로운 얼굴도 많았다. 그중 일부는 제이니에게 수작을 걸었고, 상황을 모르는 여자들은 티 케이크를 쫓아다녔다. 결국 머지않아 다들 정신을 차렸지만 가끔은 두 사람 모두 질투심에 휩싸였다. 터너 부인이 남동생을 소개해주겠다며 데리고 오자, 티 케이크는 완전히 돌아버렸다. 그 주가 다 지나기 전, 그는 제이니를 때렸다. 제이니가 질투를 살 만한 행동을 해서가 아니라, 제이니를 때려야만 마음속 끔찍한 두려움을 덜어낼 수 있었기 때문이다. 티 케이크는 제이니를 때릴 수 있기에 제이니가 자기의 소유물이라고 생각하며 안도감을 느꼈다. 절대 무자비한 폭행은 아니었다. 그저 자기가 주인이라는 것을 보여주려고 몇 군데 찰싹 때렸을 뿐이다. 다음 날들에서 사람들은 모두 그 이야기를 했다. 그 일로 남녀 모두

부러움 비슷한 감정을 느꼈다. 티 케이크는 겨우 얼굴에 손찌검 두어 번 해놓고 마치 죽일 뻔하기라도 한 것처럼 굴었다. 제이니를 어루만지고 응석을 받아주는 티 케이크의 모습에서 여자들은 환상을 봤고, 티 케이크에게 무력하게 매달리는 제이니를 보며 남자들은 꿈을 꿨다.

"티 케이크, 넌 진짜 복도 많아." 숍드보텀이 말했다. "네 놈이 때린 흔적이 훤히 다 드러나더라. 제이니는 분명 대들지도 않았겠지? 여기 고집 세고 늙은 흑인 여자들이었으면 밤새도록 대들면서 싸웠을걸. 게다가 다음 날이면 언제 때렸나 싶게 흔적조차 안 남겠지. 그래서 내가 우리 마누라를 더 이상 안 패는 거야. 어디 표시가 나야 말이지. 아아! 나도 제이니처럼 말랑말랑한 여자를 한번 패보고 싶다! 제이니는 분명 비명도 안 지를 거야. 그냥 울기만 하지. 안 그래, 티 케이크?"

"맞아."

"거봐! 우리 마누라 같았으면 팜비치 카운티 전역에 다 들리게 고래고래 악을 쓸 텐데. 내 이빨을 작살내놓는 건 물론이고. 내 마누라가 어떤 여잔지 넌 몰라. 그 여잔 이빨이 아흔아홉 줄은 될 정도로 입이 큰 데다가, 성질을 건드렸다가는 엉덩이 높이까지 쌓인 바윗덩어리도 깨고 지나갈 여자라고."

240

"우리 제이니는 고상하고 세상 이치도 잘 알아. 길바닥에서 만난 여자가 아니거든. 크고 좋은 집에 살던 걸 내가 데리고 왔어. 지금도 은행에는 여기 검둥이들을 다 사서 어디다 줘버리고도 남을 돈이 있지."

"세상에나! 그런 여자가 다른 사람들처럼 여기 습지에 내려오다니!"

"제이니는 내가 원하는 데라면 어디든 가. 제이니는 그런 아내고, 그래서 그 여잘 좋아하는 거야. 이젠 제이니를 때리지 않을 거야. 어젯밤에도 때리고 싶지 않았는데, 그 터너 할망구가 남동생을 불러와서는 제이니를 나한테서 빼앗아 가려고 하잖아. 제이니가 무슨 짓을 해서 때린 건 아냐. 그 작자들한테 누가 주인인지 보여주려고 때렸지. 일전에 부엌에 앉아 있으면서 그 여편네가 내 아내한테 내가 너무 새카매서 제이니랑 급이 안 맞다고 떠들어대는 소리를 들었어. 제이니가 어떻게 나를 참고 사는지 모르겠다는 거야."

"그 집 남편한테 일러버려."

"젠장! 그 사람은 마누라한테 기면서 사는 것 같더라고."

"이빨을 다 뽑아서 목구멍에 처넣어버려."

"그랬다간 그 여자가 뭐 대단한 영향력이라도 있는 사람처럼 보일걸. 사실 그렇지도 않은데. 난 그저 통제권이 나한테 있다는 걸 보여준 거야."

"그러니까, 그 여잔 우리 돈 받아서 먹고살면서 흑인들은 싫어한다 이거지? 좋아. 2주 안에 이 동네에서 쫓아내 버리자고. 당장 사람들한테 가서 공격을 개시하자고 해야겠어."

"그 여자가 무슨 짓을 해서 화내는 건 아니야. 아직 나한테 아무 짓도 안 했으니까. 그 여자가 하는 생각 때문에 화가나는 거지. 그 여자네 가족은 여기서 떠나야 해."

"우린 네 편이야, 티 케이크. 이미 알고 있겠지만. 그 여자는 아주 똑똑해. 계획이 있어. 아마도 네 마누라가 은행에 넣어뒀다는 그 돈 이야기를 어디서 듣고는 어떻게든 자기 식구로 엮으려고 수작을 부리는 것 같아."

"숍, 내가 보기에 그 여자는 돈보다는 외모를 두 배는 더 중요하게 생각하는 사람이야. 그 여잔 피부색에 미친 여자라고. 우리가 보통 보는 사람들과는 사고방식이 달라. 뭐, 그 여자 생각이 진실도 아니고, 그 여자에 관해 이야기해봤자 재미도 없지만."

"알았어. 이런 데 있기에 자기는 너무 똑똑하다 이거지? 우릴 그냥 바보 검둥이로 보고 우리 머리 위에 있을 수 있다고 생각하나 본데, 천만의 말씀. 고집부리다 죽어보라고."

전표를 현금으로 바꿀 수 있는 토요일 오후가 되자 다들 밀주를 마시고 취하기 시작했다. 해 질 녘, 벨글레이드는 비틀거리며 시끄럽게 떠들어대는 남자들로 북새통을 이뤘다. 취한 여자들도 많았다. 경찰서장은 날렵한 포드 자동차를 타고 이 술집에서 저 술집으로, 또 식당으로 분주히 움직이며 질서를 잡으려 애썼지만, 사람들을 체포하는 경우는 거의 없었다. 어차피 주정뱅이들을 몽땅 가둘 만큼 감옥이 많지도 않은데, 굳이 몇 사람을 더 잡아넣어야 하나? 서장이 할 수 있는 일이라고는 싸움을 말리고 9시쯤 백인들을 흑인 구역에서 내보내는 것뿐이었다. 그중 제일 고주망태가 된 사람은 딕 스터렛과 쿠더메이 같았다. 술은 두 사람에게 여기저기 다니면서 사람들을 밀치고 떠밀고 고래고래 소리를 지르라고 명령했고, 둘은 이를 그대로 실행했다.

한참 후 그들이 터너 부인의 식당에 도착했을 때, 그곳은 이미 입추의 여지가 없었다. 티 케이크와 스튜 비프, 숍드 보텀, 부티니, 모터 보트, 그 외 낯익은 얼굴들이 모두 거기 모여 있었다. 쿠더메이가 깜짝 놀랐다는 듯이 허리를 꼿꼿이 세우며 물었다. "아니, 다들 여기서 뭐 하는 거야?"

"밥 먹지." 스튜 비프가 말했다. "비프 스튜가 있으니, 당연히 내가 여기 있어야지."

"가끔은 마누라들이 해주는 음식에서 좀 벗어나고 싶어서 오늘은 다 같이 외식하는 거야. 어쨌거나 터너 부인 음식이 이 동네에서 최고잖아."

식당에서 왔다 갔다 하던 터너 부인이 숍의 말을 듣고 환히 미소 지었다.

"거기 마지막으로 들어온 두 사람은 자리가 날 때까지 좀 기다려야겠어. 지금은 자리가 다 차서."

"괜찮아요." 스터렛이 말했다. "생선튀김이나 해줘요. 서서 먹을 수 있으니까. 커피도 한잔 주시고."

"나한테도 저 스튜 비프 한 접시랑 커피 좀 던져줘요, 부인. 스터렛이나 나나 비슷하게 취했으니, 이 친구가 서서 먹을 수 있으면 나도 똑같이 할 수 있지." 쿠더메이가 비틀거리며 벽에 기대자 다들 웃음을 터뜨렸다.

터너 부인을 도와 서빙을 하는 종업원 여자가 곧 주문한 음식을 내왔고, 스터렛은 손에 생선과 커피를 들고 거기 섰다. 하지만 쿠더메이는 쟁반에 놓인 음식을 가져가려 하지 않았다.

"아니, 그냥 좀 들고 있어봐, 아가씨. 나 좀 먹게." 그가 종업원에게 말했다. 그러더니 포크를 들고 쟁반 위 음식을 먹기 시작했다.

"손님 얼굴 앞에 음식을 받쳐주고 있을 시간이 어디 있어요?" 종업원이 쿠더메이에게 말했다. "자요, 직접 들어요."

"아가씨 말이 맞아." 쿠더메이가 말했다. "그거 이리 줘봐. 숍이 자기 자리를 내주겠지."

"말도 안 되는 소리." 숍이 반박했다. "난 아직 덜 먹었어. 일어날 준비가 안 됐다고."

쿠더메이는 숍을 의자에서 밀어내려 했고, 숍은 버텼다. 그렇게 밀치며 엎치락뒤치락하는 와중에 커피가 숍에게 엎질러졌다. 숍은 쿠더메이를 겨냥해 커피 받침 접시를 던졌고, 접시가 부티니를 맞췄다. 부티니는 묵직한 커피잔을 쿠더메이에게 던졌다가 하마터면 스튜 비프를 맞힐 뻔했다. 그렇게 싸움판이 커져갔다. 터너 부인이 부엌에서 달려 나왔다. 그 순간 티 케이크가 일어나 쿠더메이의 멱살을 잡았다.

"다들 여기 좀 봐. 여기 와서 이렇게 소란을 피우면 안 돼. 터너 부인은 그런 꼴을 보기엔 너무 고상한 분이라고. 사실 이 습지의 그 누구보다 고상하신 분이지." 터너 부인이 티 케이크를 보며 환하게 미소 지었다.

"나도 알아. 그거야 우리 모두 알지. 하지만 부인이 얼마나 고상하건 말건 그건 내 알 바 아니야. 난 어디 좀 앉아서 먹어야겠다고. 숍도 더 이상 나한테 허세 못 부리게 해주겠어. 사내답게 덤벼보라고 해. 이거 봐, 티 케이크."

"아니, 나도 그렇겐 못 하지. 여기서 나가."

"누구 맘대로 날 내쫓는 거야?"

"나. 내가 그럴 거라고. 여기 나 안 보여? 터너 부인 같은 고상한 분을 존중하지 않는다고 해도, 나는 존경하도록 만들어주지! 자, 여기서 나가라고, 쿠더메이."

"쿠더메이한테서 손 떼지 못해?" 스터렛이 고함을 질렀다. "그놈은 내 친구라고. 우린 여기 같이 왔으니까, 내가 안 가면 그 녀석 역시 아무 데도 못 가."

"그럼, 둘 다 가버려!" 티 케이크가 소리치며 쿠더메이의 멱살을 단단히 잡았다. 도커리가 스터렛을 붙들었고, 두 사람은 온 식당 안을 휩쓸고 다니며 몸싸움을 했다. 몇 사람이 더 싸움에 합류했고, 접시와 탁자들이 부서지기 시작했다.

티 케이크가 개입해 소란꾼들을 몰아내려다가 그냥 내버려 두는 것보다 못한 상황으로 치닫는 것을 본 터너 부인은 경악했다. 부인은 뒤편 어딘가로 달려나가더니 남편을 데려와 싸움을 멈춰보려고 했다. 그는 들어와서 가게 안 상황을 쓱 보고는 저쪽 구석에 있는 의자에 웅크리고 앉아 입도 뻥긋하지 않았다. 보다 못한 부인이 아수라장을 헤치고 들어가 티 케이크의 팔을 잡았다.

"괜찮아, 티 케이크. 도와줘서 고맙지만, 이 사람들 그냥 내버려 둬."

"아니에요, 터너 부인. 저 녀석들에게 내가 있을 때 고상한 분들 댁에 몰려와 소란을 떨면 안 된다는 걸 보여줄 겁니다. 여기서 내쫓을 거예요!"

그때쯤 가게 안과 주변에는 온통 패싸움이 벌어졌다. 어쩌다 터너 부인이 넘어졌지만, 사방에서 벌어지는 싸움질에 깨진 접시, 절름발이 탁자들, 부러진 의자 다리, 깨진 창틀, 온갖 것들이 널브러진 아래에 부인이 있다는 것을 아무도 몰랐다. 싸움의 열기가 더해지면서 어디에 발을 내딛건 바닥에는 무릎 높이까지 올라온 쓰레기가 있었다. 티 케이크는 계속해서 버텼고, 결국 쿠더메이가 손을 들었다. "내가 잘못했어. 내가 잘못했다고! 다들 입바른 소리를 했는데 내가 들으려 하질 않았어. 난 아무한테도 유감없어. 그러니까 나랑 스터렛이 모두에게 한잔 살게. 퍼호키 근처에서 비커스 영감이 괜찮은 밀주를 팔거든. 가서 또 들이부어보자고." 사람들은 모두 기분 좋게 식당을 떠났다.

터너 부인이 경찰을 외쳐 부르며 바닥에서 일어났다. 이 식당 꼴을 보라! 어떻게 아무도 경찰을 부르지 않았단 말인가? 그 순간 부인은 짓밟힌 한쪽 손에서 피가 줄줄 흐르는 것을 발견했다. 소동이 벌어지는 동안 그 자리에 없었던 사람 두세 명이 문간에서 고개를 들이밀고 위로해줬지만, 그런 동정은 터너 부인의 부아를 더 돋울 뿐이었다. 부인은 가던 길이나 얼른 가라고 소리를 질렀다. 그때 부인의 눈에 저쪽 구석에서 뼈만 앙상한 긴 다리를 꼬고 앉아 담배를 피우는 남편이 들어왔다.

"당신 도대체 어떻게 된 인간이야, 터너? 이 쓰잘머리 없는 검둥이들이 여기 와서 내 식당을 다 부숴놓은 게 안 보여? 자기 마누라가 온통 짓밟히는 걸 보고도 어떻게 가만히 앉아 있을 수가 있어? 당신은 사내도 아냐. 티 케이크가 날 밀쳐 넘어뜨리는 거 봤잖아! 그래, 분명히 봤어! 그런데도 손도 까딱 안 했어."

터너는 담배 파이프를 빼고 말했다. "그래, 내가 얼마나 울화통이 치밀어 올랐는지 당신도 봤지? 티 케이크한테 다시는 내 울화통 건드리지 않도록 조심하라고 전해." 이렇게 말하고 터너는 다리를 반대 방향으로 꼬더니 다시 파이프 담배를 피웠다.

터너 부인은 다친 손이 허락하는 한 있는 힘껏 남편을 한 대 치고는 30분 동안 자기 심정을 토로했다.

"이 사달이 났을 때 내 동생이 여기 없었기에 망정이지, 안 그랬으면 걔 손에 누구 하나 죽어나갔을 거야. 우리 아들도 마찬가지고. 걔들은 사내들이니까. 우린 교양 있는 사람들이 사는 마이애미로 돌아갈 거야."

그 아들과 동생이 식당 밖에서 날카로운 경고를 받은 후 일찌감치 떠났다는 사실은 아무도 부인에게 금방 알려주지 않았다. 얼쩡거리고 있을 때가 아니었다. 그들은 서둘러 팜비치로 떠났다. 부인은 시간이 좀 지난 후에 사실을 알게 될 터였다.

월요일 아침 쿠더메이와 스터렛이 식당에 들러 죽어라 용서를 구하며 각자 5달러를 내놓았다. 그러고는 쿠더메이가 말했다. "제가 토요일 밤에 고주망태가 돼서 바보짓을 저질렀다면서요. 기억이 하나도 안 나요. 하지만 사람들 말이, 제가 술에 절 지경으로 취하면 그냥 망나니가 된다더라고요."

18

티 케이크와 제이니가 글레이즈에 온 바하마인 일꾼들과 친해진 이후로 그들, '쏘'들은 점차 미국인들과 한데 어울렸다. 걱정했던 것과는 달리 미국인 친구들이 자신들의 춤을 비웃지 않는다는 것을 알게 되자, 바하마인들은 더 이상 숨어서 춤추지 않았다. 많은 미국인이 펄쩍펄쩍 뛰는 춤을 배웠고 '쏘'들 못지않게 그 춤을 즐겼다. 그래서 그들은 밤이면 밤마다 주로 숙소와 티 케이크의 집 뒤에서 댄스파티를 벌였다. 제이니와 티 케이크는 그 모닥불 댄스파티에서 걸핏하면 밤 늦게까지 춤을 즐겼고, 그런 다음 날이면 티 케이크는 제이니가 들에 따라 나오지 못하게 했다. 그는 제이니가 쉬기를 바랐다.

그렇게 혼자 집에 있던 어느 날 오후, 제이니는 한 무리의 세미놀족이 지나가는 모습을 보았다. 남자들이 앞에서 걷고, 보따리를 짊어진 여자들이 무심하게 당나귀처럼 그 뒤를 따르고 있었다. 글레이즈에서 인디언들이 두셋씩 다니는 모습은 몇 번 봤지만, 이렇게 규모가 큰 무리는 처음이었다. 그들은 팜비치 로드를 향해 꾸준히 걸어갔다. 한 시간쯤 지났을 때 또 한 무리가 나타나 같은 방향으로 이동해 갔다. 그리고 해 지기 직전 한 무리가 더 나타났다. 이번에 제이니는 그들에게 어디로 가냐고 물어보았다. 그중 한 남자가 대답해 줬다.

"높은 땅에 갑니다. 참억새 펴요. 허리케인 옵니다."

그날 밤 모든 사람이 그 이야기를 했다. 하지만 아무도 걱정하지 않았다. 모닥불 댄스파티는 거의 새벽녘까지 계속되었다. 다음 날 더 많은 인디언들이 동쪽으로 갔다. 서두르지 않고 꾸준하게. 하늘은 여전히 파랗고 날씨는 좋았다. 콩 농사는 잘됐고 값도 좋았다. 그러니 인디언들이 아무래도, 아니 분명히, 잘못 알았을 것이다. 콩을 따서 하루에 7~8달러나 버는데 태풍이 올 수는 없는 일이다. 어쨌거나 인디언들은 멍청하다. 늘 그랬다. 스튜 비프의 역동적이고도 섬세한 북 연주와 생생하고 입체적이고 기괴한 춤과 함께 또 하룻밤이 지나갔다. 다음 날에는 인디언들이 지나가지 않았다. 날이 찌는 듯이 무더웠고, 제이니는 들일을 마치고 집으로 돌아왔다.

아무런 움직임 없는 아침이 밝았다. 바람이 대지를 떠났다. 미세한 한 줄기 바람, 옹알거리는 아기 숨결 같은 바람조차 찾아볼 수 없었다. 태양이 빛을 내비치기도 전에 이미 죽어버린 하루가 인간을 지켜보며 수풀에서 수풀로 살금살금 기어가고 있었다.

토끼 몇 마리가 서둘러 숙소를 가로질러 동쪽으로 갔다. 주머니쥐들도 살금살금 지나갔다. 그들이 가는 경로는 명확했다. 한 번에 한두 마리가 나오더니, 점점 더 많은 수가 몰려나왔다. 사람들이 들에서 돌아올 무렵에는 행렬이 끝없이 이어졌다. 여러 뱀들이 숙소를 가로질러 지나가기 시작했다. 남자들이 달려들어 몇 마리 죽였지만, 그 수가 많아 줄어든 티조차 나지 않았다. 밤사이 제이니는 사슴같이 덩치 큰 동물이 내는 콧바람 소리를 여러 번 들었다. 한번은 표범이 나지막이 우는 소리도 들렸다. 모두 동쪽으로, 동쪽으로 향했다. 그날 밤 종려나무와 바나나 나무들이 저 멀리 비구름과 대화를 시작했다. 몇몇 사람은 겁에 질려 짐을 싸서 무작정 팜비치로 떠났다. 천 마리는 되는 독수리 떼가 비행 대열을 갖추고 구름 위로 날아오르더니 내려오지 않았다.

바하마인 소년 하나가 차를 타고 티 케이크의 집 앞에 와서 소리쳐 불렀다. 티 케이크는 집 쪽을 돌아보면서 웃으며 걸어 나왔다.

"안녕, 티 케이크 아저씨."

"안녕, 리아스. 너도 떠나는구나."

"네. 아저씨랑 아줌마도 떠날 생각 있어요? 차에 남는 자리가 있는데, 아저씨랑 아줌마한테 먼저 물어본 다음에 다른 사람한테 물어보려고요."

"정말 고맙구나, 리아스. 하지만 우린 여기 그냥 있기로 했어."

"까마귀도 떠났어요."

"그건 별일 아냐. 그래도 농장주는 떠나지 않았잖아, 안 그래? 뭐, 괜찮아. 습지에선 돈벌이가 너무 잘돼. 내일이면 날이 맑아질 것 같아. 내가 너라면 안 떠날 텐데."

"삼촌이 데리러 왔거든요. 팜비치에 폭풍 경보가 내렸대요. 거기야 상황이 그렇게 나쁘지 않겠지만, 여기 습지는 지대가 너무 낮아서 저 큰 호수가 순식간에 넘칠 수도 있어요."

"에이, 아냐. 저 안에 있는 친구들도 지금 그 이야기를 하던 참이었어. 저 친구들 중에는 글레이즈에서 몇 년이나 산 사람도 있다고. 이건 그냥 잠깐 부는 바람일 뿐이야. 여기까지 다시 돌아오려면 넌 내일 하루를 몽땅 공쳐야 할걸."

"인디언들이 동쪽으로 갔잖아요. 그건 위험하다는 신호인데."

"인디언이라고 늘 잘 아는 건 아니지. 사실 인디언들은 별로 아는 게 없어. 똑똑했으면 지금도 이 나라를 차지하고 있겠지. 백인들은 아무 데도 안 갔잖아. 위험하면 백인들도 당연히 알겠지. 너도 여기 있는 게 나아. 오늘 밤 여기서 큰 댄스파티를 열 거야. 날씨가 괜찮으면."

리아스는 머뭇거리다 차에서 내리려 했지만, 삼촌이 허락하지 않았다. "내일 이 시간에는 까마귀를 따라가지 않은 걸 후회하게 될 거요." 그는 이렇게 말하며 콧방귀를 뀌고는 차를 몰고 떠났다. 리아스는 남아 있는 사람들을 향해 명랑하게 손을 흔들었다.

"혹시 이 세상에서 다시 못 보게 되면 아프리카에서 만나요."

다른 사람들도 인디언과 토끼와 뱀과 너구리들처럼 동쪽으로 서둘러 떠났다. 하지만 대부분은 둘러앉아 웃으며 날이 다시 좋아지길 기다렸다.

몇몇 남자들은 티 케이크의 집에 모여 앉아 서로 용기를 북돋웠다. 제이니는 큰 냄비 가득 콩을 굽고 스위트비스킷이라는 과자를 만들었다. 다들 그럭저럭 유쾌한 시간을 보내고 있었다.

최고의 재담꾼들이 거의 다 그 자리에 있었기 때문에 자연히 정복자 빅 존과 그의 업적에 관한 이야기가 나왔다. 빅 존이 이 세상에서 모든 위대한 업적을 이룬 다음 죽지도 않고 승천한 이야기. 그가 천국에서 기타를 연주하자 모든 천사들이 보좌를 돌고 또 돌면서 링 샤우트(흑인 노예들이 발을 구르고 손뼉을 치며 추던 종교적인 춤–옮긴이)를 췄다는 이야기. 그리고 하나님과 베드로만 제외하고 다들 여리고까지 날아갔다 돌아오는 경주를 했는데 정복자 존이 1등을 했다는 이야기. 그가 지옥에 가서 악마를 무찌르고 거기 있던 모든 사람에게 얼음물을 돌렸다는 이야기. 누군가 존이 연주한 건 하모니카였다고 우겼지만, 아무도 귀 기울이지 않았다. 아무리 하모니카를 잘 분다고 해도 하나님은 기타 소리를 더 좋아하실 것이다. 기타 이야기가 나오자 티 케이크에게 관심이 쏠렸다. 티케이크가 한 곡 연주하면 어떨까? 어, 좋은데? 어디 들어보자. 다들 기타 연주를 즐겼고, 먹 보이가 잠에서 깨어 리듬에 맞춰 노래하기 시작했다. 모두가 가사 구절마다 마지막 단어를 함께 힘주어 불렀다.

너희 엄마는 속옷을 안 **입어**
벗는 걸 내가 **봤지**
너희 엄마가 그걸 술에 **적셨어**
산타클로스에게 팔아**넘겼지**
산타가 너희 엄마에게 **그랬어**
더러운 속옷 입는 건 불법**이라고**

먹 보이가 미친 듯이 발재간을 부리며 춤을 추자 사람들이 열광했다. 춤을 끝내고 그는 다시 바닥에 앉아 잠이 들었다. 다른 사람들은 플로리다 플립과 쿤캔 게임을 했다. 그러고는 주사위 놀이를 했다. 돈내기 게임이 아니었다. 과시용 게임이었다. 다들 자신의 최고 기술을 선보였다. 언제나 그랬듯이 마지막 승부는 티 케이크와 모터 보트의 대결로 좁혀졌다. 수줍은 미소의 티 케이크, 그리고 막 교회 탑에서 나온 까만 아기 천사 같은 얼굴을 하고는 주사위를 가리지 않고 놀라운 기술을 보여주는 모터 보트. 사람들은 두 사람의 주사위 대결을 보느라 일도 날씨도 다 잊었다. 그것은 예술이었다. 매디슨 스퀘어 가든에서 한 판에 1000달러를 걸고 한다 해도 이보다 숨 막히는 긴장은 흐르지 않을 것이다. 숨죽이고 보는 사람들은 더 많겠지만.

얼마 후 누군가 바깥을 내다보더니 말했다. "날씨가 전혀 나아지지 않아. 집에 가봐야겠어." 모터 보트와 티 케이크는 여전히 게임에 열중하고 있어서, 사람들은 둘을 남겨 두고 떠났다.

그날 밤 어느 순간 바람이 돌아왔다. 세상 만물이 꼭 비프 스튜가 북 가장자리를 두드릴 때 나는 소리처럼 짧고 날카롭게 우르르르 울렸다. 아침 무렵이 되자 천사 가브리엘이 북 한가운데를 때리는 것처럼 굵직한 저음이 울렸다. 제이니가 창밖을 내다봤다. 서쪽 하늘에 모여 떠도는 안개, 하늘의 구름 밭 같은 그 안개가 천둥으로 무장하고 세상을 향해 진격해오는 중이었다. 그 소리와 움직임이 점점 더 크게, 더 높게, 더 낮게, 더 넓게 퍼져 오르며 가라앉았고, 날이 어두워졌다.

그 소리가 늙은 오키초비 호수의 잠을 깨웠다. 괴물이 잠자리에서 요동치기 시작했다. 호수는 언짢아서 투덜거리는 세상처럼 요동치며 불평했다. 숙소 오두막의 서민들과 호숫가를 둘러싸고 저 멀리 자리한 큰 저택에 사는 사람들 모두 거대한 호수의 소리를 듣고 놀랐다. 그들은 불안해하면서도 자기들은 안전하다고 생각했다. 무분별한 괴물을 잠자리에 묶어둘 제방이 있으니까. 서민들은 생각을 대저택 사람들에게 맡겼다. 성이 안전하다면, 오두막도 걱정할 필요 없었다. 늘 그렇듯이 결정은 이미 내려졌다. 갈라진 틈새나 메우고 축축하게 젖은 침대에서 떨면서 주님의 자비를 기다리는 수밖에. 어쨌거나 모든 것의 감독께서 아침까지는 괴물을 멈춰주실 것이다. 낮 동안에는 희망을 품기가 쉽다. 바라는 것들을 눈으로 볼 수 있으니까. 하지만 지금은 밤이었고, 밤은 계속되었다. 밤이 둥근 세상 전체를 손에 쥐고 무無를 가로질러 성큼성큼 걸어 다녔다.

귀를 찢는 천둥과 번개가 지붕을 짓밟아댔다. 마침내 티 케이크와 모트 보트도 게임을 멈추었다. 모터가 천사 같은 표정으로 위쪽을 바라보며 말했다. "큰 주인님께서 위층에서 의자를 옮기시는군."

"돈내기는 아니라 해도 그 투기판 걷어치우니까 좋네요." 제이니가 말했다. "노老주인님께서 지금 당신 일을 하시잖아요. 모두 조용히 있어야 해요."

그들은 바짝 붙어 앉아 웅크린 채 문을 뚫어져라 응시했다. 눈 외에 다른 신체 부위는 미동도 하지 않았고 문 외에 다른 곳은 쳐다보지 않았다. 그 문 너머에서 무엇을 찾아야 하는지 백인들에게 물어보기에는 이미 늦었다. 여섯 개의 눈동자는 신에게 질문하고 있었다.

비명을 지르는 바람 소리 사이로 물건들이 믿을 수 없는 속도로 부딪쳐 깨지고 내동댕이쳐지고 돌진하는 소리가 들렸다. 공포에 질린 새끼 토끼 한 마리가 마룻바닥 구멍으로 버둥거리며 올라오더니 벽 그림자 아래 쪼그리고 앉았다. 이런 상황에서 토끼를 잡아먹을 사람은 아무도 없다는 것을 아는 것만 같았다. 호수는 제방 하나만을 사이에 둔 채 점점 더 미친 듯이 요동쳤다.

그러다 바람이 잠시 잠잠해졌을 때 티 케이크가 제이니를 건드리며 물었다. "이런 곳이 아니라 그 저택에 그대로 있었으면 좋았을걸, 싶지 않아?"

258

"아니."

"아니라고?"

"어, 아니야. 사람은 어디에 있든 간에 자기 때가 되면 죽는 거지. 난 내 남편이랑 폭풍 속에 있고, 이거면 충분해."

"고마워, 여보. 그래도 혹시나 지금, 당신이 죽는다면 말이야, 당신을 여기로 끌고 온 나한테 화가 나지 않을까?"

"아니. 우린 2년을 함께했어. 해가 뜨는 걸 볼 수 있다면 해 질 때 죽어도 상관없어. 그 빛을 한 번도 보지 못하는 사람이 너무 많아. 나도 전에는 더듬더듬 헤맸어. 그런데 신께서 문을 열어주셨던 거지."

티 케이크가 바닥에 털썩 앉더니 제이니의 무릎에 머리를 묻었다. "제이니, 당신 그런 말 한 적 없었는데 진심이구나. 난 당신이 그 정도로 나한테 만족하는 줄 **정말** 몰랐어. 난 그저……."

바람이 세 배는 더 거세게 불어닥치더니 불이 완전히 나갔다. 그들은 다른 오두막에 있는 사람들과 함께 눈으로는 투박한 벽을 뚫어져라 쳐다보면서 영혼으로는 인간의 미약한 힘과 당신의 힘을 정말 재볼 생각인지 신에게 묻고 있었다. 그들은 어둠을 응시하는 것처럼 보였지만, 그들의 눈은 신을 보고 있었다.

티 케이크가 몰아치는 바람을 헤치며 밖으로 나갔다. 순간 그의 눈에는 이제껏 생명이 없다고 생각했던 수많은 것이 바람과 물을 통해 생명을 얻고, 살아 있었던 수많은 것이 죽음을 부여받은 광경이 펼쳐졌다. 사방이 물이었다. 길을 잃은 물고기들이 마당에서 헤엄쳤다. 이제 곧 물이 집 안으로 들어올 것이다. 이미 조금은 들어왔다. 티 케이크는 상황이 더 나빠지기 전에 글레이즈를 떠날 차편을 알아보러 갔다. 그는 집으로 돌아와 제이니에게 떠날 준비를 하라고 말했다.

"보험증서를 챙겨, 제이니. 난 기타랑 다른 것들을 챙길게."

"서랍 속 돈은 이미 챙겼지?"

"아니, 빨리 가져와. 이 탁상보를 잘라서 돈을 싸자. 물이 목까지 올라올 것 같아. 저 기름천을 빨리 잘라서 싸는 거야. 늦기 전에 얼른 가야 해. 둑이 더 이상 못 버틸 거야."

그가 탁자에서 기름천을 잡아채며 칼을 꺼냈다. 제이니가 천을 팽팽하게 잡아당기자 티 케이크가 조각을 잘라냈다.

"하지만 티 케이크, 바깥 상황이 너무 안 좋아. 어쩌면 젖더라도 여기 그대로 있는 게 나을지도 몰라. 섣불리……."

그는 한마디로 논쟁을 종결시켰다. "이걸 기워줘." 이렇게 말하고 그는 다시 바람을 헤치며 밖으로 나갔다. 그는 제이니보다 본 게 더 많았다.

제이니는 커다란 바늘을 들고 길쭉한 자루를 만들었다.

신문지를 찾아서 지폐와 서류를 싼 다음, 자루에 넣고 뚫린 입구를 바늘로 감쳤다. 작업복 주머니 안에 자루를 꼼꼼히 숨기기도 전에 티 케이크가 다시 뛰어 들어왔다.

"차가 없어, 제이니."

"그럴 줄 알았어! 이제 어떻게 하지?"

"걸어가야지."

"이런 날씨에? 난 숙소도 못 벗어날 것 같아."

"아냐, 당신은 할 수 있어. 나랑 당신이랑 모터 보트, 셋이서 같이 팔짱을 끼고 서로 지탱해주면서 가면 돼. 어, 모터?"

"모터는 지금 저쪽 침대에서 자고 있어." 제이니가 말했다. 티 케이크가 그 자리에서 그대로 소리 질렀다.

"모터 보트! 당장 일어나! 조지아에 지옥이 펼쳐졌다고(이들이 있는 곳은 플로리다지만 브라이언 서튼의 노래 〈Hell's Broke Loose in Georgia〉을 인용한 것이다-옮긴이). 지금 당장! 이런 상황에서 넌 잠이 오냐? 마당에 무릎까지 물이 찼는데."

그들은 거의 엉덩이까지 차오른 물속에서 가까스로 동쪽으로 방향을 잡았다. 티 케이크는 기타를 버릴 수밖에 없었고, 제이니는 그가 얼마나 마음 아파하는지 보았다. 그들은 날아다니는 무기가 된 물체들과 떠다니는 위험물들을 요리조리 피하고 깊은 곳에 발이 빠질세라 조심조심하며 이따금 등 뒤에서 불어오는 바람에 힘을 얻어 전진했고, 비교

적 마른 땅에 마침내 도달했다. 엉뚱한 방향으로 떠밀려 가지 않고 함께 버티려고 안간힘을 다해야 했다. 다른 사람들도 그들처럼 분투하며 전진했다. 무너진 집 한 채와 여기저기 겁에 질린 가축들도 보였다. 하지만 무엇보다도 휘몰아치는 바람과 물살, 그리고 호수가 보였다. 한층 커진 호수의 포효 속에서 바위와 나무가 깨지고 짓이겨지며 굉음과 울부짖는 사람들의 비명이 들려왔다. 뒤를 돌아보자, 성난 급류 속에서 달려가려고 기를 쓰다 그럴 수 없다는 걸 알고 비명을 질러대는 사람들이 보였다. 오두막집들이 바짝 붙어 있던 거대한 제방 장벽이 고꾸라지며 서서히 앞으로 나아갔다. 눈길이 닿는 저 아득한 곳까지, 3미터도 넘는 높은 장벽이 불어난 물에 떠밀려 나지막이 으르렁거리며 천문학적 규모의 도로 압착기처럼 전진해나갔다. 괴물 같은 짐승이 잠자리를 떠난 것이다. 시속 300킬로의 바람이 짐승을 묶었던 사슬을 풀어버렸다. 괴물은 제방을 움켜쥐고 앞으로 내달려 숙소를 덮쳤다. 숙소를 풀 뽑듯이 초토화하고는 정복자로 간주되었던 것들에게 달려들어 제방을 격파하고 집들을 부수고 그 집 안의 사람들과 다른 목재들을 깡그리 밀어버렸다. 바다가 육중한 발걸음으로 대지 위를 걷고 있었다.

"호수가 다가온다!" 티 케이크가 놀라서 외쳤다.

"호수다!" 모터 보트가 공포에 질려 고함쳤다. "호수!"

"우리 뒤를 쫓아와!" 제이니가 몸서리를 쳤다. "우린 날 수도 없는데."

"그래도 뛸 수는 있어." 티 케이크의 고함에 모두 달리기 시작했다. 용솟음치며 터져 나오는 물은 그들보다 빨랐다. 거대한 호수의 본체는 아직 제방이 붙들고 있었지만, 전진하는 벽체의 갈라진 틈 사이로 물줄기가 대낮처럼 환하게 뿜어져 나왔다. 도망자 셋은 조금 높은 지대에 늘어선 집들을 지나며 약간의 여유를 얻었다. 세 사람은 목이 터지도록 외쳤다. "호수가 온다!" 그러자 닫힌 문들이 벌컥 열리고 사람들이 뛰쳐나와 함께 고함을 지르며 피난길에 동참했다. "호수가 온다!" 뒤쫓아 오던 호수가 으르렁대며 앞을 향해 소리 질렀다. "그래, 이 몸이 간다!" 도망칠 수 있는 사람들은 계속해서 도망쳤다.

마침내 언덕 위 커다란 집까지 도달하자 제이니가 말했다. "여기서 잠시 쉬자. 더 이상은 못 가겠어. 난 완전히 지쳤어."

"우리 다 지쳤어." 티 케이크가 고쳐 말했다. "안에 들어가서 이 날씨를 피하자. 죽든 살든." 모두 얼굴과 어깨를 벽에 대고 기대선 가운데, 티 케이크가 칼자루로 문을 두드렸다. 한 번 더 두드려본 다음 그와 모터 보트가 집 뒤쪽으로 돌아가 문을 부수고 들어갔다. 안에는 아무도 없었다.

"이 사람들은 나보다 생각이 있었네." 티 케이크가 말했다. 다들 바닥에 털썩 쓰러져 숨을 헐떡거리며 누웠다. "리아스가 권할 때 같이 갔어야 했어."

"당신도 몰랐잖아." 제이니가 반박했다. "모를 땐 그냥 모르는 거지. 폭풍이 오지 않을 수도 있었어."

그들은 곧장 곯아떨어졌지만 제이니가 가장 먼저 잠에서 깼다. 제이니는 몰려오는 물소리를 듣고 일어나 앉았다.

"티 케이크! 모터 보트! 호수가 다가와!"

정말로 호수가 몰려오고 있었다. 더 느리고 더 광대했지만, 어쨌든 몰려왔다. 호수는 자신을 막았던 벽 대부분을 짓밟고 넓게 펼쳐지며 수위를 낮추었다. 그래도 여전히 지친 매머드처럼 계속해서 웅얼거리고 으르렁대며 전진했다.

"이 집은 높잖아. 물이 여기까지는 안 올지도 몰라." 제이니가 말했다. "설령 온다고 해도 2층까지 차오르지는 않을 거야."

"제이니, 오키초비 호수는 너비가 65킬로이고 길이는 거의 100킬로야. 물의 양이 어마어마하다고. 만약 이 바람이 저 호수 전체를 이쪽으로 밀어붙인다면 이 집 정도는 한 입 거리도 안 돼. 여길 떠나는 게 나아. 모터 보트!"

"어쩌자고, 응?"

"호수가 다가온다고!"

"아유, 아냐, 아니야."

"맞아, **정말로 온다니까!** 들어봐! 저 멀리서 소리 들리잖아."

"그냥 오라 그래. 난 여기서 기다릴래."

"어휴, 일어나라니까, 모터 보트! 팜비치 로드까지 가자. 거긴 둑길이잖아. 제법 안전할 거야."

"난 여기서도 안전해, 친구. 가고 싶으면 어서 가. 난 졸려."

"호수가 여기까지 오면 어쩌려고 그래?"

"2층으로 가지."

"거기까지 차면?"

"수영하지, 친구. 그럼 되는 거야."

"그래, 어, 잘 있어, 모터 보트. 상황이 정말 안 좋아. 다시 서로 못 만날 수도 있어. 넌 정말 최고의 친구야."

"잘 가, 티 케이크. 두 사람 다 여기 남아서 잠이나 자는 게 좋을 텐데. 이렇게 날 두고 떠나봤자 소용없다고."

"우리도 그러고 싶지 않아. 같이 가자. 밤이 되면 이 안에서 고립될 수도 있어. 그래서 떠나려는 거야. 가자, 이 친구야."

"티 케이크, 난 자야겠어. 정말로."

"그럼 잘 있어, 모터. 행운을 빌어줄게. 이 모든 일이 다 지나고 나면 같이 나소(바하마의 수도-옮긴이)에 가자."

"물론이야, 티 케이크. 우리 엄마 집은 네 집이나 다름 없지."

그 집을 떠난 지 얼마 되지도 않아 티 케이크와 제이니는 큰물을 만났다. 그래서 한참을 헤엄쳐 가야 했는데, 제이니는 계속해서 팔을 젓지 못했기 때문에 티 케이크가 붙들고 헤엄쳐야만 했다. 마침내 그들은 둑으로 이어지는 어느 능선에 다다랐다. 티 케이크는 바람이 조금 약해지는 것 같다며 잠깐 쉬면서 한숨 돌릴 수 있는 장소를 찾아다녔다. 그는 숨이 턱까지 찬 상태였다. 제이니도 지치고 절뚝거리긴 했지만 소용돌이치는 물살을 헤치며 그렇게 힘들게 헤엄치지는 않았기 때문에 좀 나았다. 티 케이크의 상태가 훨씬 안 좋았다. 그래도 멈출 수는 없었다. 둑까지 온 것도 대단한 일이긴 했지만, 그렇다고 안전이 보장된 것은 아니었다. 호수가 몰려오고 있었다. 식스마일 다리까지 가야 했다. 그 다리는 높으니까 안전할지도 모른다.

모두가 둑길을 걸었다. 사람들은 허둥대고 발을 질질 끌고 넘어지고 울고불고하며 걸었다. 희망을 담아, 혹은 절망적으로 이름을 외쳐 불렀다. 비바람이 노인과 아기들을 후려쳤다. 기진맥진한 티 케이크는 한두 번 고꾸라졌고 제이니는 그를 부축했다. 그렇게 그들은 식스마일벤드 다리에 도착했고 이젠 쉴 수 있다고 생각했다.

하지만 그곳은 인산인해였다. 고지는 이미 백인들이 선점했고 더 이상 발 디딜 틈도 없었다. 한쪽으로 올라갔다가 다른 쪽으로 내려올 수는 있었다. 그게 다였다. 몇 킬로를 더 갔지만 여전히 쉴 수는 없었다.

그들은 작은 언덕 위에서 야생동물과 뱀들에 둘러싸인 채 앉은 자세 그대로 죽은 한 남자를 지나쳤다. 같은 위험을 겪으며 사람들은 서로의 친구가 되었다. 누구도 상대를 정복하려 하지 않았다.

또 어떤 남자는 작은 섬의 삼나무에 달라붙어 있었다. 건물의 양철 지붕이 전선에 얽혀 나뭇가지에 매달린 채 거대한 도끼처럼 바람에 앞뒤로 흔들렸다. 이 압도적인 날에 몸이 두 동강 날까 봐 남자는 오른쪽으로 감히 한 발짝도 움직이지 못했다. 왼쪽으로도 움직이지 못했다. 그쪽에는 커다란 방울뱀 한 마리가 몸을 쭉 편 채 바람 속에서 머리를 곧추세우고 있었기 때문이다. 섬과 둑 사이에는 좁은 강이 흘렀다. 남자가 나무에 달라붙은 채 도와달라고 외쳤다.

"저 뱀은 안 물 겁니다." 티 케이크가 남자에게 소리쳤다. "뱀도 무서워서 똬리를 못 트는 거예요. 바람에 날아갈까 봐 무서워서요. 그쪽으로 움직여서 헤엄쳐 나와요!"

잠시 후 티 케이크는 기운이 다 빠져 걸을 수가 없었다.

적어도 당장은. 그래서 그는 길가에 대자로 누워 휴식을 취했다. 제이니가 바람을 막아주려고 그 옆에 누웠고, 그는 눈을 감고 사지에서 피로가 빠져나가게 했다. 둑 양쪽으로 물이 호수처럼 드넓게 펼쳐져 있었다. 산 것과 죽은 것들, 원래 물에 속하지 않는 것들이 가득한 물이. 시선이 닿는 한, 보이는 것이라고는 물과 그 위를 휘몰아치는 바람밖에 없었다. 커다란 지붕용 타르지 한 장이 바람을 타고 날아와 둑을 스치며 질주하더니 나무에 가서 걸렸다. 그것을 본 제이니는 기뻤다. 그거야말로 티 케이크를 덮어줄 만한 물건이었다. 거기 기대서 끌어내리면 될 것 같았다. 어쨌거나 바람도 전처럼 세지 않았다. 바로 저거야. 가엾은 티 케이크에게 덮어줘야지!

제이니는 엉금엉금 기어가 타르지 양쪽을 붙잡았다. 바로 그 순간 바람이 불어와 타르지와 제이니를 함께 휙 날렸고, 제이니는 어느새 둑에서 붕 떠올라 오른쪽으로, 거세게 휘몰아치는 물살 위로 점점 더 날아갔다. 제이니가 공포에 질려 비명을 지르며 타르지를 놓자, 종이는 바람을 타고 멀리 날아갔고 제이니는 물속으로 곤두박질쳤다.

"티 케이크!" 티 케이크가 그 비명을 듣고 벌떡 일어났다. 제이니는 헤엄치려고 애썼지만, 거센 물살에 맞서 싸우기는 너무 힘들었다. 그때 소 한 마리가 둑을 향해 사선 방향으로 천천히 헤엄쳐 오는 게 보였다. 덩치 큰 개 한 마리가 소 어깨에 앉아 덜덜 떨며 으르렁거리고 있었다. 소가 제이니 가까이 다가왔다. 팔을 몇 번만 더 저으면 소에게 가닿을 수 있을 것이다.

"저 소한테 가서 꼬리를 잡아! 발은 쓰지 마. 팔만 저어도 충분해. 그렇지, 조금만 더 힘내!"

제이니는 마침내 소꼬리를 잡는 데 성공했고 엉덩이 옆에서 고개를 최대한 물 밖으로 내밀었다. 가중된 무게로 인해 몸이 조금 더 가라앉자 겁에 질린 소가 한순간 몸부림쳤다. 악어가 아래로 끌어당기는 거라고 생각한 것이다. 그러더니 소는 계속해서 헤엄쳐 갔다. 개가 벌떡 일어나 사자처럼 으르렁거렸다. 털을 곤두세우고 근육을 바짝 긴장시킨 채 이를 드러내며 짐짝을 향해 분노를 표출했다. 티 케이크가 잭나이프를 펼친 채 물에 뛰어들어 수달처럼 물살을 가르며 헤엄쳐왔다. 개가 소의 등줄기를 달려 내려와 다가오자 제이니는 비명을 지르며 꼬리 끝부분으로 미끄러져 매달렸다. 개의 성난 입에서 간신히 벗어난 거리였다. 개는 제이니를 쫓고 싶어 했지만, 어쩐지 물을 두려워했다. 티 케이크가 소 엉덩이 옆에서 물 밖으로 솟구쳐 나와 개 목덜미를 움켜잡았다. 하지만 개는 힘이 셌고, 티 케이크는 지칠 대로 지친 상태였다. 그래서 그는 의도한 대로 개를 단칼에 죽이지 못했다.

하지만 개도 티 케이크의 손아귀에서 빠져나가지 못했다. 둘은 뒤엉켜 싸웠고, 그 와중에 개가 티 케이크의 광대뼈 위쪽을 물어뜯었다. 다음 순간 티 케이크가 개를 끝장내 물 밑바닥으로 집어 던졌다. 큰 짐을 던 소는 제이니를 매단 채 둑에 다다랐고, 뒤이어 티 케이크도 헤엄쳐 나와 힘없이 다시 둑 위로 기어올랐다.

제이니는 개에게 물어뜯긴 티 케이크의 얼굴을 보고 안달복달했지만, 그는 별것 아니라고 했다. "조금만 더 위를 물어서 눈을 물어뜯었다면 정말 큰일 났을 거야. 눈은 가게에서 살 수 없잖아, 안 그래?" 그는 폭풍은 안중에도 없는 것처럼 둑 가에 털썩 주저앉았다. "나 잠깐만 쉴게. 그러고 나서 어떻게든 시내로 들어가자."

팜비치에 도착한 것은 태양과 시계로 보면 다음 날이었다. 하지만 몸으로 느끼기에는 몇 년이 지난 것 같았다. 고난과 고통의 겨울들, 그리고 또 다른 겨울들이 지난 것 같았다. 바퀴는 돌고 또 돌았다. 희망, 절망, 그리고 체념으로. 하지만 그들이 피난의 도시로 들어설 즈음에는 폭풍도 기운을 다 소진했다.

거기에는 파괴의 신이 입을 쩍 벌리고 있었다. 에버글레이즈에서는 바람이 호수와 나무들 사이에서 활개 치고 다녔다. 도시에서 바람은 집과 사람들 사이에서 날뛰었다. 티 케이크와 제이니는 그 가장자리에 서서 폐허를 바라보았다.

"이 난장판에서 당신 얼굴을 봐줄 의사를 어떻게 찾지?" 제이니가 울부짖었다.

"의사 따위를 찾을 때가 아니야. 쉴 곳을 찾아야 해."

그들은 많은 돈을 쓰고 한참을 인내한 후에야 잘 곳을 찾았다. 딱 잠만 잘 수 있는 곳이었다. 살 만한 곳은 절대 아니었다. 티 케이크는 방 안을 휙 둘러보고는 침대 가장자리에 털썩 걸터앉았다.

"저기." 그가 풀 죽어 말했다. "나랑 사귀기로 했을 때 이런 곳에 오리라곤 예상도 못 했지, 안 그래?"

"그 옛날에 난 아무런 기대도 없었어, 티 케이크. 그냥 가만히 서서 억지웃음을 지으며 죽은 거나 다름없이 지냈지. 하지만 당신이 나타나서 날 변화시켰어. 그래서 난 우리가 함께 겪는 모든 일에 감사해."

"고마워, 여보."

"당신은 그 개한테서 날 구해줬잖아. 두 배로 훌륭해, 티 케이크. 당신은 그 개의 눈빛을 보지 못했을 거야. 그 개는 그냥 날 물려는 게 아니었어. 날 완전히 죽여놓을 작정이었다고. 난 그 눈 절대 못 잊어. 완전히 증오 그 자체였어. 그런 개가 도대체 어디서 왔을까?"

"맞아, 나도 봤어. 정말 무시무시했어. 나도 놈의 증오를 받을 생각은 없었어. 하지만 놈이 죽거나 내가 죽어야 했지. 결국 내 잭나이프는 죽는 건 그놈이라더군."

"어휴, 당신 없었으면 그놈이 날 갈가리 찢어발겼을 거야."

"내가 없었으면 같은 소리는 하지 마. 왜냐면 난 여기 있고, 여기 있는 사람은 사내대장부니까. 그걸 당신이 꼭 알아주길 바라."

19

그리고 네모 발가락을 가진 존재는 다시 자기 집으로 돌아갔다. 그는 벽도 지붕도 없는 평평한 집으로 돌아가 무정한 칼을 똑바로 치켜든 채 서 있었다. 그의 창백한 백마는 물 위를 질주했고 천둥처럼 요란하게 대지 위를 내달렸다. 죽음의 시간은 지나갔다. 이제는 죽은 자들을 묻을 때였다.

"제이니, 이 더럽고 너저분한 곳에서 벌써 이틀을 지냈어. 이제 한계야. 이 집에서 나가야 해. 이 도시에서도 떠나자. 난 여기가 정말 싫어."

"어디로 가, 티 케이크? 그걸 모르잖아."

"주 북부로 돌아갈 수도 있겠지, 당신이 가고 싶다면."

"그러고 싶은 생각은 없어. 하지만 만약 그게 당신이……."

"아니, 내 말은 그런 게 아니야. 난 당신이 원치도 않는 불편한 곳에서 지내지 않게 하려는 거야."

"혹시 내가 방해가 된다면……."

"이 여자 말하는 것 좀 보게! 난 같이 있으려고 애쓰느라 바지가 터질 지경인데, 여기 이 여자는……. 아주 혼쭐이 나야 해!"

"좋아, 그럼. 뭐든 말만 해. 그대로 하자. 되든 안 되든 해보는 거야."

"어쨌든 난 쉴 만큼 쉬었고, 여긴 빈대가 너무 심해. 잠이 모자라 죽을 지경일 때는 눈치도 못 챘는데. 어쨌든 나가서 좀 둘러보면서 우리가 할 만한 일이 있는지 알아볼게. 뭐든 해볼 거야."

"집에서 쉬는 게 나아. 어쨌거나 밖에는 일을 찾을 수도 없어."

"그래도 찾아보고 싶어, 제이니. 어쩌면 내가 도울 수 있는 일이 있을지도 몰라."

"사람들이 도와줬으면 하는 일은 당신이 좋아할 일이 아니야. 사람들은 남자들을 닥치는 대로 잡아가서는 시체 매장하는 일을 시킨다고. 말로는 실업자들을 구한다 하지만, 직업이 있든 없든 딱히 따지지도 않아. 당신은 그냥 집에 있어. 병들고 다친 사람들에게 필요한 일은 적십자에서 다 알아서 하니까."

"난 돈이 있어, 제이니. 다른 사람들이 나한테 뭐라고 할 수는 없을 거야. 어쨌든 난 바깥 상황이 어떤지 제대로 보고 싶어. 글레이즈 친구들 소식도 좀 알아보고 싶고. 어쩌면 다들 무사할지도 몰라. 아닐 수도 있고."

티 케이크는 밖으로 나가 여기저기 돌아다녔다. 참사의 손길이 모든 것을 휩쓸고 지나간 광경이 보였다. 지붕이 날아간 집들. 집 없이 나뒹구는 지붕들. 나뭇조각처럼 부서지고 으깨진 쇠와 돌 들. 악의 어머니가 인간들을 조롱하고 지나간 흔적이었다.

티 케이크가 멈춰 서서 이 참혹한 광경을 바라보는데 어깨에 총을 멘 남자 둘이 다가왔다. 백인 남자들이었다. 그는 제이니가 했던 이야기를 떠올리고 무릎을 굽혀 도망칠 자세를 취했다. 하지만 곧 그래봤자 소용없다는 것을 깨달았다. 남자들은 이미 그를 봤고, 거리도 너무 가까워서 총을 쏘면 빗나갈 리가 없었다. 어쩌면 그냥 지나가버릴지도 모른다. 티 케이크가 돈을 가진 걸 보면 뜨내기가 아닌 걸 깨달을지도 모른다.

"어이, 거기, 짐." 키 큰 쪽이 소리 질렀다. "자넬 찾아다녔어."

"저는 짐이 아닌데요." 티 케이크가 조심스레 말했다. "왜 절 찾았다는 겁니까? 전 아무 짓도 안 했어요."

"바로 그래서 찾은 거지. 아무 일도 안 하고 있으니까.

자, 어서 가서 죽은 사람들 좀 묻자고. 일이 빨리 진행이 안 되고 있어."

티 케이크는 방어적으로 뒤로 물러섰다. "제가 무슨 상 관이 있다고요? 전 일꾼이고 주머니에 돈도 있어요. 폭풍에 내몰려 글레이즈를 잠시 떠난 것뿐이에요."

키 작은 사내가 재빨리 총을 겨누었다. "저쪽 길로 내 려가요, 선생! 댁을 묻을 일은 없으니 걱정 말고! 앞장서요, 선생."

그렇게 티 케이크는 공공장소에 널브러진 잔해를 치우 고 죽은 자들을 매장하는 작업을 하는 소부대의 일원이 되었 다. 시체를 찾아내어 정해진 장소에 모아 매장해야 했다. 시 체들은 무너진 집 안에서만 발견되는 게 아니었다. 집 아래 깔려 있고, 관목에 얽혀 있고. 물에 떠 있고, 나무에 매달려 있고, 잔해 밑에 쓸려 들어가 있었다.

그물 단 트럭들이 대당 시체 25구를 싣고 글레이즈와 다 른 외곽 지역에서 끊임없이 들어왔다. 옷을 다 입은 시체가 있는가 하면, 벌거벗은 시체도 있었고, 가지각색으로 흐트러 진 시체들도 있었다. 평온한 얼굴로 손을 편안히 내려놓은 시체도 있었고, 놀라서 눈을 휘둥그레 뜬 채 호전적인 표정 을 지은 시체도 있었다. 보이는 것 너머를 보려고 애써 응시 하는 동안 죽음이 그들을 덮친 것이다.

음울한 표정의 초라한 흑인과 백인 남자들은 감시를 받으며 계속해서 시체를 찾고 무덤을 파야 했다. 백인 묘지 터를 가로질러 커다란 도랑을 팠고, 흑인 묘지 터를 가로질러서도 커다란 도랑을 팠다. 시체가 들어오는 즉시 뿌리도록 생석회가 넉넉히 준비되었다. 이미 매장 시기가 오래전에 지난 시체들이었다. 사람들은 최대한 신속하게 시체를 묻으려고 기를 썼다. 하지만 보초들이 그들을 막았다. 명령이 내려왔다는 것이다.

"어이, 거기, 모두! 그 시체들 그렇게 구덩이에 막 던져넣지 마! 하나도 남김없이 잘 살펴서 백인인지 흑인인지 가려내."

"그럼 시간이 오래 걸릴 텐데요? 아이고 맙소사! 이런 상태인데 살펴보라니요? 피부색이 무슨 상관이람? 이 시체들은 다 빨리 묻어줘야 한다고요."

"본부에서 명령이 내려왔어. 지금 백인들 용으로 관을 짜는 중이야. 싸구려 소나무뿐이지만, 그래도 없는 것보다야 낫지. 백인들은 구덩이에 그렇게 내던지지 마."

"흑인들은 어쩌고요? 흑인들 관도 있어요?"

"아니. 흑인들한테까지 돌아갈 만큼은 없어. 그냥 생석회나 듬뿍 뿌려서 묻어."

"젠장! 이런 몰골로는 뭐가 뭔지 하나도 알 수 없는 시체들도 있다고요. 백인인지 흑인인지 구분할 수가 없어요."

보초들은 그 문제를 오랫동안 논의했다. 그러더니 잠시
후 돌아와서 말했다. "다른 방법으로 분간이 안 되면 머리카
락을 봐. 백인들을 막 내던지다 걸리는 일 없도록 해. 흑인들
한테 관을 낭비하지도 말고. 지금은 관 구하는 게 보통 일이
아니라고."

"저 사람들, 이 시체들이 심판대로 가는 방법을 가지고
엄청 까다롭게 구네요." 티 케이크가 옆에서 작업하는 남자
에게 말했다. "하나님이 짐 크로 법(미국 남부의 인종차별 법-옮긴
이)도 모르실 거라 생각하나 보죠."

그렇게 몇 시간 동안 일을 하다 문득 제이니가 걱정할
거라는 생각이 들자 티 케이크는 마음이 조급해졌다. 그래서
트럭 한 대가 시체를 내려놓으러 온 틈을 타서 냅다 도망쳤
다. 서지 않으면 쏜다는 명령을 듣고도 멈추지 않고 계속 달
려 거기서 벗어났다. 예상했던 대로 제이니는 슬피 울고 있
었다. 두 사람은 그가 없었던 동안 있었던 일을 이야기하며
서로를 달랬고, 그런 다음 티 케이크가 다른 문제를 끄집어
냈다.

"제이니, 우린 이 집과 이 사람들, 이 도시에서 떠나야
해. 더 이상 그런 일은 하지 않을 거야."

"아냐, 아냐, 티 케이크. 다 끝날 때까지 여기 있자. 눈에

띄지 않으면 귀찮게 굴지 못할 거야.”

“아냐. 그 사람들이 찾으러 오면 어쩌고? 오늘 밤 여기서 떠나자.”

“어디로 가, 티 케이크?”

“가장 빨리 갈 수 있는 곳은 글레이즈야. 다시 거기로 돌아가자. 이곳은 문제와 강제투성이야.”

“하지만 티 케이크, 폭풍은 글레이즈도 휩쓸었어. 거기도 묻어야 할 시체들이 있을 거야.”

“그래, 알아, 제이니. 그래도 여기랑은 완전히 달라. 우선, 온종일 거기서 시체들을 날라왔으니 이제 더 찾을 시체도 별로 없을 거야. 게다가 거긴 원체 여기만큼 사람이 많지도 않았고. 그리고 또, 제이니, 거기 백인들은 우릴 알잖아. 백인들이 모르는 흑인으로 지내는 건 좋지 않아. 모두 적대시한다고.”

“그건 맞는 말이야. 백인들이 알면 착한 흑인이고, 백인들이 모르면 나쁜 깜둥이지.” 제이니가 이렇게 말하고 웃자, 티 케이크도 함께 웃었다.

“제이니, 난 그런 걸 수도 없이 봤어. 백인들은 하나같이 착한 깜둥이들은 자기가 이미 몽땅 안다고 생각해. 그 이상은 알 필요도 없다고 여기고. 그 사람들 생각엔, 자기가 모르는 흑인들은 모두 다 재판을 받고 구린내 나는 미연방 옥외

279

변소 6개월 형을 받아야 마땅한 거야."

"왜 미연방 옥외 변소야, 티 케이크?"

"음, 미국은 늘 제일 크고 좋은 건 다 가지고 있잖아. 그래서 백인들은 미국식 통합 수세식 화장실 수준 이하여도 아주 관대한 처사라 생각하는 거지. 그러니 난 날 아는 백인들이 있는 곳으로 갈 거야. 여기선 엄마 없는 고아가 된 기분이야."

그들은 짐을 챙겨 몰래 집을 빠져나와 도망갔다. 다음 날 그들은 습지로 돌아왔다. 그리고 온종일 열심히 일해 집을 살 만하게 고쳤다. 다음 날에는 티 케이크가 나가서 일거리를 찾아봐야 했기 때문이다. 다음 날 아침이 되기 무섭게 티 케이크는 일에 대한 열의보다는 호기심에 들떠 밖으로 나갔고 종일토록 들어오지 않았다. 그날 밤 그는 환한 얼굴로 돌아왔다.

"내가 누구를 봤게, 제이니? 당신은 짐작도 못할걸."

"뚱보 숍드보텀을 만났겠지."

"맞아, 그 친구랑 스튜 비프, 도커리, 리아스, 쿠더메이, 부티니를 만났어. 그리고 또 누굴 봤게?"

"글쎄. 스터렛이야?"

"아니, 그 친군 급류에 휩쓸렸대. 리아스가 팜비치에서 묻어줬다더군. 다른 사람을 대봐."

"그냥 말해줘, 티 케이크. 모르겠어. 설마 모터 보트는 아닐 테고."

"바로 그 자식, 모터야! 글쎄 그 망할 놈은 그냥 그 집에 누워서 잤는데, 호수가 몰려와 집을 떠메고 가는데도 폭풍이 끝날 때까지 아무것도 몰랐대."

"세상에!"

"그렇다니까. 우린 위험을 피하겠다고 도망 다니다 거의 죽을 뻔했는데, 그 자식은 거기 편안히 누워 자면서 떠다녔다니!"

"행운도 타고난 운명이라잖아."

"그 말도 맞아. 봐, 나 일자리를 얻었어. 우선 전체적으로 청소를 도울 거야. 그러고 나면 분명 저 제방을 쌓을 테지. 그러려면 땅도 닦아야 할 테고. 일자리는 많아. 심지어 사람들이 더 필요할걸."

그렇게 티 케이크는 3주를 활기차게 보냈다. 그는 소총과 권총을 한 자루씩 사 와서 제이니와 최고의 사수 자리를 놓고 서로 내기를 했다. 소총 사격 실력은 늘 제이니가 한 수 위였다. 제이니는 소나무에 앉은 말똥가리 머리를 날려버릴 수 있었다. 티 케이크는 약간 질투하기는 했지만, 그래도 제자를 자랑스러워했다.

네 번째 주가 반쯤 지난 어느 날, 티 케이크는 머리가 아프다며 이른 오후에 집에 돌아왔다. 그는 심한 두통으로 한참을 누워 있다가 배가 고파 일어났다. 제이니가 저녁을 차렸지만, 그는 막상 식탁까지 다 와서는 아무것도 먹고 싶지 않다고 했다.

"배고프다고 해놓고선!" 제이니가 걱정스레 소리쳤다.

"나도 그런 줄 알았어." 티 케이크는 들릴 듯 말 듯 대답하고는 고개를 떨구며 두 손으로 감쌌다.

"그래도 콩 구이를 했는데."

"맛있다는 거 알지만 지금은 아무것도 먹고 싶지 않아. 고마워, 제이니."

그는 다시 침대로 가서 누웠다. 그러더니 한밤중에 목을 조르는 적과 악몽 같은 사투를 벌이며 몸부림치다 제이니를 깨웠다. 제이니는 불을 켜고 그를 진정시켰다.

"무슨 일이야, 여보?" 제이니가 티 케이크를 거듭 진정시켰다. "말해줘. 그래야 내가 알 수 있지. 당신이랑 고통을 나누게 해줘. 어디가 아픈 거야, 자기?"

"자고 있는데 뭔가가 날 쫓아왔어, 제이니." 그는 울먹이다시피 하며 말했다. "날 목 졸라 죽이려 했다고. 당신 아니었으면 난 죽었을 거야."

"당신 정말로 심하게 몸부림치더라. 이제 괜찮아, 자기. 내가 여기 있잖아."

그는 다시 잠이 들었지만 상태는 좋아지지 않았다. 아침에도 아팠다. 나가려고 했지만, 제이니는 나간다는 소리조차 못 하게 했다.

"이번 주 일은 다 하면 좋을 텐데." 티 케이크가 말했다.

"사람들은 당신이 태어나기 전에도 매주 일을 했고, 당신이 죽고 나서도 매주 일할 거야. 다시 누워, 티 케이크. 난 가서 의사 선생님을 모셔 올 테니까."

"그 정도로 아픈 건 아냐, 제이니. 이거 봐! 이렇게 걸어 다닐 수 있잖아."

"하지만 같이 놀 정도는 아니지. 폭풍 이후로 열병 환자가 많아졌어."

"그럼 나가기 전에 물 한잔만 갖다줘."

제이니가 물 한잔을 침대로 가져왔다. 티 케이크는 잔을 받아 한입 가득 머금었지만, 다음 순간 심한 구역질을 하며 물을 다 토해내고 잔을 방바닥에 내던졌다. 제이니는 놀라서 펄쩍 뛰었다.

"왜 그러는 거야, 티 케이크? 당신이 달라고 했잖아."

"저 물 뭔가 이상해. 숨 막혀 죽는 줄 알았어. 어젯밤에도 뭔가가 내 몸에 올라타서 목을 졸랐다고 했잖아. 당신은 내가 꿈꾼 거라고 하지만."

"마녀가 당신을 타고 다녔나 보지. 나가는 김에 겨자씨 좀 구할 수 있는지 알아봐야겠다. 돌아올 땐 꼭 의사 선생님을 모셔 올게."

티 케이크는 아무런 반대도 하지 않았고, 제이니는 서둘러 밖으로 나갔다. 제이니에게는 이 병이 폭풍보다 더 끔찍했다. 제이니가 시야에서 사라지자마자, 티 케이크는 자리에서 일어나 물동이를 비우고 깨끗이 씻었다. 그리고 힘겹게 관개용 펌프까지 가서 다시 물을 길었다. 제이니에게 악의나 고의가 있다고 비난하는 것은 아니었다. 다만 부주의한 게 못마땅했다. 다른 모든 것과 마찬가지로 물동이도 씻어야 한다는 것을 알아야 할 것 아닌가. 돌아오면 제대로 알려줄 참이었다. 제이니는 도대체 무슨 생각을 하는 걸까? 그는 몹시 화가 났다. 탁자 위에 물동이를 올려놓은 다음 물을 마시기 전 잠시 자리에 앉아 쉬었다.

마침내 그는 물로 입을 살짝 적셨다. 너무 달고 시원했다! 생각해보니 어제 이후 물을 한 모금도 마시지 않았다. 이 물만 마시고 나면 식욕도 돌아와서 콩 요리를 먹고 싶어질 것이다. 물이 너무 마시고 싶어서 그는 고개를 젖히고 잔을 급히 입으로 가져갔다. 하지만 악마가 거기, 바로 앞에서 목을 졸라 그를 순식간에 죽이려고 했다. 입안의 물을 다 토해내자 훨씬 편해졌다. 그는 다시 침대에 대자로 쓰러져 제이니와 의사가 올 때까지 덜덜 떨며 기다렸다. 그 백인 의사는 이곳에 너무 오래 살아서 습지의 일부가 된 듯했다. 일꾼들에게 억세고 땀내 나는 언어로 이야기하는 사람이었다. 그가 뒤통수 왼쪽에 모자를 걸쳐 쓰고는 서둘러 집 안으로 들어왔다.

"어이, 티 케이크. 세상에, 무슨 일이야?"

"저도 알고 싶네요, 시몬스 선생님. 하지만 아픈 건 분명해요."

"에이, 아냐, 티 케이크. 밀주 한 사발로 못 고칠 병은 없지. 자네 최근 술을 제대로 안 마셨구먼, 어?" 그가 등을 철썩 때리자 티 케이크는 기대에 부응해 미소 지으려고 애썼다. 하지만 쉽지 않았다. 의사는 가방을 열고 진찰을 시작했다.

"얼굴이 좀 수척해 보이네, 티 케이크. 열도 있고 맥박도 약한 것 같고. 최근 여기서 뭘 했지?"

"일하고 도박 좀 한 것 말곤 없어요, 선생님. 그런데 물이 저한테 안 맞아요."

"물이? 어떻게 말인가?"

"물을 못 마시겠어요, 전혀."

"그거 말고는?"

제이니가 몹시 걱정스러운 얼굴로 침대로 다가왔다.

"선생님, 티 케이크가 말하지 않은 게 있어요. 여기서 폭풍을 만나고 저이는 오랫동안, 저까지 붙들고 헤엄치고, 또 폭풍 속에서 그 먼 거리를 걸어가느라 녹초가 됐거든요. 그러고는 쉬지도 못하고 또 물에 빠진 절 구하고 커다란 늙은 개랑 싸워야 했는데 그 개가 얼굴을 물어뜯고 별일이 다 있었어요. 전 진작 이이가 탈이 날 줄 알았다고요."

"개가 물었다고 했나?"

"아, 별거 아니었어요, 선생님. 이삼일 후에 다 나았거든요." 티 케이크가 다급하게 말했다. "어쨌거나 그건 한 달 전 일이에요. 이건 새로운 병이고요. 제 생각엔 물이 안 좋은 거 같아요. 그럴 수밖에 없잖아요. 그렇게 많은 사람이 빠져 죽었으니 마실 만한 상태가 되려면 시간이 많이 걸리겠죠. 어쨌든 제 생각은 그래요."

"알았어, 티 케이크. 약을 좀 갖다주고 제이니한테 간호 방법을 알려줄게. 어쨌거나 내가 뭐라고 하기 전까지는 혼자 자도록 해. 당분간은 제이니랑 각방을 쓰라고, 알겠지? 제이니, 자넨 나랑 같이 좀 나가지. 티 케이크가 당장 먹을 약을 줄 테니까."

밖으로 나오자 그는 가방을 뒤져 작은 알약 몇 알이 든 조그만 병을 제이니에게 줬다.

"이걸 매시간 한 알씩 먹여서 진정시키고, 티 케이크가 구역질하고 숨넘어갈 듯 발작을 일으키면 그 자리를 피해."

"저이가 발작하는 걸 어떻게 아세요? 그 이야기를 하려고 따라 나온 건데."

"제이니, 자네 남편을 문 게 미친개였던 게 틀림없어. 그 놈 머리를 구해 확인하기에는 이미 늦었지만, 모든 증상이 다 보이거든. 때를 한참 놓친 게 정말 안타깝네. 그 즉시 주사만 몇 방 맞았으면 금세 나았을 텐데."

"저이가 죽을 수도 있다는 말이에요, 선생님?"

"그럴 수밖에 없어. 하지만 가장 끔찍한 건 죽기 전 무시무시한 고통을 겪게 된다는 거야."

"선생님, 전 저이를 죽도록 사랑해요. 제가 할 일을 말씀해주세요. 뭐든 다 할게요."

"자네가 할 수 있는 일이라곤 주립 병원에 입원시키는 것뿐이야, 제이니. 티 케이크를 묶어놓고 돌볼 수 있는 곳에."

"하지만 저 사람은 병원이라면 질색을 해요. 제가 자길 돌보기 싫어서 그런다고 생각할 거예요. 그게 아니라는 건 신께서 다 아시지만요. 티 케이크를 미친개처럼 묶어놓는다니, 생각만 해도 전 못 견디겠어요."

"결국은 그 비슷하게 될 거야, 제이니. 티 케이크가 이 병을 이겨낼 가능성은 거의 없는 데다 다른 사람을 물 수도 있다고. 특히 자넬 말이야. 그러면 자네도 똑같은 신세가 되고 마는 거야. 정말 너무 안타깝네."

"치료할 방법이 전혀 없는 거예요, 선생님? 우린 올랜도

은행에 넣어둔 돈도 많아요. 뭔가 특별한 걸 해서 저이를 살려주실 수 없나요? 돈이 얼마가 들건 상관없어요, 선생님. 제발요, 선생님."

"할 수 있는 일은 하겠네. 당장 팜비치에 전화해서 3주 전에는 맞았어야 했던 혈청을 알아보지. 티 케이크를 살리기 위해 최선을 다할 거야, 제이니. 하지만 너무 늦은 것 같아. 알다시피 그런 상태에서는 물을 마시지 못하고, 끔찍한 증상도 나타나지."

제이니는 그건 아닐 거라고 애써 생각하며 잠시 밖을 서성거렸다. 얼굴에 만연한 병색을 직접 보지만 않았어도 현실이 아니라고 상상할 수 있었을 텐데. 그래, 제이니는 생각했다. 증오심으로 눈을 부라리던 그 커다란 늙은 개가 결국 자기를 죽였다고. 그때 거기서 소꼬리를 놓고 빠져 죽어버렸다면 좋았을 텐데. 티 케이크를 통해 자신을 죽이는 것은 너무 고통스러운 일이었다. 저녁 태양의 아들 티 케이크는 제이니를 사랑한다는 이유로 죽어야 했다. 제이니는 한참 동안 하늘을 물끄러미 바라보았다. 저 푸른 하늘의 품 너머 어딘가에 그분이 계신다. 여기서 무슨 일이 벌어지고 있는지 그분은 아실까? 틀림없이 그럴 것이다. 그분은 모든 걸 아시는 분이니까. 그분은 정말 티 케이크와 자신에게 이런 일을 행하실 작정일까? 이건 제이니가 맞서 싸울 수 있는 일이 아니었다. 그저 아파하며 기다리는 수밖에 없었다. 어쩌면 이건 무슨 심한 장난 같은 게 아닐까. 그러니 너무 지나치다 싶으면 그분이 신호를 보내주실 것이다. 제이니는 하늘을 뚫어져라 쳐다보며 신호가 될 만한 움직임을 찾았다. 대낮에 뜨는 별이라거나, 소리 지르는 태양이라거나, 심지어 웅얼대는 천둥 같은 것 말이다. 제이니는 간절한 애원을 담아 잠시 두 팔을 쳐들었다. 정확히 말하면 그건 애원이 아니었다. 질문이었다. 하늘은 변함없이 무심하고 고요했고, 제이니는 집 안으로 들어갔다. 신이 마음에 품은 것을 모두 행동으로 드러내지는 않을 테니까.

티 케이크는 눈을 감고 누워 있었고, 제이니는 그가 잠들었기를 바랐다. 하지만 아니었다. 그는 극심한 공포에 사로잡혀 있었다. 머리를 불타오르게 하고 강철 같은 손가락으로 숨통을 조이는 이건 뭐지? 어디서 왔으며 왜 주위를 맴도는 것일까? 그는 제이니가 눈치채기 전에 그 공포가 지나가기를 바랐다. 다시 물을 먹어보고 싶었지만, 실패하는 모습을 제이니에게 보이고 싶지 않았다. 제이니가 부엌에서 나가자마자 물동이로 가서 뭔가가 그를 저지할 틈조차 주지 않고 재빨리 물을 마실 작정이었다. 어쩔 수 없는 상황이 되기 전까지는 제이니를 걱정시킬 필요가 없다고 생각했다. 난로를 청소하는 소리가 들리더니 제이니가 재를 버리러 나가는 모습이 보였다. 그는 당장 물동이로 뛰어갔다. 하지만 이번에는 물을 보는 것만으로도 충분했다. 제이니가 돌아왔을 때그는 부엌 바닥에 쓰러져 고통에 몸부림치고 있었다. 제이니는 그를 토닥이고 달래가며 다시 침대로 데려갔다. 그러고는나가서 팜비치에서 온다는 그 약에 관해 알아보기로 마음먹었다. 약을 가져올 수 있도록 차를 몰아줄 사람을 구할 수 있을지도 모른다.

"이제 좀 괜찮아, 티 케이크, 우리 아가?"

"어, 조금."

"그럼 난 앞마당 좀 쓸어야겠어. 사람들이 씹다 뱉은 사탕수수랑 땅콩 껍질을 마당에 온통 버려놔서 말이야. 의사 선생님이 다시 왔을 때 여전히 그렇게 지저분한 모습은 보여드리고 싶지 않아."

"너무 오래 나가 있진 마, 제이니. 아플 때 혼자 있고 싶지 않으니까."

제이니는 최대한 빨리 길을 달려갔다. 시내까지 반쯤 갔을 때 맞은편에서 오는 숌드보텀과 도커리를 마주쳤다.

"안녕, 제이니, 티 케이크는 좀 어때요?"

"많이 안 좋아요. 지금 약을 알아보러 가는 길이에요."

"의사 선생님이 누군가에게 티 케이크가 아프다는 이야기를 해서 우리도 보러 가던 중이었어요. 일하러 나오지 않았길래 안 그래도 무슨 일이 있구나 싶었는데."

"내가 올 때까지 함께 좀 있어줘요. 오래 같이 있어줄 사람이 필요해요."

제이니는 쭉 시내로 달려가 시몬스 선생을 만났다. 그래, 답변을 받았네. 혈청은 없지만 약을 보내달라고 마이애미에 전보를 쳐두었어. 걱정할 필요 없네. 늦어도 내일 아침 일찍 도착할 거야. 이런 경우에 꾸물대는 사람은 없거든. 아니, 차를 빌려 직접 가지러 갈 필요는 없어. 그냥 집에 가서 기다려. 그게 다였다. 제이니가 집에 도착하자 문병객들은 자리를 떴다.

두 사람만 남았다. 티 케이크는 제이니의 무릎에 머리를 기대고 자기 기분을 토로하며 엄마처럼 다정하게 보살펴주는 제이니의 위로를 받고 싶었다. 하지만 솝이 해준 이야기 때문에 그의 혀는 마치 입안에서 죽은 도마뱀처럼 차갑고 무겁게 굳었다. 터너 부인 동생이 습지로 돌아온 지금 이런 정체불명의 병을 앓다니. 사람은 아무런 이유도 없이 이런 병에 걸리지 않는데.

"제이니, 그 터너 여편네 동생이 습지에 와서 뭘 한대?"

"몰라, 티 케이크. 돌아온 줄도 몰랐는데."

"내가 보기에 당신은 알고 있었어. 방금은 왜 슬쩍 나간 거야?"

"티 케이크, 그런 질문하는 거 싫어. 당신 상태가 얼마나 안 좋은지 알겠네. 이유도 없이 날 질투하잖아."

"그럼 왜 어딜 간다는 말도 없이 슬쩍 나간 거냐고? 전에는 그러지 않았잖아."

"걱정시키고 싶지 않아서 그랬어. 선생님이 약을 더 주문해뒀으니까 그게 왔는지 보러 갔던 거야."

티 케이크가 울기 시작하자 제이니는 그를 아이처럼 품에 안았다. 침대 가에 앉아 흔들흔들 얼러가며 그를 진정시켰다.

"티 케이크, 왜 쓸데없이 날 질투해. 우선, 난 당신 말곤 아무도 사랑할 수가 없어. 둘째로 난 늙어빠져서 당신 말곤 아무도 날 원하지 않아."

"아냐, 둘 다 아냐. 당신이 직접 나이를 말하면 나이가 많구나 하겠지만, 눈으로 보기엔 남자들 대부분과 다 어울릴 정도로 젊다고. 거짓말 아니야. 당신을 차지하고 싶어 하고 그 특권을 위해 열심히 일할 남자들이 수두룩해. 그 사람들이 하는 이야기를 내 귀로 직접 들었어."

"그럴지도 모르지, 티 케이크. 난 그런 덴 관심도 없었으니까. 난 그저 하나님이 당신을 통해 날 불구덩이에서 꺼내주셨다는 것만 알아. 난 당신을 사랑하고, 그래서 기뻐."

"고마워, 여보. 하지만 늙었다는 소리는 하지 마. 당신은

292

언제나 어린 소녀야. 하나님은 당신이 노년을 먼저 다른 사람이랑 보내고 소녀 시절은 아껴뒀다가 나랑 보내도록 만드셨거든."

"나도 그런 기분이야, 티 케이크. 그렇게 말해줘서 고마워."

"사실을 말하는 건데 힘들 게 있나. 당신은 상냥할 뿐만 아니라 예뻐."

"아유, 티 케이크."

"정말 그렇다니까. 장미나 다른 꽃들이 자기들 예쁘다고 뽐내는 걸 볼 때마다 난 너희가 언제 우리 제이니를 봐야 할 텐데 하는 생각이 들어. 가끔은 꽃들한테 얼굴 보여주도록 해. 알겠지, 제이니?"

"어디 계속해봐, 티 케이크. 그럼 나중엔 정말 믿게 될 테니까." 제이니는 장난스레 대꾸하고 그를 다시 침대에 눕혔다. 그때 베개 밑에 숨겨둔 권총이 느껴졌다. 순간 심장이 미친 듯이 뛰었지만, 티 케이크가 먼저 말하지 않았으니 묻지 않았다. 베개 밑에 권총을 놓고 자는 건 이제껏 없던 일이었다. "앞마당은 신경 쓰지 마." 제이니가 침대를 정리한 뒤 허리를 펴는데 티 케이크가 말했다. "내가 볼 수 있는 곳에 있어."

"좋아, 티 케이크. 당신 말대로 할게."

"만약 터너 부인의 안짱다리 동생이 이 근처에 와서 얼쩡대면 내가 사륜 브레이크로 막고 있다고 말해. 건수를 노리면서 서 있어봤자 소용없다고."

"난 아무 말도 안 할 거야. 그 사람 볼 일이 없으니까."

그날 밤 티 케이크는 심한 발작을 두 번 겪었다. 제이니는 그의 얼굴이 변하는 것을 보았다. 티 케이크는 사라지고, 그 얼굴에서 다른 무언가가 바깥을 바라보았다. 제이니는 날이 밝자마자 의사에게 가기로 마음먹었다. 아침에 일어나서 옷을 입는데, 동트기 직전에야 겨우 선잠이 들었던 티 케이크가 잠에서 깼다. 외출복 차림의 제이니를 본 티 케이크는 거의 으르렁대며 화를 냈다.

"어디 가는 거야, 제이니?"

"의사 선생님한테 가, 티 케이크. 선생님 없이 이 집에 있기엔 당신 상태가 너무 안 좋아. 당신을 입원시켜야 할지도 몰라."

"병원엔 절대 안 가. 그런 건 꿈도 꾸지 마. 내 시중드는 게 지겨워졌나 보지. 난 당신한테 그러지 않았어. 항상 뭘 더 못 해줘서 안달이었다고."

"티 케이크, 당신은 아파. 내 말을 몽땅 곡해하잖아. 당신 보살피는 일을 어떻게 지겨워할 수 있겠어. 당신이 내가 감당할 수 없을 정도로 아플까 봐 겁이 나는 것뿐이야. 난 당신이 얼른 회복하기를 바라, 여보. 그게 다야."

그는 사납기 그지없는 눈길로 제이니를 노려보며 그르렁거리는 소리를 냈다. 제이니는 그가 침대에 일어나 앉은 채 이리저리 몸을 움직이며 자기의 일거수일투족을 지켜보는 것을 봤다. 티 케이크의 몸을 차지한 낯선 존재가 두려워지기 시작했다. 그래서 그가 바깥 변소에 간 틈을 타서 권총을 재빨리 확인했다. 권총은 6연발이었고, 그중 세 발이 장전되어 있었다. 제이니는 총알을 빼내면서도 티 케이크가 탄창을 열어봤다가 자신이 권총을 눈치챘다는 걸 알게 될까 봐 문득 두려워졌다. 그랬다간 판단력을 잃은 상태에서 무슨 짓을 저지를지도 모른다. 제발 그 약이 왔으면! 제이니는 탄창을 돌려서 설령 티 케이크가 자신에게 총을 겨누더라도 세 번은 불발되도록 조치했다. 그러면 적어도 경고는 받을 수 있을 것이다. 도망을 치거나, 아니면 너무 늦기 전에 총을 빼앗을 수 있을 것이다. 어쨌든 티 케이크가 제이니를 해칠 리 없다. 그저 질투심에 겁을 주려는 것뿐이다. 제이니는 평소대로 부엌일을 하면서 아무런 내색도 하지 않을 생각이었다. 티 케이크가 다 나으면 웃으면서 이 이야기를 할 수 있을 것이다. 그래도 탄약통은 다 비웠다. 침대 머리 뒤에 뒀던 소총도 꺼내두는 게 좋을 것 같았다. 제이니는 소총 탄창을 열고 총알을 꺼내 앞치마 주머니에 넣은 다음 눈에 잘 띄지 않는 부엌 한쪽 구석 난로 뒤편에 총을 세워뒀다. 혹시나 티 케이크가 칼을 드는 사태에 이르더라도 그 정도는 피할 수 있을 것이다. 너무 법석을 떠는 것일 수도 있지만 조심해서 나쁠 일은 없다. 병들고 불쌍한 티 케이크가 나중에 자기가 무슨 짓을 했는지 깨닫고 나면 미쳐버릴 만한 일을 저지르도록 내버려둘 수는 없었다.

티 케이크가 이를 이상하게 앙다문 채 머리를 양쪽으로 흔들며 괴상하게 성큼성큼 걷는 걸음걸이로 변소에서 돌아오는 모습이 보였다. 너무 끔찍했다! 시몬스 선생님이 말한 약은 대체 어디 있는 걸까? 제이니는 자신이 여기서 티 케이크를 돌보고 있어서 다행이라고 생각했다. 사람들이 이런 상태의 티 케이크를 본다면 무슨 못된 짓을 할지 모른다. 아주 미친개 취급을 할 것이다. 세상에 그보다 더 착한 사람은 없는데도 말이다. 의사 선생님이 그 약을 가지고 와주기만 하면 되는데. 그는 아무 말 없이 집으로 들어오더니—사실 제이니의 존재를 알아차리지도 못하는 것 같았다—침대에 털썩 쓰러져 잠이 들었다. 그러다 제이니가 난로 옆에 서서 설거지를 하는데, 티 케이크가 이상하게 차가운 목소리로 제이니를 불렀다.

"제이니, 당신 왜 이젠 나랑 한 침대에서 안 자는 거야?"

"의사 선생님이 혼자 자야 한다고 했잖아, 티 케이크. 어제 선생님 말씀 기억 안 나?"

"왜 나랑 침대에서 안 자고 요를 깔고 자냐고!"그때 제이니는 축 늘어뜨린 티 케이크의 손에 권총이 들려 있는 것을 보았다. "내가 말하면 대답을 해."

"티 케이크, 티 케이크, 여보! 가서 누워! 선생님이 그래도 된다고만 하면 나는 당장 당신 곁에서 잘 거야. 다시 누우라고. 선생님이 금세 새 약을 가지고 오실 거야."

"제이니, 난 당신한테 잘하려고 온갖 일을 다 겪었는데, 이런 취급을 받다니 정말 가슴이 아파."

총이 흔들흔들 불안하게, 하지만 재빨리 올라오더니 제이니의 가슴을 겨눴다. 정신이 오락가락하는 와중에도 티 케이크의 조준이 정확하다는 것을 제이니는 알아챘다. 어쩌면 그냥 겁주려는 것일 수도 있어. 그럴 거야.

권총이 딸깍 소리를 내며 한 번 불발됐다. 제이니의 손이 본능적으로 뒤에 있던 소총을 낚아채 가져왔다. 이 정도면 티 케이크도 겁을 먹겠지. 의사 선생님만 온다면! 아니, 누구라도 좀 와줬으면! 제이니가 민첩하게 탄창을 열고 총알을 밀어 넣는데, 두 번째 딸깍 소리가 났다. 제정신이 아닌 티 케이크의 뇌가 제이니를 죽이라고 몰아붙였다.

"티 케이크, 그 총 놓고 침대로 돌아가!"제이니는 힘없이 흔들거리며 총을 든 티 케이크에게 외쳤다.

그는 문설주에 기대어 휘청거리는 몸을 바로잡았고, 그걸 본 제이니는 그에게 달려가 팔을 붙들까 생각했다. 하지만 그 순간 그가 재빨리 총을 조준했고 딸깍 소리가 났다. 그 사나운 눈빛을 본 제이니는 그때 물속에서 그랬던 것처럼 공포에 휩싸였다. 제이니는 미칠 듯한 희망과 공포 속에서 총을 치켜들었다. 이걸 보고 티 케이크가 도망갔으면 하는 희망과 자기가 죽을지도 모른다는 절박한 공포. 하지만 티 케이크가 결과를 예측할 정도로 분별력이 있다면 애초에 권총을 들고 거기 있지도 않았을 것이다. 그는 두려움도, 소총도, 다른 그 무엇도 알지 못했다. 자신을 겨누는 총 따위는 제이니의 손가락만큼도 신경 쓰지 않았다. 그가 긴장해서 뻣뻣하게 굳은 몸으로 권총을 들고 조준했다. 티 케이크 안의 악마는 기어이 살생을 할 작정이었고, 눈앞에 보이는 생명체는 제이니뿐이었다.

권총과 소총 소리가 거의 동시에 울려 퍼졌다. 권총 소리는 엽총의 메아리라도 된 것처럼 간발의 차로 터져 나왔다. 티 케이크가 고꾸라질 듯 휘청거렸고, 그의 총알은 제이니 머리 위 들보에 가서 박혔다. 제이니는 그의 표정을 보고 한달음에 달려가 쓰러지는 그를 받아 안았다. 제대로 안으려는 순간 티 케이크가 제이니의 팔뚝에 이를 박아 넣었다. 그들은 그렇게 함께 털썩 쓰러졌다. 제이니는 가까스로 일어나 앉아, 죽은 티 케이크가 꽉 문 팔을 억지로 빼냈다.

영겁의 시간 중 아주 찰나의 순간이었다. 1분 전만 해도 제이니는 제 목숨을 지키려고 싸우는 겁에 질린 인간에 불과했다. 하지만 이제는 희생적인 인간으로 돌아와 티 케이크의 머리를 무릎에 눕혀놓고 있었다. 살기를 애타게 바랐지만, 티 케이크는 죽었다. 어떤 시간도 영원하지 않지만, 애통해할 권리는 있다. 제이니는 티 케이크의 머리를 꼭 껴안은 채 울면서 사랑하며 보살필 기회를 준 그에게 말없이 감사를 전했다. 이제 곧 그는 가고 없을 테니 꼭 껴안아줘야 했다. 마지막으로 이야기해줘야 했다. 바깥의 어둠이 슬프게 내려앉았다.

제이니는 큰 슬픔을 겪은 바로 그날 감옥에 갇혔다. 의사가 보안관과 판사에게 상황을 설명하자, 다들 그날 재판을 해야 한다고 말했다. 괜히 감옥에 가둔 채 대기시켜 벌을 줄 필요는 없었다. 수감된 지 세 시간 만에 재판이 열렸다. 시간이며 모든 것이 촉박했지만, 재판에는 충분히 많은 사람이 참석했다. 많은 백인이 이 기이한 사건을 보러 왔다. 수 킬로 반경 내의 흑인들도 모두 참석했다. 티 케이크와 제이니의 사랑 이야기를 모르는 사람이 있을까?

재판이 열렸고, 제이니는 위풍당당하게 법복을 입고 자신과 티 케이크의 이야기를 들으러 온 판사를 보았다. 그 외에도 열두 명의 백인 남자가 제이니와 티 케이크 사이에 일어난 일을 듣고 시시비비를 가리려고, 하던 일을 제쳐두고 왔다. 그것도 웃겼다. 티 케이크나 제이니 같은 사람들은 조금도 알지 못하는 낯선 남자들이 이 사건을 판단하다니. 제이니를 보러 온 백인 여자들도 여덟 내지 열 명 정도 있었다. 좋은 옷차림을 하고 좋은 음식을 먹어 혈색이 발그레한 여자들이었다. 절대 가난한 백인들이 아니었다. 그런 사람들이 왜 풍족한 일상을 제쳐두고 작업복 차림의 제이니를 보러 왔을까? 하지만 많이 화난 듯 보이지는 않네, 제이니는 생각했다. 저 남자들보다는 저 여자들한테 상황을 알려줄 수 있으면 좋으련만. 아, 그나저나 장의사가 티 케이크 염을 잘해주어야 할 텐데. 염하는 과정을 살필 수 있도록 보내줘야 마땅하지 않나. 그리고 제이니가 잘 아는 프레스콧 씨도 와 있었다. 그는 열두 명의 남자들에게 티 케이크를 쏘아 죽인 죄로 제이니를 사형시켜야 한다고 할 사람이었다. 팜비치에서 온 낯선 남자가 제이니를 죽이지 말라고 청할 사람이었지만, 그 사람을 아는 이는 아무도 없었다.

그런 다음 법정 뒤편에 서 있는 흑인들이 제이니의 눈에 들어왔다. 그들은 색깔만 훨씬 더 짙을 뿐, 상자 안에 꽉꽉 쟁여놓은 셀러리 같았다. 다들 제이니에게 화가 난 모습이었다. 제이니를 미워하는 사람들이 어찌나 많은지, 그 사람들 모두가 한 대씩만 살짝 쳐도 제이니를 때려죽일 수 있을 정도였다. 그 사람들이 퍼부어대는 더러운 생각들이 느껴졌다. 그들은 혀에 악담을 장전하고 언제라도 방아쇠를 당길 준비가 되어 있었다. 힘없는 자들에게 남겨진 유일한 무기. 백인들 앞에서 사용 허가가 내려진 유일한 살인 도구.

그렇게 잠시 후 모든 준비가 끝났고, 법정은 예전에는 티 케이크의 제이니였지만 이제는 빈 껍질만 남은 제이니 우즈에게 적절한 처분을 판단하기 위해 사람들이 발언해주기를 바랐다. 분위기가 진지해질수록 백인들 쪽은 조용해졌지만, 흑인들 쪽에는 야자수를 뒤흔드는 바람처럼 혀의 폭풍이 몰아닥쳤다. 갑자기 모든 사람이 합창이라도 하듯 한꺼번에 떠들며 그 박자에 맞춰 상체를 흔들어댔다. 그들은 사건 증언을 하고 싶다는 뜻을 법정 경위를 통해 프레스콧 씨에게 전달했다. 티 케이크는 좋은 청년이었어요. 저 여자한테 정말 잘했다고요. 그런 대접을 받고 산 흑인 여자는 이제껏 없었을걸요. 아뇨, 경위님! 티 케이크는 저 여자를 위해 개처럼 일했고 폭풍 속에서 저 여자를 구하려다 거의 죽을 뻔했어요. 그런데 저 여자는 티 케이크가 물 때문에 가벼운 열병에 걸리기 무섭게 다른 놈이랑 놀아났지 뭡니까. 멀리 있는 사람을 마을까지 불러들여서 말이죠. 저 여자한테는 교수형도 과분하다고요. 저희는 그저 증언할 기회를 바랄 뿐입니다. 법정 경위가 앞으로 나가자 보안관과 판사, 경찰서장, 변호사들이 모두 모여 잠시 이야기를 듣더니 다시 자기 자리로 흩어졌다. 보안관이 증언대에 서서 제이니가 의사와 함께 자기 집에 찾아왔던 일과 제이니의 집에 차를 몰고 가서 목격한 광경에 관해 설명했다.

다음으로 시몬스 선생이 증인으로 소환되었다. 그는 티 케이크의 병세와 또 그 병이 제이니와 마을 전체에 얼마나 위험한지 설명했고, 제이니가 너무 걱정돼서 티 케이크를 감옥에 가둘까도 생각했지만 제이니가 간호하는 모습을 보고 그러지 않았다고 말했다. 또, 그 집에 도착했을 때 제이니가 팔을 물린 채 바닥에 앉아 티 케이크의 머리를 쓰다듬고 있었다고도 증언했다. 티 케이크의 손 바로 옆에 놓여 있던 총에 관해서도. 그런 다음 그는 증인석에서 내려왔다.

"더 제시할 증거는 없습니까, 프레스콧 씨?" 판사가 물었다.

"아뇨, 재판장님. 이상입니다."

뒤편의 흑인들 사이에서 다시 야자수 춤이 시작되었다. 그들은 이야기를 하러 와 있었다. 그 이야기를 전하기 전에 재판은 끝날 수 없었다.

"프레스콧 씨, 할 말이 있습니다." 숍드보텀이 익명의 무리 속에서 외쳤다.

법정 안 사람들이 모두 고개를 돌려 그쪽을 바라봤다.

"본인한테 이로운 게 뭔지 안다면 부르기 전엔 입 닥치고 있는 게 좋을 거야." 프레스콧 씨가 차갑게 말했다.

"알겠습니다, 프레스콧 씨."

"이 사건은 우리가 처리해. 자네나 그 뒤쪽 검둥이들 중 누구든 한마디만 더 해봐. 다들 포승줄로 묶어 큰 법정으로 보내버릴 테니."

"알겠습니다."

백인 여자들이 작게 박수쳤고, 프레스콧 씨는 법정 뒤편을 노려보고는 단상에서 내려갔다. 다음으로 제이니를 변호할 낯선 백인 남자가 단상에 올라갔다. 그는 서기와 잠시 귓속말을 하더니 제이니를 불러 증인석에 세웠다. 그는 몇 가지 간단한 질문을 한 뒤, 제이니에게 무슨 일이 벌어진 것인지 온전한 진실을, 오로지 진실만을 이야기하라고 말했다. 신께서 제이니를 도우시기를.

모두 몸을 바짝 앞으로 내밀고 제이니의 말에 귀를 기울였다. 무엇보다 제이니가 잊지 말아야 할 점은 여기가 집이 아니라는 것이었다. 제이니는 법정에서 싸움 중이었고, 그 싸움의 대상은 죽음이 아니었다. 그 대상은 죽음보다 더 나쁜 것, 바로 거짓된 생각이었다. 자기가 절대 악의를 가지고 티 케이크를 쏠 수 없다는 사실을 사람들에게 이해시키려면 옛날로 거슬러 올라가 두 사람이 이제껏 함께한 사연을 들려줘야 했다.

제이니는 그런 막다른 상황에 내몰린 게 얼마나 끔찍했는지 사람들에게 설명하려고 애썼다. 티 케이크는 자기 안의 미친개를 죽이지 않고는 자기 자신으로 돌아올 수가 없었지만, 그 개를 죽이면 살 수가 없는 상황이었다. 그 개를 죽이자면 자기도 죽을 수밖에 없었다. 하지만 제이니는 티 케이크를 죽이고 싶지 않았다. 사냥감을 이기고자 자신이 죽을 수밖에 없다면 정말 힘든 놈과 맞붙은 것이다. 제이니는 자신이 결코 티 케이크를 죽이고 싶어 할 수 없는 사람이라는 것을 사람들에게 알렸다. 제이니는 어느 누구에게도 애원하지 않았다. 그저 거기 앉아서 이야기했고, 이야기를 마친 후에는 입을 다물었다. 이야기가 끝나고도 시간이 한참 흐른 후에야 판사와 변호사, 나머지 사람들은 이야기가 끝났다는 것을 깨달은 기색이었다. 그러나 제이니는 변호사가 내려오라고 할 때까지 그 증인석에 그대로 앉아 있었다.

"변론을 마치겠습니다." 제이니의 변호사가 말했다. 그런 다음 변호사와 프레스콧 씨가 귓속말을 주고받은 후 저 높은 곳에 앉은 판사에게 가서 함께 이야기를 나눴다. 그러고는 둘 다 자리에 앉았다.

"배심원 여러분, 피고가 잔혹한 살인을 저지른 것인지, 아니면 어쩔 도리 없는 불행한 상황에서 고인이 된 남편의

304

가슴에 총알을 발사하여 사실은 크나큰 자비를 베푼 헌신적인 아내이자 상처 입은 가엾은 존재인지는 여러분의 판단에 달렸습니다. 만일 피고가 무자비한 살인자라고 생각하신다면 1급 살인 평결을 내려주십시오. 하지만 만일 증거가 이를 증명하지 못한다면 피고를 석방하도록 해주십시오. 그 중간은 있을 수 없습니다."

배심원단이 줄이어 퇴장하자, 법정 안에 웅성거리는 이야기 소리가 들리기 시작했고 몇몇 사람들은 자리에서 일어나 돌아다녔다. 제이니는 목석처럼 앉아 기다렸다. 죽음은 두렵지 않았다. 두려운 것은 오해였다. 자신이 티 케이크의 죽음을 바랐다는 평결이 내려진다면, 그것이야말로 진정한 죄이자 수치였다. 그것은 살인보다 더 끔찍했다. 그때 배심원단이 다시 들어왔다. 나가 있었던 시간은 법정 시계로 5분이었다.

"우리는 버저블 우즈의 죽음이 완전한 사고사로 정당화될 수 있으며, 피고 제이니 우즈에게는 어떠한 과실도 없다고 생각합니다."

그렇게 제이니는 자유의 몸이 되었고, 판사와 재판석의 모든 사람이 제이니에게 미소를 지으며 악수를 나눴다. 백인 여자들은 환호성을 지르며 보호벽처럼 제이니를 둘러쌌고, 흑인들은 고개를 떨군 채 무거운 발걸음을 끌며 밖으로 나갔다. 해가 거의 저물어갔다. 그 태양은 제이니의 힘든 사랑을 비추며 떠올랐다. 제이니는 티 케이크를 쏘았고 감옥에 갇혔고 목숨이 걸린 재판을 받았고 이제 자유의 몸이 되었다. 얼마 남지 않은 시간 동안 할 일이라고는 자신의 심정을 알아준 친절한 백인 친구들을 찾아가 감사 인사를 전하는 것밖에 없었다. 그렇게 해가 졌다.

그날 밤을 보내려고 제이니는 하숙집에 방을 하나 얻었다. 집 앞에서 남자들이 이야기하는 소리가 들렸다.

"어휴, 저 백인 남자들은 제이니처럼 생긴 여자한테는 벌 줄 생각도 없었어."

"백인 남자를 죽이진 않았으니까, 안 그래? 뭐, 백인 남자만 쏘지 않는다면야 검둥이들은 얼마든지 죽여도 되지."

"그럼, 검둥이 여자들은 원하는 누구든 다 죽일 수 있어. 하지만 너희는 검둥이 여자를 죽이면 안 돼. 그랬다간 백인들이 반드시 목을 매달 테니까."

"왜, 이런 말이 있잖아, '백인 남자와 검둥이 여자가 세상에서 제일 자유롭다.' 그 인간들은 하고 싶은 대로 다 하고 살거든."

제이니는 티 케이크를 팜비치에 묻었다. 티 케이크가 글레이즈를 사랑한 것은 알았지만, 글레이즈는 그를 두기에 지대가 너무 낮았다. 큰비가 오면 물이 그를 쓸어버릴 수도 있

을 것 같았다. 어쨌거나 글레이즈와 그 물이 티 케이크를 죽
였다. 제이니는 티 케이크가 다시는 폭풍을 겪지 않도록 웨
스트팜비치 묘지에 튼튼한 지하 납골당을 만들었다. 장례 비
용은 올랜도에 전보를 쳐서 찾았다. 티 케이크는 저녁 태양
의 아들이었고, 세상 그 어떤 것도 그에겐 부족했다. 솜씨 좋
은 장의사 덕분에 티 케이크는 제이니가 산 장미에 둘러싸인
채 흰 비단 침상 위에서 왕족처럼 잠들어 있었다. 그가 금방이
라도 싱긋 미소를 지을 것만 같았다. 제이니는 새 기타를 사서
그의 손에 쥐여주었다. 티 케이크는 제이니와 다시 만나는 날
제이니에게 들려줄 새로운 곡들을 구상하고 있을 것이다.

조금과 그 친구들이 제이니를 괴롭히려 했지만, 제이니는
그들이 티 케이크를 사랑하고 상황을 이해하지 못해서 그런
다는 걸 잘 알았다. 그래서 솝에게 전갈을 보내고 다른 사람
에게도 다 전해달라고 했다. 장례식 날 그들은 부끄럽고 미
안한 듯한 표정을 하고 찾아왔다. 다들 제이니가 빨리 잊어
주기를 바랐다. 그렇게 그들은 제이니가 빌린 세단 열 대를
넘치도록 채웠고 다른 차들도 행렬에 합류했다. 곧 악단이
연주를 시작했고, 티 케이크는 마치 파라오처럼 무덤으로 나
아갔다. 이번에 제이니는 비싼 베일도 상복도 걸치지 않았
다. 작업복 차림 그대로 갔다. 슬픔에 빠져 허우적대느라 비
통해 보이는 옷을 차려입을 정신도 없었다.

20

사람들은 제이니도 사랑했지만 단지 티 케이크를 조금 더 사
랑했기 때문에, 그리고 자기가 좋은 사람이라고 생각하고 싶
었기 때문에, 자신들이 제이니에게 보인 적대적인 태도를 다
잊어주기를 바랐다. 그래서 그 모든 것을 터너 부인 동생 탓
으로 돌리고 그를 다시 습지에서 내쫓았다. 사람들은 그가
거기 돌아와 멋있는 척하며 남의 아내들의 시선을 끌려고 했
던 것을 지적했다. 비록 그 일이 그의 잘못이 아니더라도, 그
가 그런 식으로 처신한 건 사실이니까.

　"아니, 난 제이니한테 화 안 났어." 솝은 돌아다니며 해
명했다. "티 케이크는 완전히 정신이 나가버렸잖아. 제이니
야 그저 자기를 보호하려고 한 건데 그걸 탓할 수는 없지. 제
이니가 티 케이크를 얼마나 좋아했는데. 장례 치러준 걸 봐.
난 제이니한테 조금도 유감 없어. 사실 난 아무 생각도 없었

는데, 그 안짱다리 검둥이 녀석이 여기 돌아온 첫날 일자리를 구한답시고 돌아다니다가 나한테 와서는 우즈 부부는 어떻게 지내냐고 묻는 바람에. 그건 뭔가 노리는 게 있는 거거든.”

“그래서 놈이 스튜 비프랑 부티니 무리한테 쫓겨 살려달라며 왔길래 내 그랬지. 머리카락 휘날리며 나한테 오지 말라고, 내가 쫓아버릴 거라고 말이야. 그리고 정말로 그렇게 했어. 그 개자식!” 그걸로 충분했다. 그들은 터너 부인 동생을 흠씬 때려 습지에서 내쫓고 찜찜했던 기분을 씻어버렸다. 어쨌거나 제이니를 미워했던 것은 꼬박 이틀 동안이었고, 이틀은 무언가를 계속 기억하기에는 너무 긴 시간이었다. 그건 너무 피곤한 일이었다.

그들은 제이니에게 계속 습지에서 함께 살자고 간곡히 청했고, 제이니는 사람들 마음이 상하지 않도록 몇 주 더 그곳에 머물렀다. 하지만 습지는 티 케이크를 의미했고, 티 케이크는 거기 없었다. 이제 그곳은 그저 광활하게 펼쳐진 시커먼 진흙땅에 지나지 않았다. 제이니는 두 사람의 작은 집을 정리해 모든 물건을 다 나눠줘버리고 티 케이크가 심으려고 사둔 꽃씨 한 봉지만 챙겼다. 꽃씨를 심겠다는 계획은 이루지 못했다. 적당한 절기를 기다리던 중 티 케이크가 병에 걸렸기 때문이다. 무엇보다 그 씨앗을 보면 티 케이크가 생각났다. 그는 늘 무언가를 심는 사람이었으니까. 장례식을 마치고 돌아와 부엌 선반 위에 놓인 씨앗 봉지를 보고 제이니는 가슴 속주머니에 잘 챙겨두었다. 이제 집에 돌아왔으니 티 케이크를 기억하며 그 씨앗을 심을 작정이었다.

제이니는 튼튼한 발로 대야의 물을 휘저었다. 피곤함이 싹 가셨기에 수건으로 발을 닦았다.

"자, 그렇게 된 거야, 피비, 이야기한 그대로. 그래서 난 다시 집으로 돌아왔고 여기 오니까 좋아. 난 지평선까지 갔다가 왔고, 이제는 여기 내 집에 앉아 비교해보며 살 수 있어. 이 집도 티 케이크를 만나기 전처럼 휑하지 않아. 추억이 가득하거든. 특히 저 침실은.

저기 앉아 떠들어대는 인간들이 우리가 무슨 이야기를 하는지 알고 싶어서 애간장을 태울 거야. 괜찮아, 피비, 다 이야기해줘. 내 사랑이 자기들 사랑이랑 달라서 다들 탄복하겠지. 사랑이란 걸 해봤다면 말이야. 그리고 꼭 이렇게 말해줘. 사랑은 맷돌이랑 달라서 어디서나 똑같은 모양도 아니고 대상을 불문하고 똑같은 일을 하지도 않는다고. 사랑은 바다와 같아. 움직이지. 그러면서도 가닿는 해안을 따라 모양새가 만들어지니 모든 사랑의 모양이 다른 거야."

"세상에!" 피비가 크게 숨을 내쉬었다. "네 이야기를 들

기만 했는데도 3미터는 더 자란 것 같아, 제이니. 이젠 나도
별생각 없이 만족하며 못 살겠어. 지금부턴 나도 샘한테 낚
시에 데려가라고 해야겠다. 내 앞에선 누구도 네 흉을 못 보
게 할 거야."

　"아냐, 피비, 다른 사람들을 너무 나쁘게 보지는 마. 그
사람들은 아는 게 없어서 말라붙어 쪼그라든 거니까. 그렇게
거죽만 남은 몸으로 살아 있는 시늉을 하려면 떠들기라도 해
야 할 거 아냐. 떠드는 걸로 위안 삼으라고 해. 물론 그렇게 떠
들면서 다른 건 하나도 못 한다면 아무 쓸모가 없지만. 그런
이야기를 들으면 마치 입을 벌리고 목구멍에 달빛을 받겠다
고 하는 것 같아. 두말할 필요도 없지만, 피비, 어떤 곳을 알
고 싶으면 직접 거기 가야 하는 거야. 아빠도, 엄마도, 다른 어
떤 사람도 그걸 알려주고 보여줄 수는 없어. 모든 사람이 스
스로 해야 하는 일이 두 가지 있어. 신에게 가는 것, 그리고
자기 인생을 사는 법을 발견하는 것."

　제이니가 말을 마치자 완전한 침묵이 흘렀고, 처음으로
소나무를 스치고 지나가는 바람 소리가 들렸다. 그 소리에
피비는 초조하게 자기를 기다릴 샘이 생각났다. 그 소리에
제이니는 위층의 그 방, 자기의 침실이 생각났다. 피비는 제
이니를 꼭 껴안아준 다음 어둠을 가르며 황급히 뛰어갔다.

　곧 아래층을 둘러싼 모든 것이 닫히고 잠겼다. 제이니는

등불을 들고 계단을 올라갔다. 손에 든 불빛이 태양의 불꽃처럼 제이니의 얼굴을 붉게 적셨다. 등 뒤 그림자가 계단 아래로 검고 길게 드리워졌다. 이제 제이니의 방에서는 다시 상쾌한 맛이 났다. 열린 창으로 들어온 바람이 아무도 없이 텅 비었던 공간의 퀴퀴한 느낌을 말끔히 쓸어버린 것이다. 제이니는 창문을 닫고 앉았다. 머리에 앉은 길 먼지를 빗어 내리고 생각에 잠긴 채.

그날의 총격과 피투성이 시체와 법정의 기억이 찾아와 방 안 구석구석에서, 모든 의자와 물건에서 탄식의 노래를 시작했다. 노래하다가, 흐느끼고 한탄하는가 하면, 노래하고 흐느꼈다. 그 순간 티 케이크가 껑충껑충 뛰어와 제이니 주위를 맴돌자, 탄식의 노래는 창밖으로 날아가 소나무 꼭대기에서 빛을 발했다. 태양 빛을 휘감은 티 케이크. 물론 그는 죽지 않았다. 제이니가 느끼고 생각하기를 멈추는 그날까지 티 케이크는 절대 죽을 수 없다. 그의 추억에 키스하자 벽에 사랑과 빛의 그림들이 펼쳐졌다. 여기에 평화가 있었다. 제이니는 자신의 지평선을 거대한 어망처럼 거두어들였다. 세상의 허리에서 거두어들여 어깨에 둘렀다. 그 그물눈 속에 얼마나 많은 삶이 있는지! 제이니는 와서 보라며 자신의 영혼을 불렀다.

옮긴이의 글

흑인 여성 문학의 선구자, 조라 닐 허스턴

억압과 폭력에 맞선 흑인 여성 연대를 그린 『컬러 퍼플』
(1982)로 퓰리처상을 수상한 작가 앨리스 워커가 1975년 잡
지 《미즈》에 기고한 에세이 「조라 닐 허스턴을 찾아서」는 오
랫동안 잊힌 작가 조라 닐 허스턴을 재발견해 흑인 여성 문
학의 계보를 확장한 문학사적 사건이었다. 오랜 시간 절판
상태였던 허스턴의 대표작 『그들의 눈은 신을 보고 있었다』
(이하 '그들')를 우연히 접한 워커는 1973년 플로리다로 가서
이 놀라운 선배 작가의 행적을 좇고, 결국 잡초에 뒤덮인 이
름 없는 무덤을 찾아내어 묘비를 세워 "남부의 천재 조라 닐
허스턴"이라는 비문을 새긴다. 이 여정을 기록하여 허스턴을
재조명한 에세이의 파급력은 대단했다. 그간 충성도 높은 소

수의 흑인 독자 사이에서만 알음알음 읽히던 허스턴의 저작과 삶을 향한 관심은 민권운동 이후 생겨난 신생 학과인 흑인학과 페미니즘의 요구와 시기적으로 맞물리며 폭발적으로 높아졌다. 1978년 새로운 판본으로 나온 '그들'을 필두로 허스턴의 저작들이 재출간된 것은 물론이거니와, 허스턴을 주제로 한 학회가 잇달아 열리고 논문이 쏟아졌다. 네 편의 장편소설과 흑인 민속학 저서 두 권, 희곡 열 편, 자서전, 그 외에도 수많은 시와 단편, 에세이를 내놓았지만 20여 년이 넘도록 완전히 잊힌 존재였던 흑인 여성 문학의 선구자 조라 닐 허스턴은 그렇게 극적으로 부활한다.

작가이자 인류학자, 민속학자인 조라 닐 허스턴은 1891년 앨라배마주 노타설가에서 여덟 형제 중 다섯째로 태어나 세 살 때 미국 최초 흑인 자치 마을인 플로리다주 이턴빌로 이주했고, 덕분에 당시로서는 흔치 않게 백인의 인종차별과 인종적 열등감을 경험하지 않고 유년기를 보냈다. 하지만 유년기의 끝은 쓰라렸다. "기가 너무 세다"고 아버지에게 혼나던 허스턴에게 "태양을 향해 뛰라"고 격려해줬던 어머니가 1904년 사망하면서 삶은 크게 뒤흔들린다. 목사이자 이턴빌 시장이었던 아버지는 아내가 사망한 지 얼마 되지도 않아 허스턴보다 불과 여섯 살 많은 여성과 재혼한 후 딸의 학비를 끊었고, 허스턴은 집을 떠나 형제들의 집과 갖가지 잡

일을 전전하다 1917년이 되어서야 볼티모어의 모건 칼리지에서 학업을 재개한다(허스턴이 자서전을 위시한 여러 자리에서 자신을 1901년생으로 소개한 것은 20대 중반의 나이에 무상 공교육 혜택을 받기 위해 했던 거짓말에서 시작된 것으로 추정된다). 이후 허스턴은 식을 줄 모르는 학구열로 흑인 대학인 하워드대학교를 거쳐 컬럼비아대학교의 바너드 칼리지에 진학했고, 칼리지 유일의 흑인 학생으로서 문화인류학자 프란츠 보아즈와 남부 흑인의 민속을 채집, 기록하는 연구를 시작한다. 이러한 관심사는 훗날 미국 남부뿐만 아니라 카리브해 연안으로 이주당한 아프리카 디아스포라의 전통문화 연구로까지 확장되며 허스턴의 평생 연구 프로젝트이자 소설의 자양분이 된다.

허스턴이 바너드 칼리지에 재학하던 1920년대 중후반 뉴욕 맨해튼에서는 남부의 인종차별을 피해 북부로 대거 이동한 흑인들이 할렘으로 유입되며 시작된 흑인 문화 부흥 운동인 할렘 르네상스가 전성기를 구가하고 있었다. 할렘 르네상스는 '신흑인 운동New Negro Movement'이라고도 불렸는데, 이는 탁월한 흑인 작가들의 작품을 모은 할렘 르네상스의 대표 문학 선집《뉴니그로》를 통해 널리 퍼진 용어다. 할렘 르네상스를 이끈 예술가와 지식인들은 수백 년의 노예제가 남긴 부정적인 '구흑인'의 이미지를 깨부수고 흑인으로서의 자긍심과 주체성을 가진 신흑인을 표방했다. 잘 교육받고 재능이 넘치는 엘리트인 신흑인은 흑인이 미국 사회의 "문젯거리"가 아니라 오랜 문화적 전통에 뿌리를 둔 흑인 미학을 통해 오히려 유럽의 영향에서 벗어난 미국의 독자적 문화를 창조할 수 있는 집단임을 보여줌으로써 흑인의 정치적, 사회적 지위 향상을 꾀했다.

　하워드 대학 시절부터 단편을 쓰기 시작했던 허스턴은 《뉴니그로》에 단편이 실리면서 함께 작품을 실은 시인 랭스턴 휴스와 공동으로 희곡을 집필하는 등 할렘 르네상스를 대표하는 작가로 자리매김했고, 이후 30년대에 본격적인 저작들을 쏟아낸다. 허스턴의 주요 저작인 민속학 저서 『노새와 인간』(1935), 『내 말에게 전하라』(1938)와 세 편의 장편 소설 『요나의 박 넝쿨Jonah's Gourd Vine』(1934), 『그들의 눈은 신을 보고 있었다』(1937), 『모세, 산의 사람Moses, Man of the Mountain』(1939)이 모두 이 시기에 연달아 나왔다. 하지만 아이러니하게도 허스턴의 대표작 '그들'은 허스턴 커리어의 내리막길의 시작점이기도 했다. 20년대를 휩쓸었던 흑인 문화와 예술의 유행이 대공황의 타격을 맞아 쇠퇴하고 인종차별의 억압에 맞선 사회 비판 메시지를 담은 사회적 리얼리즘이 문단의 주조를 이루던 30년대 말, 한 흑인 여성이 세 번의 결혼을 거치며 자신을 찾아가는 여정을 그린 '그들'은 잔인한 인종차별로 고통받는 흑인의 현실을 담지 않은 얄팍한 소설이라는 혹독한 비판을 받았다. 당대 사회적 리얼리즘을 이끈 작가 리처드 라이트의 비판이 대표적이다. 그는 '그들'이 백인 독자들 취향에 영합하는, 생각 없고 무지하고 게으른 상투적 흑인 인물이 수두룩한 "주제도, 메시지도, 생각도 없는" 소설이며, 백인 청중을 웃게 만드는 민스트럴쇼(백인이 흑인의 신체적 특성을 과장하는 분장을 하고 흑인을 희화화한 코미디쇼로 19세기 후반에서 20세기 초반까지 인기를 끈 장르)나 다름없다고 독설에 가까운 혹평을 퍼부었다. 남부 흑인이 사용하는 방언을 충실하고 생생하게 담은 허스턴의 선택 또한 흑인은 무지하다는 편견에 일조하는 퇴행적 선택이라는 비난을 받았다.

백인들의 인종차별에 대한 비판을 훌륭한 흑인문학이 다뤄야 할 주제로 한정하는 사회적 리얼리즘은 인종차별의 고통과 분노를 작품의 전면에 내세우지 않은 '그들'을 현실을 외면한 소설로 낙인찍었지만, 허스턴은 누구보다도 30년대 남부 흑인의 삶을 사실적으로 그린 작가였다. 다만 그 초점이 인종차별과 가부장제의 이중고에 시달리면서도 노예처럼 침묵 당하는 흑인 여성의 현실이었을 뿐이다. '그들'은 주인공 제이니 크로퍼드가 세 번의 결혼을 거치며 가부장제의 억압에서 벗어나 자아를 찾아가는 여정을 보여준다. 넓은 세상 지평선 끝까지 가보기를 꿈꿨던 제이니는 손녀를 "세상의 노새"처럼 살게 하지 않으려는 할머니의 결의에 떠밀려 넓은 땅을 소유한 로건 킬릭스와 결혼하지만, 아이러니하게도 고분고분 시키는 일이나 하는 노새 같은 존재가 되기를 강요받는다. 하지만 현실에 체념하고 타협하기를 거부하고 로건을 떠나 결혼한 두 번째 남편 역시 제이니가 꿈꾸던 남자는 아니었다. 조는 큰소리치며 살아보겠다는 꿈을 흑인 자치 마을 이턴빌의 시장이 되어 이루지만, 남자들이 탐내는 미모를 갖춘 제이니를 자신의 성공을 보여주는 트로피로 전시하며 육체적, 언어적 폭력을 가한다. 제이니를 자율성 지닌 인간으로 대하지 않고 자기가 있으라는 자리에서 시키는 일이나 하라며 폭언을 퍼붓는 로건에게서는 노예주가 겹쳐 보인다. 여자와 아이들, 가축은 생각이라는 걸 할 줄 모르니 대신 생각해줘야 한다며 제이니의 입을 막는 조의 단언은 흑인의 지능을 폄하하며 노예제를 정당화하는 백인들의 이데올로기와 중첩된다. 그는 사람들 앞에서 수없이 모욕을 당하다 단 한 번 맞받아친 제이니를 끝까지 용서하지 않고 증오한다. 조가 사망한 후, 제이니는 티 케이크를 만나 마침내 서로 사랑하고 아끼는 관계가 주는 기쁨을 경험하지만, 티 케이크의 비극적인 죽음으로 그 행복은 오래 가지 않는다. 그러나 제이니가 애틋하게 가슴에 묻은 유일한 사랑임에도 불구하고, 자신감이 떨어지는 순간에는 티 케이크조차 "누가 주인인지" 알려주기 위해 손찌검을 불사하는 남자라는 사실은 당대 흑인 여성이 꿈꿀 수 있는 판타지의 한계와 폭력적인 현실을 역설적으로 드러내는 씁쓸한 디테일이 아닐 수 없다.

허스턴의 '그들'은 당대 독자들에게 호평받지 못하고 얼마 가지 않아 절판되었다. 허스턴 또한 정치적 견해를 둘러싼 논란과 엉뚱한 무고의 오명 속에서 50년대 이후로는 거의 잊히다시피 한 존재가 되었지만, 민속학자의 눈과 귀로 포착해 작품에 녹여낸 남부의 민속과 생생한 방언, 시대를 앞선 페미니스트 주제 의식은 뒤늦은 찬사를 받으며 앨리스 워커뿐만 아니라 토니 모리슨, 토니 케이드 뱀버라, 저메이카 킨케이드 등 수많은 흑인 여성 작가에게 영향을 끼치며 흑인 문학사에 커다란 족적을 남겼다. 저명한 흑인문학 비평가 헨리 루이스 게이츠 주니어가 논평하고 있듯이, 허스턴은 당대 문단에서의 "전투에서는 졌을지 모르지만, 전쟁에서는 결국 승리"한 것이다.

2023년
권진아

w 윌북 클래식
불꽃 컬렉션

그들의 눈은 신을 보고 있었다

펴낸날 초판 1쇄 2023년 10월 2일

지은이 조라 닐 허스턴

옮긴이 권진아

펴낸이 이주애, 홍영완

편집장 최혜리

편집2팀 이정미, 박효주, 문주영, 홍은비

편집 양혜영, 장종철, 김하영, 강민우, 김혜원, 이소연

마케팅 김태윤, 김철, 정혜인, 김준영

디자인 박아형, 김주연, 기조숙, 윤소정

해외기획 정미현

경영지원 박소현

도움교정 김이슬

펴낸곳 (주)윌북 출판등록 제2006-000017호

주소 10881 경기도 파주시 광인사길 217

전화 031-955-3777 팩스 031-955-3778

홈페이지 willbookspub.com

블로그 blog.naver.com/willbooks 포스트 post.naver.com/willbooks

트위터 @onwillbooks 인스타그램 @willbooks_pub

ISBN 979-11-5581-642-4 04800

979-11-5581-639-4 (세트)